이야기
축구부 2

* 책은 실제에 바탕을 두고 있지만 새롭게 창작한 것으로 특정 인물이나 특정 기관 등과 무관합니다.

축구부 이야기 2

펴낸날 | 2021년 5월 28일

지은이 | 조두행 · 조성원

편집 | 김동관, 황미혜
일러스트 | 윤재연
디자인 | 석화린
마케팅 | 홍석근

펴낸곳 | 도서출판 평사리 Common Life Books
출판신고 | 제313-2004-172 (2004년 7월 1일)
주 소 | 경기도 고양시 덕양구 중앙로558번길 16-16. 7층
전 화 | 02-706-1970 팩 스 | 02-706-1971
전자우편 | commonlifebooks@gmail.com

ISBN 979-11-6023-268-4 (03810)
ISBN 979-11-6023-266-0 (전3권)

축구부 이야기 2

조두행·조성원 소설

평사리
Common Life Books

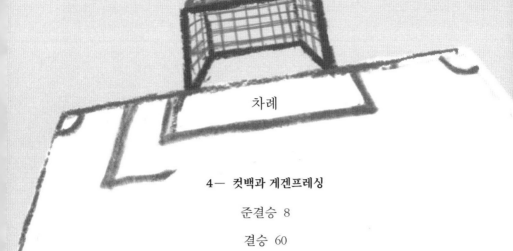

차례

4

컷백과 게겐프레싱

준결승

다음날 아침식사를 위해 식당으로 가고 있을 때 정 선생님을 만나 함께 움직였다.

"성원아. 어제 감독님께 혼났지?"

"네."

"감독님이 왜 그러셨는지는 알겠어?"

"네. 저희가 잘못한 거 알고 있습니다."

"그래? 잘못한 거라…… 잘못한 거 맞지. 그래서 그럼 어떻게 해야 하지?"

"네?"

"아니 네가 잘못했다고 했으니 어떻게 하면 잘하게 되는 거냐고?"

"……"

"아직 정신들 덜 차렸구나. 생각 더 해 봐."

그렇게 말씀하시고 정 선생님이 빠르게 먼저 가셨다. 정 선생님은 조금 특이하셨다. 길게 말씀하시질 않고 간단하게 툭툭 말씀을 던지시는데 거의가 질문형이었다. 그래서 정 선생님과 이야기를 나누려면 단단히 준비를 해야 했다. 골키퍼 코치를 맡고 계시지만 수비에 관해서도 일가견이 있고 피지컬 트레이닝도 많이 알고 계셨다. 그런 정 선생님이 나에게 의미 있는 질문을 던지셨다.

정 선생님은 어떤 답을 바라셨던 걸까? 아니 어쩌면 바라던 답이 아니라 정답이 있는 게 아닐까? 나나 동료들이 잘못한 걸 알고 있다면, 그러면 어떻게 해야 하나? 정신 차리면 되는 거 아닌가? 그러면 정신 차리는 건 뭐지? 머리가 계속 혼란스러웠다. 식당에 도착해서도 그 혼란스러움은 없어지질 않았고 안으로 들어설 때 주선이가 손을 흔드는 게 보였다.

"성원아. 뭘 그리 생각해?"

"응. 좀 전에 정 선생님과 같이 왔는데 어려운 질문을 하셔서 답을 찾고 있어."

"무슨 질문인데?"

"어제 우리가 경기를 하면서 마지막에 멘탈이 무너진 것에 대해 잘못했다고 생각한다고 말씀드렸더니 그럼 어떻게 하면 잘하는 거냐고 물으셨어."

"어떻게 하면 잘하는 거냐고? 정신 차리면 되지."

"어떻게 정신 차려?"

"그냥 하던 대로."

"그게 아닌 것 같은데?"

"그럼 뭐야?"

"하여간 아닌 것 같아. 정 선생님이 원하는 답은 따로 있는 것 같아."

"그게 뭘까?"

그 사이 상만이가 옆에 와서 앉았다. 상만이는 주전으로 뛰질 못하면서도 교체로 들어갈 때면 많은 움직임을 보여 주었고 공부도 잘해서 그런지 영리하게 위치를 선정하는 데 뛰어났다. 꾀돌이와 비슷한 느낌을 주었고 초등학교 때는 위치 선정이 좋아 작은 키에도 불구하고 전방에서 결정적인 골을 넣어 우승에 기여한 적도 있었다. 그런 상만이가 물었다.

"너희 무슨 말을 하는 거야?"

"응. 상만아. 좀 전에 정 선생님이 어떻게 하면 잘하는 거냐고 물으셨는데 답이 없어서 헤매고 있어."

"어떻게 하면 잘하는 거냐고? 뭘?"

"아 그렇지, 넌 내용을 잘 모르지. 내가 정 선생님께 어제 우리가 경기 마지막에 제대로 하지 못한 걸 반성한다고 말씀드렸더니 어떻게 하면 잘하는 거냐고 물으셨거든. 그런데 답을 찾지 못했어."

"그래? 정 선생님다운 질문이네."

"상만아. 넌 뭐가 감이 잡혀?" 주선이가 물었다.

"아니. 단지 평상시에 정 선생님이 말씀하시는 걸 생각해 보면 분명히 답을 갖고 계실 텐데. 그게 뭘까?"

식사가 나왔다. 흰 쌀밥을 보자 식욕이 살아났고 고등어조림과 계란프라이가 눈에 들어왔다. 주선이나 상만이도 식욕이 당겼는지 말없이 밥을 먹었다.

방에서 쉬고 있었다. 아침식사를 한 후라 노곤하기도 했고 특별히 할 일도 없어서 TV를 시청하며 뒹굴거리고 있는데 주선이와 상만이가 왔다.

"성원아. 정 선생님이 갖고 있는 답이 궁금하지 않아?"

"궁금하지."

그때 방을 같이 쓰던 재범이와 민한이도 무슨 일인가 궁금해 같이 물었다. 그래서 아침에 있었던 일에 대해 설명을 했다.

"그럼 우리 같이 정 선생님께 가 보자. 그래도 우리가 말씀드리면 알려 주시겠지."

재범이가 그렇게 말을 하자 모두가 동의를 하고 정 선생님 방으로 갔다.

"글쎄. 그건 너희가 찾아야 하는 거 아냐?"

"선생님. 저희 생각으론 답을 찾기가 어려우니 도와주세요. 당장 내일이 4강전인데 저희가 또 잘못을 할 순 없잖아요."

주선이가 재차 답을 알려 달라고 하자 같이 계시던 조쌤이 지원

사격을 했다.

"정 선생님 그러지 마시고 데리고 나가서 알려 주시죠. 얘들 몸살 나겠어요."

정 선생님이 조쌤을 보고 웃으시더니 옷을 챙겨 입으면서 우리에게 말씀하셨다.

"그럼 너희들 숙소 앞에 나가 있어."

우린 그 말을 듣고 바로 다른 동료들을 찾아 방마다 다니며 알렸고 다른 동료들도 궁금했는지 다들 자리를 털고 일어나 숙소 앞으로 나왔다. 조금 후에 정 선생님과 조쌤이 모습을 보이셨다.

"다 모였구나. 그 답이 그렇게 궁금해?"

"네."

"그래! 그럼 먼저 우리가 멘탈이라고 하는 것에 대해 이야기를 나눠 보자. 운제야. 너는 멘탈이 뭐라 생각하니?"

"뭐, 멘탈이란 건 정신력, 그런 거 아닙니까. 이기겠다는 정신력."

"그래. 그럴 수 있지. 경태 넌?"

"저도 같은 생각입니다."

우린 질문에 대해 피해 가는 방법을 알고 있었다. 누군가 답변을 하면 같은 생각이라고 말하면 쉽게 피해 갈 수 있었다.

"그럼. 시운이는?"

"저도 같은 생각입니다."

"그래. 그럼 나도 답하지 않겠다."

정 선생님이 답을 내놓지 않겠다고 말씀하셨다. 조금 전에 설명을 하시겠다고 해서 집합했는데 돌연 답을 하지 않겠다고 하시니 어리둥절할 뿐이었다.

"지금 너희는 내 질문을 피해 가고 있다. 너희가 스스로 생각해서 답을 찾는 게 아니라 그냥 누군가 답을 하면 그게 자기 생각인 것처럼 답을 대신하고 있다. 좀 더 자세히 말하면 너희는 생각이 없다. 그런 너희에게 답을 가르쳐 준다 한들 너희는 그것이 그냥 답이구나 하고 넘어갈 뿐 그걸 머릿속에 넣어 두고 너희의 정신을 바꾸지는 않을 것이다. 답을 알고 있다고 해도 그것을 너희 머릿속에 간직하고 그것을 통해 너희를 바꾸지 않는다면 아무란 의미가 없다. 특히 멘탈의 문제에서 알고 있다는 것과 체험을 통해 체득한다는 건 완전히 다른 차원이다. 멘탈 문제의 해결은 체득화를 통해서만 가능하다. 그걸 너희가 받아들이기 전까지는 답을 유보하겠다."

그렇게 말씀하시고 정 선생님은 숙소로 올라가셨고 우린 서로의 얼굴을 보며 어리둥절할 뿐이었다.

"너흰 아직 정 선생님이 무얼 바라시는지 모르겠어?"

조쌤이 지켜보시다가 질문을 던졌다. 하지만 누구도 이에 대해 답을 하지 못했다. 나 역시 지금의 상황이 정리가 되지 않았다.

"너희 목봉 체조라는 걸 아니?"

이건 또 무슨 뜬금없는 질문? 목봉 체조라니.

"군대 간 형이 있으면 질문하면 잘 알려 줄 거지만 목봉 체조라는 게 무거운 통나무를 여러 동료들과 함께 들어 올려 좌측 어깨 위로 또 우측 어깨 위로 옮기는 체조야. 이 훈련을 하기 전에 조교는 모두 힘을 합쳐야 목봉을 넘기기가 쉬운데 하나라도 힘을 쓰지 않으면 다른 동료들이 이를 감당하지 못하고 다함께 주저앉게 된다고 알려 준다. 그러면 훈련병들은 그 말을 알아듣고 머릿속에 같이 힘을 내서 들어야지 하고 생각하게 된다. 하지만 실제로 목봉을 들게 되면 상황이 달라진다. 특히 키가 작은 사람은 목봉을 들려 해도 키 큰 사람이 목봉을 들어 올리면 닿지가 않아 힘을 쓸 수가 없다. 덕분에 쉴 수 있게 되지. 이럴 땐 어떻게 해야 할까?"

아무도 대답하지 않았다. 잠시 침묵의 시간이 지났다. 그때 숙소로 올라가셨던 정 선생님이 다시 내려오셨고 이번엔 감독님도 함께 내려오셨다.

"어이 조 선생이 그렇게 다 가르쳐 주면 내가 말할 게 없잖아."

"선생님, 죄송합니다. 애들이 헤매고 있어서 힌트를 좀 줬습니다. 정 선생님, 감독님도 오셨는데 말씀을 해 주시죠."

"정 선생! 그렇게 하지. 어차피 한 번은 애들도 경험해야 하잖아."

감독님까지 나서서 설득하자 정 선생님이 다시 앞으로 나섰다.

"목봉 체조 이야기를 했으니 계속 그 이야기를 하자. 쉬게 된 키작은 사람은 어떻게 행동해야 할까?"

또 질문을 하셨다.

"점프를 해서 들어 올립니다."

성오가 답하자 정 선생님이 웃으셨다.

"점프를 해서 밀면 도움이 될까? 아마도 조금은 도움이 되겠지. 하지만 더 좋은 방법이 없을까?"

다시 침묵이 이어졌다.

"그래도 성오가 답변을 했으니 설명을 하겠다. 목봉 체조는 팀 단합을 위한 훈련이다. 하지만 무조건 단합하자고 해서 단합이 되는 게 아니다. 단합을 하려면 단합하는 방법을 알아야 한다. 목봉 체조의 구조를 잘 알고 단합해서 역할 분담을 해야 한다. 먼저 봉의 무게를 여러 사람에게 고루 분산하려면 키 맞추기를 해야 하지 않을까? 키가 거의 비슷한 사람끼리 팀을 편성하거나, 그렇지 않으면 키 큰 사람부터 순서대로 서면 봉이 좀 눕더라도 무게가 팀원들에게 고루 분산된다. 이렇게 되면 모두가 같은 힘을 쓰면 된다. 하지만 그중에 누군가 무겁다고 꾀를 부려 힘을 쓰지 않으면 그가 담당할 무게가 다른 팀원에게 더해지고 또 누군가가 힘을 쓰지 않으면 팀원 전체가 무게를 감당하지 못하고 무너지고 만다. 더러는 다칠 수도 있지. 감독님께서 삼국지를 예로 잘 들으시니 나도 삼국지의 예를 들겠다.

제갈공명이 위나라를 치기 위해 진격하다가 위나라의 사마의와 마주쳤다. 사마의는 제갈공명의 전략과 전술을 꿰뚫어 보고 수성 작전으로 임하게 되지. 수성 작전은 성에서 나오지 않고 버티며 제갈공명의 촉군이 식량 부족과 피로로 제풀에 지쳐 철수하도록 만들려는 거였지. 그러자 제갈공명은 촉군의 군사를 반으로 나눠 반은 위군과 대치하도록 하고 반은 후선으로 물러나 쉬게 하지. 백 일마나 교내하는 설 선세로 날이야. 놓은 삭선이시. 우리나라의 신병을 지키는 군인들도 북한군과 직접 맞닿은 진지에 근무하면 아마 6개월인가마다 교대를 하게 된다. 전방에서 근무를 하면 다른 건 할 수 없고 오직 적을 관찰하고 언제 적이 쳐들어올지 모르니 긴장 상태를 유지해야 하기 때문에 힘이 들 수밖에 없잖아. 그래서 후방으로 나오면 휴가도 가고 쉬는 거지. 제갈공명의 촉군도 그렇게 백 일을 주기로 전방과 후방이 교대하기로 했는데 하필이면 교대하는 날 사마의의 위군이 침공을 한 거야. 이때 촉군은 어떻게 했을까?”

또 질문을 던지셨다. 모두가 민한이를 봤다. 민한이만큼 삼국지를 아는 동료가 없으니 혹시나 해서 민한이에게 기대를 하고 쳐다본 것이다.

“전방에 있던 촉군이 교대를 거부하고 후방에서 오는 촉군과 함께 위군에 맞서 싸웠습니다. 제갈공명은 약속을 지키기 위해 전방의 군사를 후방으로 보내려 했지만.”

“역시 민한이답구나. 그랬지. 전방을 지키던 촉군 병사들은 지금 자신들이 지치고 힘들어 교대를 할 수 있지만 그 사이에 위군이 쳐들어오면 패배할 수 있고, 그렇게 되면 자신들을 믿고 고향에서 농사를 지으며 편안하게 살고 있는 가족들이 위군에게 괴롭힘을 당할 거란 걸 알기에 당장의 편안함보다 고통을 선택한 것이지. 이해되나?"

정신이 번쩍 들었다.

"너희가 아직은 잘 느끼지 못할 텐데, 너희 부모님들께서 너희를 응원하기 위해 여기에 온 게 단지 승리를 따내기 위해서일까? 물론 그런 부분이 다소 있겠지. 하지만 부모님들이 너희에게 온 이유는 아마 또 있을 거야. 부모님들은 너희가 최선을 다하는 모습을 보고 싶어 하실 거야. 최선을 다했다고 쉽게 말할 수는 있지만 결과가 나온 후 한참 뒤에서야 최선을 다했는지 알게 된다. 그 최선이란 너희가 너희 자리에서 너희의 역할을 다하는 것이지. 만일 너희 중 누군가 한 사람이 그 역할을 하지 않으면 구멍이 나게 되고 너희는 패할 수도 있다. 그렇게 되면 너희만 실망하는 게 아니라 너희 부모님들 또한 실망하게 되고, 특히 제 역할을 하지 않은 사람의 부모님은 본인들만 실망하는 게 아니라 자칫 다른 부모님들로부터 비난을 받을 수도 있다. 동료들이 그를 비난할 수도 있지. 그러면 그때서부터 팀은 깨진다. 결과에 대한 책임을 묻게 되고 앞으로 나가야 하는데 나가지 못하고 팀은 분열된다.

다시 목봉 체조로 돌아가 보자. 감독님이나 조 선생, 그리고 나는 너희에게 키 순서를 어떻게 하고 다함께 힘을 써야 한다고 전술을 가르치지만 결국 마지막은 너희가 결정하는 것이다. 촉군이 스스로 결정해 남았듯이 말이다. 목봉을 마지막까지 함께 들어 올리는 것도 결국 너희의 문제다. 스스로 하는 것이다. 그리고 그렇게 고통을 이겨 내고 너희가 결과를 내면 누구나 승복할 수 있지만 그렇지 않으면 그 결과는 의미가 없다."

나와 동료들 모두 숨소리조차 내지 못하고 성 선생님의 말씀을 들었고 한동안 말을 할 수 없었다.

"감독님이나 내가 아무리 소릴 지르고 야단을 쳐도 결국 너희 스스로 절실하게 원팀이 되지 못하면 의미가 없다. 시켜서 하는 일은 오래가지 못한다. 너희 스스로가 그걸 느껴야만 원팀이 된다. 하지 말라면 안 하고 하라면 하는 식으로는 절대 원팀이 될 수 없다. 감독님이나 나도 소리 지르고 다그쳐서 그렇게 만들 순 있겠지만 그보다는 너희 스스로 원팀이 되어 그런 상황들을 극복해 봐야만 너희가 강팀이 될 수 있다. 느껴 봐라! 내가 힘들어도 동료가 지쳐 있으면 내가 한 발 더 뛰고 동료가 근육이 올라오면 그 자리마저 메울 수 있도록 더 뛰어 봐라. 그래야만 너희는 진정한 원팀이 될 것이다. 내일 경기는 많이 힘들 거다. 그렇지만 너희가 좀 전에 말한 것처럼 동료를 위해 헌신하는 자세로 임해 봐라. 그리고 느껴 봐라. 결과는 그 다음의 문제다."

정 선생님이 말씀을 마치고 감독님을 돌아보았다. 감독님이 웃으며 머리를 끄덕이셨고 조쌤도 목례를 하며 웃으셨다. 우린 그저 조용히 앉아 있었다.

"기왕에 모였으니 내일 전술도 이야기할까?"

"어제 경기 전 몸을 풀면서 정원의 경기를 보았으니 먼저 의견을 들어 볼까?"

"운제. 어떻게 하면 좋을까?"

"네, 감독님. 정원의 수비진도 중래보다 더하면 더했지 만만치 않던데요. 중래와 한 것처럼 하면 되지 않을까요?"

"그래? 경태는?"

"그런데 감독님. 정원의 센터백이 키도 인성이나 성원이보다 훨씬 크고 잘 막던데 그냥 크로스를 올리는 건 좀 그렇지 않을까요?"

"그래, 그럼 어떻게 하는 게 좋을까?"

"정원의 수비진이 탄탄하긴 하지만 좀 느리다는 느낌을 받았습니다. 그러면 우리가 좌우로 흔들고 중앙의 공간을 공략하는 건 어떨까요?"

"인성이와 재선이. 가능하겠어?"

"네. 저와 재선이가 스위칭하면서 중원에서 스루 패스가 올라오면 해결할 수 있을 것 같습니다."

인성이가 자신 있게 대답했다.

"이번에도 4-2-3-1을 선다. 전번 경기와 같이 인성이가 원톱을 선다. 다른 포지션도 같다. 다만 중간에 포지션 스위칭을 많이 주문할 것이다. 우리도 정원의 경기를 보았지만 정원 역시 우리 경기를 다 보고 갔기 때문에 우리에 대해서도 충분히 대비를 하고 있을 테니까 상황에 따라 변화를 주어야 할 것 같다. 정원의 수비 라인은 탄탄하다. 느리다고 하지만 그 키에 비하면 빠른 스피드다. 만일 그냥 올리면 공은 정원 센터백이나 골키퍼가 다 처리할 거야. 그러니 올리는 것보다는 낮고 빠르게 중앙을 공략해 보자. 시운이와 민한이는 스피드가 있으니 좌우로 깊이 침투한 후 컷백 플레이를 시도해 봐라. 둘 중 하나가 침투하면 인성이와 재선이 그리고 윙어 중 하나 이렇게 최소한 세 명이 중앙으로 밀고 들어간다. 정원은 물러서지 않고 공격으로 나올 확률이 높으니 양쪽 윙어와 풀백이 오프사이드를 역이용해 침투하고 미드필더가 좌우로 공을 뿌린다. 특히 주선이가 스피드가 있으니 오버래핑이 가능하다 판단되면 컷백을 시도해라. 풀백의 오버래핑 후 컷백은 우리 공격진의 숫자를 늘릴 수 있어 좋은 작전이지만 체력을 고려해서 움직여라. 인성이와 재선이는 계속 움직여 상대 수비를 흔들어야 한다. 수비는 물러서지 마라. 계속 라인을 올리고 설사 상대가 우리 라인을 깬다고 하더라도 운제나 선오의 스피드가 감당할 만하니 물러서지 마라. 상대가 공격하면 간격 유지는 당연한 거고. 경태와 재범이는 상대 공격수와 미드필더를 강하게 압박하고 주선이와 성오도 오버래핑 후 공의 소유가 넘어가고 1차 압박이 실패하면 바로 자기 위치를 잡아라. 내일은 1시 경기라 많이 지칠 거다. 하지만 정 선생님 말씀처럼 동료를 위해 헌신하겠다는 자세로 끝까지 잘해 주길 바란다. 이상."

감독님의 말씀과 전술 지시가 끝났다.

"아, 성원이 발목은 괜찮은가?"

"네. 뛸 수 있습니다."

"전후반 다 가능해?"

"……."

"그럼 대기하고 있어. 후반에 들어갈 수 있으니 준비해."

"네."

감독님이 내일은 상대를 많이 흔드는 전술을 생각하시는 것 같았다. 스위칭 그리고 내게 미리 대기하도록 하는 것, 이건 상대가 우릴 알고 있다는 걸 전제로 상대의 전술을 흔드는 대응 방법일 것이다.

"자, 집중해. 감독님이 컷백 플레이를 주문하셨는데 이미 해 봐서 잘 알겠지만 다시 설명한다. 오후엔 설명 없이 바로 훈련에 들어간다. 중래 때도 설명했지만 컷백은 말 그대로 자르고 뒤로다. 좌우 윙어나 풀백이 골라인을 타다가 골문을 향해 뒤에서 들어오는 동료 공격수에게 공을 보내 골로 연결시키는 플레이다. 이걸 크로스로 분류하는 건 골문 앞으로 공을 가로지르게 해 여러 공격수 중 누군가의 발에 걸리도록 하기 때문이다. 그럼 누가 크로스를 해야 하나? 당연히 풀백과 윙어다. 아마도 윙어보다는 풀백이 효과적일 수 있다. 이렇게 하려면 상대 수비 라인이 어느 정도 올라오고 뒷공간이 있어야 한다. 상대가 공격하다가 우리에게 공을 뺏기면 상대의 수비 라인은 정비가 되지 않고 우리 공격진과 함께 백코트를 하게 되는데 이럴 때 공을 소유한 미드필더나 센터백의 신호와 함께 좌우 풀백이 뛰고 그 순간 공격 라인인 원톱과 윙어 그리고 공격형 미드필더까지 전방으로 같이 뛴다. 수비형 미드필더가 좌우 어느 쪽으로든 오프사이드를 피한 쪽으로 공을 보내고 풀백이 공을 잡으면 컷백은 신행되는 섯이나. 불논 분선 혼선 중에노 컷백은 알 수 있시만 전술적으로 쓰는 것은 역습 시에 중앙을 공략하기가 어려울 때 컷백을 사용한다. 이때 수비 라인은 공을 처리하기가 아주 애매하다. 잘못 건드리면 자살골(자책골)이 될 개연성이 높기 때문이다. 공격수나 수비수나 같이 골문을 향한 상태니까. 알겠나?"

"네."

"포지션별로 어떻게 해야 하는지도 이해됐지?"

"네."

"이따 훈련 중에 헤매면 죽는다."

"네."

우린 힘차게 대답했다. 하지만 난 문득 불안감이 들었다. 우리가 훈련을 해 보지 않은 건 아니었지만 학교의 운동장이 좁아 마지막 부분만 훈련을 했지 실제로 큰 운동장에서 훈련이나 경기 중 컷백을 해 본 적이 없기에 잘할 수 있을까 하는 불안감이었다. 하지만 이 전술에서 가장 중요한 역할은 주선이와 성오, 특히 주선이의 역할이 큰데 주선이는 자신이 있는지 빙글빙글 웃으며 조쌤과 이야기를 나누고 있었다. 주선이는 주력도 좋지만 공을 컨트롤하는 능력도 뛰어나기에 감독님이 컷백 전술을 들고 나오셨을 거라는 생각이 들었다.

점심을 먹기 전까지 휴식 시간이라 에어컨을 켠 방에서 쉬다가 조금 일찍 점심식사를 하러 갔다. 감독님은 여전히 경기 시간에 맞춰 식사와 훈련 일정을 지시하셨다.

"성원아. 발목은 좀 어때?"

성오였다.

"응. 뛸 만해."

"그래도 아닌 것 같은데. 경기 중에도 한 번씩 발목을 잡던데."

"급하게 회전하거나 정지하면 아직은 좀 뜨끔해."

"조심해."

"알았어. 그런데 컷백이 잘될까?"

"주선이라면 충분히 가능할 거야. 나는 수비는 잘되지만 오버래핑은 주선이가 잘하잖아, 또 빠르고."

"하긴 주선이가 있으니까 컷백을 시도하는 거겠지."

점심을 먹으면서도 머릿속에선 계속 그림을 그렸다. 경태가 공을 뺏는 순간 우리 모두 상대 수비 라인을 확인하고, 주선이가 뛰고 상대 수비가 후진할 때 우리도 전방으로 침투하고, 주선이가 골라인을 타고 상대 수비가 막으려 할 때 주선이의 크로스가 골문 앞을 가로지르고 우리 중 누군가의 발에 공이 걸려 골인되는 과정을 계속 그렸다. 아니 그렇게 되기를 간절히 바랐다. 여기서 이겨야 결승에 오른다. 꼭 이겨야 한다.

오후의 더위는 움직이지 않아도 땀이 흐를 정도였다. 4강전이 시작되면서 그렇게 붐비던 주차장이나 관중석도 썰렁한 느낌이 들 정도로 사람들이 줄었다. 거의 40여 개 팀 중에 4개 팀만 남았으니 그럴 만했나. 동료들이 몸을 풀기 시작했지만 아직 발목이 불편했기에 나는 가볍게 운동장을 뛰었다. 경기장을 한 번 돌았을 때 이미 땀구멍이 열리고 머리에서 흐르는 땀이 턱밑으로 흘러 떨어졌다. 패싱 훈련에 돌입한 동료들은 집중하고 있었지만 심한 더위로 인해 패스가 자주 끊겼고 그럴수록 조쌤의 목소리는 거칠어졌다. 한여름의 훈련이나 경기는 집중력의 싸움이다. 열한 명이 방심하지 않고 지속적으로 집중해야 전술적인 성공이 보장되기에 누구 하나의 방심은 훈련이나 경기를 망칠 수 있다. 패스가 연결되는 상황에서 자신에게 오는 공을 놓치면 상대의 공이 되고 그것은 바로 역습을 의미한다. 크로스가 오는 상황에서 누군가 넣겠지 하는 방심은 결국 상대 수비수에게 공을 넘겨주게 되고, 우리가 수비를 할 때 누군가 막겠지 하는 방심은 곧 골로 연결된다. 겨울에는 춥기에 오히려 뛰려 하지만 한여름 더위 아래서는 되도록 뛰지 않으려고 하다가 훈련이나 경기를 망치는 걸 종종 보았다. 오늘의 더위도 동료들에게서 집중력을 앗아가고 있었다.

"주선아. 공을 받으면 리턴하고 바로 라인을 깨기 위해 전진해야지. 왜 움직임이 느려!"

조쌤이 주선이에게 지적을 하고 있었다. 주선이가 경태에게서 받은 공을 앞으로 천천히 몰자 빨리 경태에게 공을 넘기고 오버래핑을 시도해 상대 오프사이드 라인을 깰 준비를 하라는 지적이었다. 감독님이 주문한 컷백 전술의 핵심은 주선이였다. 빠른 발과 드리블이 가능하기에 좌측에서 오버래핑 후 깊숙이 들어가는 게 가능하고 상대 수비 한 명 정도는 제칠 수 있기에 컷백이 가능했다. 하지만 이것도 상대가 이미 내려선 상태에서는 쉽지가 않다. 컷백은 상대가 수비 라인을 올린 상태에서 우리가 밀고 들어갈 때 상대 수비가 우리와 같은 방향으로 움직이고 있어야 가장 효과가 큰 전술이다. 그렇게 하려면 상대의 수비 라인이 어느 정도 뒷공간을 벌렸을 때 가능하다. 그러다 보니 컷백의 핵심은 타이밍이고 크로스를 받는 공격수들의 숫자다. 골라인을 타는 주선이나 윙어 그리고 쇄도하는 공격수들의 호흡, 그것이 전술의 성공을 결정한다. 물론 윙어인 민한이와 시운이가 컷백을 시도할 수 있고 또 상대 수비가 갖춰진 상황에서도 시도할 수 있지만 컷백은 상대 수비가 자리를 잡기 전에, 그리고 우리 공격수가 많을수록 성공 확률이 높아진다. 얼리 크로스나 일반 크로스도 그렇지만 우리 공격수의 숫자가 많으면 그만큼 성공 확률이 높고, 상대 수비가 우리 공격수를 마주보는 상황, 즉 준비된 상황이 아니라면 그 확률은 더 높아진다. 그러기에 조쌤은 계속 주선이에게 속도를 주문하고 있었다.

"힘들 내! 파이팅하자고."

주장인 운제가 그 힘든 와중에도 계속 동료들을 독려하고 있었다. 한 시간이 넘게 이어진 훈련이 마무리될 즈음 부모님들이 마실 것과 과일을 가져오셨다. 동료들이 우르르 몰려갔고 감독님과 코치님들도 관중석 그늘 아래에서 휴식을 가졌다. 나 역시 러닝을 마치고 벤치 옴시냐 사려늘 찾았다. 아버지가 손짓을 하셨다.

"발목은 어때?"

"뛸 만은 해요."

"가능하면 뛰지 않는 게 좋은데."

"……."

아버지께서 계속 내 발목을 보며 염려하셔서 못 들은 척 수박 한 조각을 들고 일어섰다. 물수건을 찾아서 목과 얼굴의 땀을 닦고 상의 안으로 집어넣어 여기저기 훔치자 그 시원함이 정말 좋았다. 이럴 때는 마치 계곡물에 몸을 담그는 느낌이었다.

"다들 잘 마시고 먹었으면 부모님들께 감사 인사하고 숙소로 가서 휴식한다. 빨리 챙겨라."

조쌤이 우리에게 지시를 했고 우린 자리를 털고 일어나 주변을 정리하고 공과 운동 기구들을 챙겨 버스에 올랐다. 감독님과 부모님들은 이야기를 나누고 계셨고 정 선생님이 버스를 운전하셨다.

샤워를 마친 뒤 운동복을 거둬 세탁을 맡기고 에어컨이 켜진 방에 들어가자 몸이 늘어졌다. 이럴 때는 잠을 좀 자는 게 회복에 가장 도움이 된다는 걸 아는지라 바로 베개를 꺼내 잠을 청했다.

한참을 잤는지 눈을 떴을 때는 다섯 시가 넘어 있었다. 두 시간가

량 숙면을 취해서인지 몸이 가볍다는 느낌이 들었고 발목도 생각보다는 아프지 않았다. 불현듯 내일 이 시간 즈음에 무엇을 하고 있을까 하는 생각이 들었다. 다시 이 숙소에 있을까? 아니면 집으로 돌아가는 차 안에 있을까? 얼른 생각을 털었다. 지금은 그 생각보다 내일 동료들과 어떻게 이길까를 고민해야 할 때라는 생각을 했다.

방을 돌아다니던 운제가 깨어 있는 나를 보자 밖으로 나오라고 손짓을 했다.

"성원아. 내일 우리가 이기겠지?"

"이겨야겠지."

"그래. 이겨야 해."

"그런데 운제야. 정원 수비진이 만만치 않던데."

"그래. 중앙 수비 둘은 너보다 머리 하나는 더 있는 것 같아. 185 센티미터쯤 되는 것 같아. 거기에 덩치도 만만치 않고. 그 둘이 나오지 않고 버티면 인성이나 너도 쉽지는 않을 거야. 재선이는 몸싸움에서 튕겨 나갈 수도 있어. 거기다 너는 발목이 좋지 않으니."

이런 이야기를 나누는 중에 시운이가 지나가다 우릴 보고 다가와 옆에 앉았다.

"무슨 이야길 하고 있어?"

"정원 수비!"

"아, 그 덩치들!"

"그래."

"만만치 않지. 정말 만만치 않아."

"시운이 너 걔들 알아?"

"알아. 초등학교 때 같이 운동한 친구들이야."

"그런데 왜 우리들에게 말하지 않았어?"

"너희가 언제 말하라고 한 적 있어?"

"알았다, 알았어. 어쨌든 내일 이기려면 거길 뚫어야 하는데 방법이 없겠니?"

"방법? 중앙 수비 둘 다 단단하지만 더 걱정은 양 풀백이야. 중앙이 워낙 커서 거기만 보았는지 모르지만 양 풀백이 속도도 있고 거칠어. 내가 윙어라 상대할 애들을 유심히 봤는데 거칠고 태클도 깊어. 그래서 내일 경기에서 컷백이 먹힐까를 걱정했어. 컷백도 해야 하지만 수비가 나오지 않고 버틴 상태에서 중앙에서 인성이와 재선이가 흔들어 주지 않으면 힘들 거야. 성원이 너는 발목이 좋지 않으니까 몸싸움도 힘들고 인성이가 잘해 주어야 하는데……."

"양 풀백이 잘하긴 하더라. 그래도 넘어가야 하잖아."

"감독님이 컷백을 주문하신 것도 흔드는 작전 중 하나가 아닐까? 감독님이 스위칭도 주문하셨잖아."

"그랬지. 성원아, 네 생각은 어때?"

"그래. 시운이 말을 들어 보니 컷백도 흔들기 작전 중 하나라는 생각이 맞는 것 같네. 그리고 상대 수비가 나오지 않고 버티면 정말 만만치 않겠어. 수비가 앞으로 나오면 컷백으로, 나오지 않으면 스위칭으로. 그건가?"

"그렇게 정리하니 간단하네. 하여간 내일은 무조건 이겨야 해."

이른 점심을 먹었다. 동료들의 표정이 밝지만은 않았다. 할 수 있다는 자신감도 있었지만 준결승전이라는 부담감이 우리 모두를 압박하고 있었다. 된장국에 밥을 말아 꾸역꾸역 먹으며 동료들을 보았다. 대부분 말없이 밥을 먹고 있었지만 운제만이 계속 우리가 이길 거라고 자신 있게 말했고 동료들에게도 분명히 이긴다고 호언장담했다. 심지어는 내기를 하자고 말하기도 했다. 운제의 그런 자신감, 그리고 주장으로서의 책임감이 보기 좋았다.

정오의 더위는 가만히 있어도 숨이 막혔고 그늘을 나서는 것조차 싫게 만들었지만 뛰어야만 하는 상황이었기에 머릿속에 좋은 기억만을 떠올리려 애썼다. 바다를 떠올렸고 계곡을 떠올렸다. 우승만 하면 그곳에 가서 신나게 놀 생각을 했다.

"다들 정신 차려. 너흰 준결승전을 치르기 위해 여기 왔다. 지면 짐을 싸고 이기면 이틀 후 결승전을 치른다. 오늘 집에 가고 싶나?"

조쌤이 관중석 그늘에 삼삼오오 모여 있는 우릴 보며 일갈했다. 그제야 정신이 들었는지 우리들 모두 "아니요."라고 대답했고 부지런히 축구화를 갈아 신고는 하나둘 경기장으로 나섰다. 나 역시 경기 전 훈련에는 참여하지 않았지만 경기장 밖을 걸으며 몸을 풀기 시작했다. 그리고 걷기를 마치고 바로 발목에 밴딩을 하기 위해 김 선생님을 찾았다. 김 선생님은 물리치료사인데 우리 대회 때마다 함께 오셔서 우릴 살펴주셨고 경기장에서 부상을 당했을 때 기본적인 치료를 하거나 응급 처치를 하고 병원에 보내는 걸 담당하셨다. 이번 대회 내내 내가 뛸 수 있었던 건 김 선생님이 발목에 밴딩을 해 주셨기 때문에 가능했다. 김 선생님이 밴딩을 하면서 물었다.

"오늘도 뛰어야겠네?"

"네. 감독님이 준비하고 있으랬어요."

"인대를 다쳤을 때는 쉬는 게 약인데 여기까지 와서 포기할 수도 없고. 하여간 조심해서 뛰어라. 뛰다가 무리다 싶으면 바로 손 들고."

"네."

발목에 밴딩을 하고 축구화를 신으면 잘 들어가지도 않고 억지로 신으면 꽉 끼어서 답답했지만 그나마 발목이 흔들리는 걸 잡아주기에 뛸 수 있었다. 예선부터 계속 경기에 대비해 밴딩을 했고 지금도 밴딩을 하고 있지만 이것이 뒤에 문제가 되리란 걸 몰랐다.

동료들이 몸을 푸는 동안 우리 쪽 운동장을 걸으며 나름 컨디션을 올리기 위해 준비에 들어갔다. 몹시 더운 상태라 조금만 움직여도 땀이 나기 시작하고 흘러내렸다. 동료들이 패스 훈련에 들어갔고 정원중은 우리보다 몸을 먼저 풀었는지 이미 슈팅 훈련에 들어가 있었다. 슈팅을 하는 선수들을 관찰하니 다들 많이 지쳐 있다는 느낌이 들었다. 대부분의 표정이 굳어 있고 움직임이 둔해 보였다. 경기를 거듭하다 보니 상대 선수들의 표정과 경기 전 몸 푸는 동작을 살펴보면 상대 팀의 컨디션이 느껴졌다. 밝은 표정으로 몸을 푸는 상대는 항상 경계를 해야 했다. 그만큼 자신감이 있고 또 몸 상태도 좋다는 의미이기 때문이다.

동료들이 가벼운 달리기로 몸을 풀고 패스 훈련에 들어갔다. 반은 조끼를 걸치고 반은 운동복을 입은 상태에서 서로 공을 돌리고 있었다. 나는 외곽을 돌면서 동료들의 동작과 패스가 얼마나 끊이지 않고 연결되는지를 세면서 컨디션을 확인해 보았다. 우리 팀의 패스 성공률은 어느 팀보다 높을 거라는 자신감이 있었고 실제로 경기에서도 우리가 공을 정확히 돌리기 시작하면 상대가 덤빌 엄두를 내지 못하는 경우도 있었다. 그러나 문제는 이렇게 패스가 잘 연결되다가도 누구 하나가 컨디션이 좋지 못하면 거기에서 끊어지게 되고 그러면 우리의 장점을 살리기가 어려워지곤 했다. 오늘 동료들의 움직임과 패스 연결은 조금은 불안해 보였다. 더운 날씨와 그로 인한 집중력의 약화가 공 컨트롤과 연결 대상 선정에 애를 먹는 것 같았다. 조쌤의 목소리가 높아지고 몇 번이나 큰소리가 난 후에야 패스 훈련이 종료되고 이어서 슈팅 훈련이 이어졌다. 늘 하는 경기 전 훈련이지만 지켜보는 입장에서 동료들의 컨디션이 좋은 건 아닌 듯해 보였다.

경기장 스탠드 오른쪽의 전광판 시계가 12시 55분을 가리킬 즈음 심판의 선수 확인이 시작되었다. 주장인 운제가 앞에 서고 이어 재건이, 그리고 재범, 경태, 선오, 주선, 성오, 시운, 재선, 민한, 인성이가 선발로 나서서 점검을 받고 경기장 안으로 들어갔다. 방금 전까지는 웃으면서 대화를 하던 동료들이 말이 없어지고 상대 선수들과 인사를 나눌 때는 얼굴에 긴장한 모습이 보였다. 이해가 되었다. 곧이어 동전을 던져 진척과 지역을 정하고 동료들이 느그림을 폈다. 늘 그랬듯이 정원중의 파이팅 후 동료들이 파이팅을 외쳤고 자기 자리로 이동했다. 이제 심판의 휘슬이 울리면 준결승이 시작된다. 발목이 좋지 않아 대기 선수였지만 내 마음은 이미 동료들과 함께 경기장 안에 있었다. 휘슬이 울렸다.

경기 초반은 일진일퇴였다. 정원중은 정교함은 조금 모자라지만 힘과 신체적 우위를 이용해 밀고 올라왔고 동료들은 감독님의 지시에 따라 계속 패스로 연결했다. 첫 슈팅은 정원중에서 나왔다. 정원중의 스로잉을 막기 위해 성오가 상대 선수와 경합하다가 핸드볼 파울을 하게 되었고 프리킥이 주어졌다. 문제는 정원의 센터백이었다. 한 명은 185센티미터는 넘을 것 같았고 한 명은 그보단 작지만 아주 단단한 체구였는데 그 선수가 킥을 하기 위해 준비를 하자 다른 키 큰 센터백이 우리 골문 앞에 자리를 잡았다. 선오와 운제가 앞뒤를 막아섰지만 한 뼘은 더 큰 키가 유난히 돋보였다. 이윽고 길게 찬 프리킥은 정확히 키 큰 센터백에게 날아갔고 그가 가볍게 점프를 한 후 헤더로 공을 맞추었다. 다행이 빗맞았는지 공이 떴고 재건이가 나오면서 공을 잡았다. 골로 연결되지는 않았지만 정원 센터백의 높이와 킥은 경계를 할 필요가 있었다. 프리킥이나 코너킥에서 키가 크다는 건 절대적인 장점이 된다. 더구나 상대를 막는 우리 센터백과 신장 차이가 많이 나면 공중으로 킥이 날아왔을 때 거의 상대방이 공을 차지하게 된다. 이럴 때는 우리 쪽 수비가 앞뒤로 막아서 상대가 점프를 하지 못하게 하거나 움직임을 방해해야 하는데 이번에는 상대가 움직일 수 있는 공간을 주었다. 조쌤이 꽉 잡으라고 주문을 했지만 놓친 것이다.

재건이가 공을 왼쪽으로 멀리 차 내자 운제와 선오는 라인을 올리기 위해 주선이와 성오에게 올라가라고 외쳤고 둘은 거의 하프라인까지 올라와 정원의 침투를 차단하기 위해 앞을 노려보며 잔뜩 움츠리고 있었다. 정원중 진영에서 공이 돌다 높이 뜬 공을 재범이가 가슴으로 받은 후 재선이에게 밀었다. 재선이가 수비를 따돌리며 전진하는 순간 정원 미드필더가 깊게 태클을 했고 파울이 선언되었다. 우리에게 좋은 기회가 왔다. 조쌤이 벌떡 일어나 성오에게 차라고 지시를 했다. 25미터 정도면 성오에겐 충분한 거리였다. 우리 팀에서 중거리 킥은 성오가 전담을 할 정도로 힘이 좋기에 우린 숨을 죽이고 지켜보았다. 감독님도 자리에서 일어나셨다. 성오가 공을 놓고 몇 발 뒤로 물러선 다음 호흡을 가다듬고 킥을 했지만 공은 크로스바를 넘어가 버리고 말았다. 너무 힘이 들어갔다.

축구 경기에서 팽팽한 접전이 이어질 때 승기를 잡는 방법은 자기들의 페이스를 찾는 것이다. 경기 전에 상대의 전력을 분석하고 승리할 수 있는 전술을 찾았으면 그 전술을 빨리 수행하는 팀이 승리하게 된다. 결국 상대를 우리의 전술 운영에 끌어들여야 한다. 이렇게 전술을 운영하려면 팀 내에 누군가 정신을 차리고 동료들을 리드해 주어야 한다.

유제가 나섰다

"공 돌려. 천천히 풀어."

"간격 좁혀."

운제가 뒤에서 보면서 계속 동료들에게 콜을 하자 동료들이 공수의 간격을 좁히면서 상대를 가두기 시작했다. 그러면서 속도를 붙여 패스하기 시작했다. 거기에 더해 좌우 풀백인 주선이와 성오가 부지런히 오르내리며 측면을 흔들자 정원의 공격이 무뎌지는 게 느껴졌다. 전반전 10여 분이 지날 즈음 주선이가 왼쪽 라인을 타고 공을 몰고 가자 민한이가 앞으로 달려 나갔고 그 순간 주선이가 민한이의 앞쪽으로 공을 강하게 차 주었다. 공은 상대 수비진이 접근하기도 전에 민한이 앞으로 갔고 민한이는 부드럽게 공을 받아 터치라인을 따라 들어갔다. 상대 센터백이 앞을 막아섰지만 민한이는 센터백의 다리 사이로 공을 빼고 골라인을 따라 몇 발을 몰다 빠른 속도로 들어오는 인성이를 보고 크로스를 시도했다.

아! 컷백!

하지만 간발의 차로 키 큰 센터백이 공을 걷어 냈고 아쉽게 첫 번째 컷백 공격이 끊어졌다. 민한이의 돌파와 컷백은 부드러우면서도 무서운 공격이었다. 만일 인성이의 발끝에 닿기만 해도 여지없이 그물을 흔들었을 것이다. 우리 모두가 아쉬움의 한숨을 쉬었다. 너무 아쉬웠다. 민한이의 플레이도 멋있었지만 주선이의 스루 패스는 상대 수비 라인을 단번에 허무는 날카로움을 보여 주었다.

동료들이 흐름을 잡아 가는 것 같았다. 경기에서 흐름을 잡는다는 건 상대를 내가 싸우고자 하는 방향으로 끌어들여 우리가 하고자 하는 전술과 작전을 펼치는 것이다. 그리고 상대의 수비를 우리의 방식으로 뚫는 것이다. 재범이와 경태가 중원을 장악하기 시작했다. 중원을 장악한다는 건 공을 오래 소유하는 게 아니라 상대의 공격을 차단하면서 공격진에게 전술적인 공을 보낸다는 의미다. 포백에게서 받은 공이나 상대의 공격을 차단한 공이 재범이와 경태의 패스에 의해 빠른 속도로 재선이와 시운이 또는 민한이에게 전달되고 때로는 인성이에게 직접 보내지기도 했다. 미드필더가 상대의 압박을 견디지 못하고 물러서거나 전진 패스를 하지 못하면 좌우 측면만 이용하게 되고, 그럴 경우 공격이 단순화되어 상대의 수비 부담을 덜어 주게 된다. 이는 우리가 상대에게 중앙 공격을 허용하고 밀린다는 걸 의미하기도 한다. 그런데 재범이와 경태가 중원을 장악하고 전진 패스를 하기 시작했다.

성오가 재범이에게 공을 보내면 경태는 바로 앞으로 전진하고 경태가 공을 보내면 원터치로 재선이에게 전달되어 슈팅이 시도되었다. 골키퍼가 잡아내긴 해도 그런 상황을 보고 있는 나는 경기의 흐름이 우리에게 온 것을 확실하게 느낄 수 있었다. 반대로 정원중의 공격은 중앙이 막히자 좌우 측면으로 몰리고 있었다. 이런 공격에 대해서는 우리 포백 라인과 미드필더진이 감독님께 거품을 물 정도로 수비 훈련을 받았기에 어렵지 않게 막아내고 있었다. 침착하게 공을 뺏으려 하지 않고 지역에서 밀어냈고 그들이 자기끼리 건술을 방해해 후퇴하도록 하거나 실수를 유도해 공격권을 되찾았다. 동료들이 완전히 공세를 취하고 있었다.

재선이의 슈팅이 골키퍼의 선방으로 코너킥이 선언되었고, 민한이가 천천히 킥을 하기 위해 걸어가자 운제와 선오가 빠르게 올라가고 후선에는 주선이가 내려왔다. 잠시 자리다툼을 하더니 민한이가 짧게 킥을 했고 경태가 이 공을 가슴으로 받아 슈팅을 하려 했으나 수비에 막히자 재범이에게 내주었다, 재범이가 다시 슈팅를 하려는 순간 수비가 막아서자 뒤로 돌며 들어오는 민한이에게 연결했고, 민한이가 대기하고 있던 운제에게 연결해 운제는 그대로 슈팅을 시도했다.

"아!"

감독님도 정 선생님과 조쌤도, 대기석의 우리도 탄성을 질렀다. 공은 멋진 궤적을 그리며 날아갔지만 크로스바를 맞고 튕겨졌다. 그리고 튕겨져 나온 공은 올라가 있던 선오 앞에 떨어졌고 선오도 바로 슈팅을 시도했다.

"아! 저것."

나조차도 탄식이 나왔다. 골키퍼가 다이빙을 하며 쳐내는 것이

짧은 동영상 같은 움직임으로 보였다. 두 센터백 운제와 선오가 두 번의 슈팅을 시도했고 너무 아쉽게 실패했다. 순간 춘계 대회 제원 중과의 경기가 스쳤다.

동료들은 공세를 늦추지 않았다. 재선이와 경태가 중앙에서 빠르게 이어 갔고 좌우에서도 주선이와 민한이, 성오와 시운이가 공간을 열었다. 다만 인성이가 아쉬웠다. 인성이는 내가 맡았던 원톱 최전방 공격수 역할을 맡고 있지만 지난여름 훈련까지 내가 했던 역할이었기에 다른 동료들과 손발을 맞추는 데 어려움을 겪고 있었다. 나름 좋은 피지컬과 스피드도 있지만 우리 팀 특유의 빠른 연결 공격에 적응이 되지 않아 몇 개의 찬스를 놓치고 있었다.

전반전도 중반을 지날 즈음 상대 골키퍼의 골킥이 중앙으로 오자 상대 수비가 백헤더를 했고 인성이가 그 공을 잡아 오른쪽 라인으로 치고 올라가기 시작했다. 이를 수비수가 따라붙으면서 인성이가 중앙으로 센터링한 공을 발로 막아 코너킥이 주어졌고 이번에도 민한이가 키커로 나섰다.

재범이가 골키퍼와 바짝 붙었고 후방에서 올라온 운제와 선오가 중앙으로 들어갔다. 전의 코너킥에서 아쉽게 실패한 걸 만회하려는지 대기석에서 보아도 둘의 투지가 느껴질 정도로 덤비고 있었다. 이윽고 민한이의 킥이 정확하게 운제의 머리 방향으로 날았고 운제가 헤더로 공을 찍는 순간 골키퍼의 손이 앞을 가로 막았다. 그러자 공은 그대로 밑으로 떨어졌고 뒤로 물러났던 재범이 앞으로 굴렀다. 재범이가 가볍게 골키퍼를 피해 슈팅을 시도했다. 다들 벌떡 일어섰다.

아! 그런데 어느새 골키퍼 뒤로 들어간 수비수가 발을 내밀어 골대 안으로 들어가려던 공을 걷어 내는 게 아닌가!

그 순간 공격에 가담한 운제가 덤벼들어 슈팅을 시도했지만 다시 수비가 발로 차단했다.

"아!"

관중석에서도 탄성이 터져 나왔고 대기석에 있던 나와 동료들도 아쉬움을 감추지 못했다. 오히려 경기 중인 동료들이 너무 순식간에 일어난 일이라 파악을 하지 못하고 어리둥절한 상태로 흘러나온 공을 추적하고 있었다. 또 한 번 제원중과의 경기가 떠올랐다.

흘러나온 공은 수비수가 골라인 아웃시켜 다시 코너킥이 주어졌다. 이번에도 민한이가 킥을 했고 인성이가 헤더를 시도했지만 공은 수비수를 맞고 흘러나왔다. 내 느낌으론 이번 공격에서 골이 들어가야만 했다.

우리 공격이 거세지자 정원중이 선수 교체를 했다. 아직 전반전이 끝나지도 않았는데 교체가 이뤄진 건 우리 공격이 그만큼 강했기 때문일까?

동료들의 공세는 이어졌고 상대가 할 수 있는 공격은 후방 롱 킥에 의한 킥 앤드 러시뿐이었고 프리킥 또한 킥 앤드 러시에 이용되었다. 수비형 미드필더를 맡고 있는 재범이와 경태가 차단하는 중앙은 정원중이 돌파하기에는 어렵고 운제가 지휘하는 수비 라인은 탄탄했다.

경기를 보면서 동료들의 공격이 인성이에게로 연결되면 그 순간 나라면 어떻게 했을까 하는 생각이 계속 들었다. 저럴 때는 잡고 돌아서야 하는데, 저럴 때는 방향만 바꾸고 슈팅하는 게 좋은데 등등.

쿨링 브레이크를 알리는 휘슬과 함께 거친 숨과 땀으로 범벅이 된 동료들이 몰려왔다. 검게 그을린 얼굴인데도 열이 오른 게 느껴졌다. 이 더위에 계속 뛰고 있으니 정말 힘들 것이다.

"정신 차리고 지금처럼 몰아붙일 때 골을 넣어야 한다. 연결을 정확히 해."

감독님이 동료들에게 당부를 했지만 동료들은 물을 마시느라 정신이 없었고 찬물을 머리에 부으며 다시 경기장의 자기 자리로 돌아갔다. 정원중의 감독님과 코치님들이 선수들에게 계속 무언가를 주문하고 있었다.

한숨 돌린 정원중은 다시 올라오기 시작했다. 우리가 짧고 빠른 패스로 경쾌하게 공격한 반면, 정원중은 공을 받으면 개인이 소유하는 시간이 길고 직선적인 공격이 주를 이루었다. 공방전이 지속되었다.

하프 라인 부근에서 운제가 태클을 시도해 상대 공격을 끊었지만 심판이 휘슬을 불었고 프리킥이 주어졌다. 킥 앤드 러시를 하던 정원중 입장에서는 좋은 기회라 판단한 듯 골키퍼와 키커를 제외한 모든 선수들이 우리 골문 앞으로 왔다. 곧바로 이어진 정원중 키커의 롱 킥과 성오의 헤더 수비, 튕겨진 공을 잡은 정원중의 전진 패스, 전진 패스를 받고 돌아서는 정원 공격수를 막으려던 운제의 움직임, 그리고 휘슬!

페널티 라인 바로 앞에서 프리킥이 주어졌다. 운제가 막지 않았으면 슈팅으로 이어질 수 있는 상황이라 어쩔 수 없었지만 우리에겐 심각한 상황이 발생했다. 여섯 명의 동료들이 벽을 만들고 재건이가 연신 각을 보면서 수비벽 위치를 조정했고 옆에서는 정 선생님이 재건이의 위치를 조정해 주었다. 순간 이상하다는 느낌이 들었다. 키커로 준비하던 선수가 킥을 하기 위해 뒤로 물러나자 중앙에 있던 키 큰 센터백이 공으로 접근하는 게 아닌가. '저러면 왼쪽인데'라고 생각한 순간 센터백이 왼발로 슈팅을 시도했고 공이 궤적을 그리며 들어가다 주선이를 맞고 골라인 아웃되었다. 동료들은 아마도 키커가 오른발로 우리의 골문 왼쪽을 노릴 거라 생각했을 테고 재건이도 그쪽으로 몸을 날릴 준비를 했을 것이다. 그런데 갑작스레 반대편으로 공이 날아들면 역동작으로 인해 타이밍을 잃고 골을 내줄 수 있는 상황이었다. 다행이었다. 이어진 코너킥도 상대의 실수로 아웃되어 정비할 수 있는 시간을 벌었다.

경기를 하다 보면 어느 순간 우리가 무너지는 상황이 오곤 한다. 그것은 누구 하나가 제 역할을 하지 못해 생긴 공간이나 공 처리 미숙이 불러오는 상황인데, 빨리 다음 동작으로 막아야 함에도 서로

미루거나 방심할 때 그 상황은 골로 이어지게 된다. 조금 전의 상황이 그러했다. 계속 공격을 하다 순간 역습을 당하면 쉽게 골을 내주는 게 그런 이유다. 정 선생님의 말씀이 떠올랐다.

잠시 후 재선이가 하프 라인 부근에서 공을 잡고 경태에게 횡패스를 하자 경태는 왼쪽의 인성이에게 연결했다. 인성이는 재선이에게, 재선이는 다시 인성이에게 연결했고 인성이는 전방으로 침투하는 경태를 보고 상대 선수들 사이로 스루 패스를 넣었다. 경태가 공을 잡는 순간 뒤에서 센터백이 태클을 시도했지만 경태는 공을 가볍게 접고 슈팅을 시도했다. 공은 골키퍼의 손을 벗어나 골문 안으로 빨려 들어갔다. 감독님도 코치님들도 우리도 모두 자리에서 일어났다. 순간 심판은 휘슬과 함께 오프사이드를 선언하고 있었다. 우리가 놓쳤지만 인성이가 경태에게 스루 패스를 하는 순간 경태가 상대 수비 앞으로 나가 있었던 것 같다. 너무 아쉬웠다.

우리 팀의 두 사이드라인인 성오와 시운의 우측 라인, 그리고 주선이와 민한이의 좌측 라인! 두 라인은 독특한 개성을 갖고 있었다. 우측의 성오와 시운이는 힘을 바탕으로 저돌적이었으며, 좌측의 주선이와 민한이는 기술과 스피드라는 특징을 보여 줬다. 부상으로 동료들의 경기를 지켜보게 되자 두 라인은 그 특징을 마음껏 발휘하고 있었다. 감독님이 주문한 컷백은 주선이와 민한이에 의해 계속 시도되었다. 이전 경기까지 민한이는 주로 좌측 코너 부근에서 센터링을 하는 것으로 공격을 마무리했지만 오늘은 골라인을 타고 중앙으로 침투하는 동료들에게 컷백을 시도하기 위해 애를 썼다. 물론 주선이의 날카로운 침투 패스를 받으며. 둘의 협력은 상대 수비를 좌측으로 몰리게 해 상대적으로 중앙과 우측 공간을 확보할 수 있게 했다. 상대 수비가 조금만 올라오면 민한이는 수비 라인과 같이 움직이면서 주선이의 뒷공간 패스를 노렸고, 주선이도 정확히 타이밍을 맞춰 패스를 했다. 몇 번을 당하자 수비가 올라올 생각을 하지 않고 페널티 박스 부근에만 머물며 내려앉았다. 이렇게 되면 우리가 압도적으로 공을 소유하게 되지만 상대의 밀집 수비로 인해 공간을 열기가 점점 어려워진다. 저걸 어떻게 뚫어야 하나?

그런 생각을 하고 있을 때 전반전을 종료하는 휘슬이 울렸다. 땀으로 범벅이 된 동료들이 들어오고 있어서 얼른 물병을 들고 나가 나눠 주었다. 벤치에 있어도 땀이 나는 더위에 경기를 뛰었으니 얼마나 더울까 하는 생각이 들었지만 늘 들어오는 선수에 속하다 맞이하는 선수가 된 상황이 아직은 어색했다.

"빨리 물 마시고 물수건 목에 걸어."

조쌤이 동료들을 재촉했다. 동료들이 하나둘 물수건을 목에 걸고 물을 마시며 그늘로 찾아들었다. 나 역시 동료들이 찾아든 그늘로 이동하며 경태를 찾았다.

"정원 수비가 탄탄하네."

"그래. 덩치도 있지만 스피드도 있고 정말 만만치 않네. 뚫리지가 않아."

"거기다 내려서니까 컷백도 뭐도 먹히지 않는 것 같아. 경태야, 후반엔 어떻게 할 거야?"

"뭐, 감독님이 작전을 지시하겠지."

경태도 지쳤는지 잠시 나와 대화를 나누다 뒤로 누우며 눈을 감았다.

"성원이. 몸 풀어!" 조쌤이 나를 보며 강하게 말했다.

경태를 뒤로 하고 얼른 내 자리로 가 보호대를 차고 상의를 유니폼으로 갈아입은 뒤 운동장으로 나섰다. 조쌤이 따라왔다. 이어서 우리가 늘 하는 몸풀기가 시작되었고 얼마 지나지 않아 온몸이 후끈 달아올랐다. 다행히 부상으로 밴딩한 발의 통증은 크지 않았다.

감독님이 우리를 불러 모았다. 늘 그렇듯 표정 없는 모습으로.

"전반전에 고생들 했다. 정원의 수비가 단단하구나. 좋은 수비를 갖췄어. 민한이가 컷백을 많이 시도했지만 성공하진 못했어. 덕분에 정원은 우리의 패턴을 읽고 수비를 내려 후반엔 의미가 없을 것 같다. 후반엔 인성이가 그 자리로, 그리고 원톱은 성원이가 선다. 정원은 후반에도 내려서서 역습으로 나올 가능성이 크다. 우리가 계속 공격을 시도하면 더 단단하게 수비를 할 거고 그러다 보면 자칫 우리가 지쳐 역습에 당할 수 있다. 그래서."

감독님이 잠깐 말을 끊고 우리를 둘러보셨다.

"후반엔 작전상 후퇴를 한다. 음, 민한이. 작전상 후퇴가 뭐지?"

"……."

"누구 작전상 후퇴를 설명할 수 있나?"

"……."

"그럼 후퇴는 뭐지?"

"도망가는 겁니다." 오재기 시원하게 답했다.

"그래. 도망가는 거다. 그래서 작전상 후퇴는 작전을 위해 도망가는 것이다."

작전을 위해 도망가는 거라니.

"삼국지의 제갈공명도 튼튼한 성 안에서 굳건하게 수비하는 적에게는 당하질 못했다. 일반적으로 우리가 알고 있는 것처럼 제갈공명이 늘 전투에서 이긴 것도 아니다. 하지만 제갈공명이 정말 잘한 것은 물러나야 할 땐 물러나고 때론 가짜로 물러나 상대를 유인했다는 거다. 식량 부족이나 전쟁 상황이 불리할 때 상대에게 약점을 노출하지 않고 손실을 최소화하며 후퇴하는 전술은 독보적이었다. 전반전에 정원이 우리와 맞붙어 불리함을 알고 천천히 내려서서 수비를 굳힌 건 잘 훈련되지 않으면 매우 어려운 전술적 결단이다. 그 부분은 칭찬할 만하다. 그만큼 했으니 우리와 준결승에서 만났지. 그런데 제갈공명은 작전상 후퇴를 수시로 아주 잘 활용했다. 작전상 후퇴는 공격할 기회를 잡기 위해 일시적으로 후퇴하는 것이다. 알겠나?"

모두가 어리둥절한 표정으로 감독님만 바라보았다.

"작전상 후퇴는 수비를 끌어내기 위해 우리가 공격을 늦추고 우리 진영으로 후퇴해 상대의 공격과 수비가 올라오도록 해 공간을 만들기 위함이다. 우리가 아무리 공격해도 상대가 성 안에 웅크리고 항거하면 성문을 열 수 없어. 그래서 지쳐서 후퇴하는 척하며 상대가 성 안에서 나오도록 유인한 다음 우리가 유리한 공간을 확보해 공격한다. 다시 말하면 공격을 위해 일시적으로 후퇴를 하는 것이다. 하지만 작전상 후퇴는 손발이 맞아야 한다. 지휘는 주장인 운제가 한다. 운제가 내리라고 하면 수비와 수비형 미드필더가 우리 진영으로 내려오고 성원이와 양 윙어는 하프 라인 근처에서 수비 대형을 구축한다. 가능한 한 공격 라인은 하프 라인을 넘지 않는다. 왜 그런지는 알지?"

"오프사이드를 막기 위해섭니다." 민한이가 대답했다.

"그래. 오프사이드를 막기 위해서다. 오프사이드는 우리 선수가 저쪽 진영에 있을 때만 적용이 된다. 우리 진영에 있을 때 패스가 시작되면 오프사이드는 적용되지 않는다. 그래서 하프 라인 밑에 공격진이 대기하고 상대가 올라오면 역습한다. 민한이, 시운이, 성원이가 스피드가 있고 성원이는 라인 브레이커 역할을 잘하니 이 작전을 쓴다. 운제는 타이밍을 잘 봐야 한다. 우리가 준비되지 않은 상태에서 잘못 내렸다간 오히려 우리가 역습에 당할 수 있다. 수비와 수비형 미드필더의 협동이 성공의 열쇠다. 알았나?"

"네."

일단 목청을 높여 답변을 했지만 아직 의미를 이해할 수 없다는 듯 동료들이 서로의 얼굴을 보고 있을 때 조쌤이 일갈했다.

"정신 차려. 감독님 말씀은 상대를 표 나지 않게 끌어내라는 주문이다. 그러기 위해서는 백 패스의 정확성이 매우 중요하다. 마치 상대의 수비를 도저히 뚫을 수 없는 양 뒤쪽에서 뒤로 들리면 성내는 감각적으로 그 공을 쫓아 나오게 되어 있다. 이런 현상은 선수들 모두 승리를 생각하고 있기에 공에 대한 소유욕이 있고 우리가 물러나면 자신들이 강하다는 착각을 하기 때문이다. 위장을 잘해야 한다. 운제는 절대 뒤로 돌리라는 표현을 쓰지 말고 수비나 수비형 미드필더의 이름을 부르고 눈으로 신호해라. 공격수들도 수비가 빠지면 간격을 맞추어 내려라. 이 작전은 그럴 듯한 위장과 우리의 호흡이 성패의 관건이다. 알았나?"

"네."

또 일제히 답을 했다.

심판의 휘슬이 울리고 나와 동료들은 천천히 우리 진영으로 향해 걸었다.

"성원아. 발은 어때?"

운제가 옆에 다가와 웃으며 말했다. 오전에도 자신감이 넘쳤던 운제는 여전히 기운차게 웃으며 자신감을 보였고 실제 전반에 좋은 모습을 보여 주었다. 운제는 특유의 여유와 끼로 동료들에게 늘 웃음을 주고 여유를 주었다. 더불어 경기에 임하면 독한 수비로 상대를 제압하고 때론 불쑥 공격에 가담해 팀에 활기를 불어넣었고 가끔 실제로 골을 넣기도 해서 우리는 공격하는 수비수라 부르기도 했다.

"뛸 만해."

"후반전엔 엎어야지. 수비는 나한테 맡기고 한 골 부탁하자!"

운제의 주문에 고개를 끄덕여 답했다.

이어서 우리는 어깨를 걸고 머리를 맞댔다. 늘 그렇듯 상대가 먼저 파이팅을 외치길 기다렸지만 지금은 운제가 발언을 했다.

"주선아, 시운아. 자주 얼굴을 보자. 경태하고 재범이도. 내가 머리 끄덕여 신호할 때 준비되었으면 같이 머리를 끄덕여라. 아니면 그냥 있고. 서로 옆을 잘 보자. 공격진도 자주 후미를 봐. 자. 파이팅 하자. 하나, 둘, 셋. 파이팅!"

후반은 우리가 선공이라 주심이 넘겨주는 공을 내가 받아 천천히 하프 라인 중앙으로 다가갔다. 감독님의 작전 지시가 다시 떠올랐고 이것을 어떻게 해낼 것인지 혼란스러움이 다가왔다. 잠깐 관중석을 보니 여전히 부모님들과 후배들이 응원하고 있고 아버지와 어머니의 모습도 보였다. 꼭 이기고 싶다. 지난겨울의 황당한 패배를 씻어 내고 싶다는 생각이 강하게 들었다.

휘슬이 울리자 나는 공을 재범이에게 보내고 전방으로 이동하며 뒤를 보았다. 공을 받은 재범이는 전진하지 않고 성오에게 연결했으며 성오는 다시 재범이에게 넘기는 등 계속 우리 진영에서 공을 돌리고 있었다. 하지만 정원중 공격진은 쉽게 올라서지 않았다. 수비를 단단히 하고 오히려 우리가 올라오기를 기다리는 모습이었다. 그러자 경태가 나를 보고 길게 공을 올렸고 나는 공의 궤적을 쫓아 전진하며 공의 낙하지점을 잡아 서려 했는데 갑자기 앞에 벽이 가로막고 있는 느낌을 받았다. 거기엔 세의 그 센터백이 나를 밀고 헤더로 공을 밀어내는 게 아닌가. 크다. 정말 크다. 부딪혀 보니 정말 벽이라는 느낌이 들었다. 바로 정신을 차리고 공을 쫓아 움직이면서 벽을 깨는 방법을 생각했지만 쉽지 않았다.

"성원아. 힘으로 붙지 마. 스피드로, 스피드!"

갑작스레 조쌤이 나를 부르며 큰 소리로 외쳤다.

'그렇지. 스피드다. 내가 지금 저 선수보다 잘할 수 있는 건 스피드를 이용해 공간을 파고들어 슈팅하고 패스하는 거다. 정면으로의 몸싸움은 득이 되질 않는다. 더구나 발부상이 몸싸움을 하기엔 부담스러우니 스피드로 피해 가자.'

조쌤에게 손을 들어 알았다는 신호를 보냈다.

운제가 손을 들어 후퇴 신호를 했다. 공이 수비 라인에서 계속 움직이자 정원중이 주춤주춤 우리 진영으로 움직이는 게 느껴졌다. 나와 비슷한 라인에 있던 센터백만 나와 라인을 맞추고 대부분이 우리 진영 쪽으로 올라가는 게 확연히 느껴졌다. 내 위치는 우리 진영과 정반대이기에 충분히 관찰이 가능했다.

하프 라인을 기준으로 우리 진영에서는 오프사이드 반칙이 적용되지 않지만 상대 진영으로 넘어서는 순간부터는 항상 오프사이드를 염두에 두어야 하는 게 공격수다. 특히 4-2-3-1 포메이션에서 원톱은 상대의 최종 수비 라인과 같은 위치에 서기 때문에 조금만 상대 골키퍼 방향으로 돌출되어도 오프사이드 반칙에 걸리게 된다. 그렇다고 원톱이 뒤로 물러서면 수비 라인이 계속 올라설 수 있고 그렇게 되면 공격의 효율성이 떨어지게 되므로 상대의 수비 라인을 견제하면서 수비 라인을 저지하는 기술이 필요하다. 가령 수비 라인과 같이 있다가 공을 달라고 소리치며 일부러 오프사이드 위치 안으로 뛰어든다거나 수비 라인에서 몇 걸음씩 상대 진영 안으로 자주 오르내리면 상대 수비는 라인을 올리는 게 불편해지게 된다. 이러한 행동은 우리의 공격에도 도움이 되지만 간접적으로 수비를 돕는 행동이 된다.

센터백 사이와 센터백과 좌우 수비수 사이를 계속 움직이면서 가능한 한 나의 위치를 미들 서드와 오펜시브 서드(파이널 서드) 사이에 있게 하면서 동료들의 움직임을 보고 있으려니 조쌤이 다시 손짓으로 더 물러나라고 사인을 보내고 있었다. 슬금슬금 후퇴를 하자 수비 라인이 따라서 더 올라오고 있었고 후방에서 공을 돌리던 경태가 전진하기 시작했다. 순간 나는 우리 진영으로 더 내려가면서 하프 라인을 지나자마자 경태에게 "경태야. 여기!"라고 소리치며 방향을 바꿔 뛸 준비를 했고 경태는 그대로 길게 전방으로 공을 뿌렸다. 찬스가 온 게 느껴졌다. 하프 라인 아래서 뛰기 시작할 때 경태가 공을 차 주었기 때문에 오프사이드 반칙은 피했고 이제부터는 스피드 싸움이었다. 좌우를 볼 필요도 없고 저 앞에 떨어진 공을 잡고 일대일 상황에서 골키퍼를 제치기만 하면 되는 것이다. 전력을 다해 전진하면서 옆을 보았지만 누구도 보이지 않았다. 공이 떨어져 바운드되는 길 오른발 끝으로 살짝 누른 다음 밀었다. 골키퍼가 앞으로 나오고 내가 공을 띄우거나 옆으로 돌아서는 게 가능한 구간으로 들어서면서 순간 그냥 슈팅을 할 수 밖에 없는 상황이라 그대로 오른발로 슈팅을 시도했다. 하지만 골키퍼가 옆으로 누우면서 뻗은 손에 맞고 공은 골라인 아웃이 되고 말았다.

"아!"

짧은 순간이었지만 아무것도 보이지 않고 아무런 소리도 들리지 않았다. 오직 공과 골키퍼 그리고 나만 있던 상황이 끝나고 정신을 차렸을 때, 그리고 주변과 관중석을 보았을 때 내가 골에 실패했고 모두 아쉬워한다는 걸 알 수 있었다. 물론 상대는 안도의 한숨을 쉬었겠지만.

골키퍼의 대응력은 수준급이었다. 내가 다른 액션을 취할 수 없게 전진해 슈팅만이 가능하게 거리를 좁혔고 덮치듯이 덤볐기에 막을 수 있었을 것이다. 만일 제자리에 있었거나 조금만 더 앞으로 나왔으면 나는 골키퍼를 제치거나 칩슛을 시도해 성공했을 거였다. 온몸에서 기운이 빠지는 걸 느낄 수 있었다. 뒤따라 뛰었던 재선이가 엄지손가락을 들어 주고 다른 동료들도 아쉬워했지만 어쩔 수 없었다. 잊어버리고 또 코너킥으로 골을 노려야 했다.

운제와 선오가 올라오고 모두 지금의 분위기를 골로 연결하기 위해 집중했다. 조쌤은 계속 손짓과 큰 목소리로 위치를 지시하고 있었다. 이윽고 민한이의 코너킥이 올라왔고 느낌으로 내가 헤더를 할 수 있으리라 판단되어 점프를 하면서 공을 내리찍었다. 골이라는 느낌이었지만 또다시 골키퍼의 선방!

경기의 분위기가 우리에게 기울었을 때 골을 넣어야 하는데 성공하지 못하면 기세가 상대에게 넘어가게 된다.

골키퍼의 골킥으로 경기는 이어졌고 계속 일진일퇴의 공방전이 이어졌다. 감독님은 어떤 생각이신지 성오를 내 자리로 올리기도 하고 다른 동료들의 포지션도 계속 변경하셨다. 전에도 가끔 경기가 풀리지 않으면 상대를 혼란스럽게 만들기 위해 이런 시도를 했지만 오늘은 조금 더 많이 시도를 하고 계셨다. 정원중 수비는 강했다. 감독님의 지시에 따라 우리가 포지션을 바꾸면서 공격을 시도하고 운제의 신호에 따라 라인을 내려 작전상 후퇴와 역습을 시도했지만 정원의 필사적인 수비는 마지막 순간에 우리의 골을 차단했다. 상대지만 수비 라인의 헌신과 투지는 훌륭했다.

정원의 골문 앞에서 밀집한 수비를 깨기 위해 나름 정교한 패스와 돌파가 시도되고 슈팅이 이어졌지만 번번이 성공하지 못했고 그렇게 시간이 흘렀다.

다시 한 번 찬스가 왔다. 내가 오른쪽으로 돌자 주선이가 내 전방으로 길게 킥을 했고 나와 상대 풀백이 동시에 뛰면서 공을 다투는 상황이 왔다. 내가 반걸음 빨라 공을 키핑하며 돌아서려 할 때 상대 풀백과 미드필더가 나를 둘러싸고 압박을 가했다. 내가 풀백의 가랑이 사이로 공을 보내고 돌아서 뛰려 하자 미드필더가 상의를 잡아당겨 손으로 풀려 하는데 이미 풀백이 공을 잡고 골라인을 타려는 게 아닌가. 순간 그대로 태클을 시도해 공은 아웃되었지만 내게 파울이 선언되어 공격권이 넘어가 버렸다. 나는 주심에게 손짓으로 상대가 상의를 잡았다고 어필했지만 소용이 없었다. 분명 상대가 먼저 파울을 범했는데 심판이 제대로 보질 못하고 엉뚱하게 내게 파울을 선언하다니! 나는 심판을 바라보며 계속 어이없는 표정을 지었지만 어쩔 방법이 없었다.

"야! 성원이! 긴장 풀어." 조쌤이었다.

멘탈이 무너지면 경기 운영에 문제가 있다는 걸 알고는 있지만 나도 모르게 놓치고 있는 상황이었기에 조쌤의 지적에 가까스로 마음을 다잡을 수 있었다. 경기를 하다 보면 불리한 판정을 받는 경우가 있고 심지어는 황당한 상황을 맞이할 때도 있다. 그러나 그때 화를 이기지 못하면 거칠어지거나 몸이 굳어져 경기를 망칠 수가 있는데 조금 전의 상황이 그랬다. 이럴 땐 심호흡을 해야 한다. 크게 심호흡을 하고 잠깐이라도 하늘이나 먼 곳을 보는 게 현명한 방법이다.

정원중 진영에서 우리의 공격은 계속 이어졌지만 골은 터지지 않고 우리 체력도 떨어지고 있었다. 우리의 파울로 정원중이 하프 라인에서 프리킥을 얻자 센터백까지 우리 골문 앞에 늘어섰고, 운제의 지시에 따라 우린 하나씩 상대를 맡아 수비에 임했다. 그리고 프리킥. 공은 정원중 센터백을 향해 날아들었고 이를 막고 있던 선오가 같이 뛰었지만 공은 센터백의 머리를 거쳐 옆에 있던 공격수에게 연결되었다. 공격수가 공을 차는 순간 재건이가 몸을 날렸고 안전하게 가슴으로 공을 안았다. 순간 동료들 대부분이 얼어붙은 듯 정지된 걸 기억한다. 축구는 순간의 실수가 승부를 결정하곤 한다. 일방적으로 밀어붙이다가 한 번의 역습에 당하는 게 축구 아닌가. 판정승이 없기에 어찌되었든 한 골을 먼저 넣는 팀이 이기기 때문에 좀 전처럼 순간의 방심은 패배로 이어진다.

"성원이! 재범이와 바꿔."

감독님이 지시를 내렸다. 상대의 견제가 집중되면 늘 그렇듯 감독님은 우리의 포지션을 바꿔 상대의 혼란을 유도했다. 재범이가 원톱으로 올라가고 나와 경태가 수비형 미드필더를 보면서 다시 라인을 올리기 시작했다. 이어서 시운이가 잡은 공을 재범이에게 연결하고 재범이가 센터백 사이에 있는 재선이에게 공을 밀어주자 재선이가 슈팅을 시도! 그렇지만 공은 왼쪽 골포스트 옆으로 흐르고 말았다.

골키퍼의 골킥으로 경기가 이어졌고 하프 라인에서 재범이가 헤더로 재선이에게 연결했다. 순간 재선이가 드리블로 한 명을 제치고 나가자 내가 오른쪽으로 벌리면서 달렸다. 하지만 재선이의 드리블은 상대 수비수에게 막혔고, 재선이는 순간 비어 있는 나를 보고 공을 보냈고 나는 골문이 열린 걸 느끼며 가볍게 공을 세우고 슈팅을 시도했다. 그런데 또 상대 풀백이 몸을 던져 막으면서 공은 수비수를 맞고 튕겼고 나는 다시 공을 잡기 위해 수비수 들과 경합을 했지만 밀리고 말았다.

수비가 걸어 낸 공이 경태에게 걸렸고 경태가 몰고 올라오다 민한이에게 패스했다. 민한이는 재선이에게 연결했고 재선이는 다시 오른쪽에 있는 나에게 연결해 나는 다시 슈팅을 했지만 이번에도 골키퍼의 선방으로 공이 아웃되며 코너킥이 선언되었다.

"야. 힘들 내!"운제가 계속되는 공격이 골로 이어지지 않아 힘이 빠진 동료들에게 기를 불어넣으며 공격에 가담하기 위해 올라왔다. 성오의 코너킥을 수비가 걸어 내자 재선이가 다시 잡아서 들어오다가 상대의 태클로 파울을 얻었다. 순간 운제가 옆으로 왔다.

"성원아. 한 번은 기회가 올 거야. 힘내자."주장다웠다.

"시운아! 올라가."조쌤의 작전 지시가 떨어졌다. 우리가 준비한 작전! 오른쪽에서 프리킥을 할 경우 대부분 수비는 중앙의 공격에 대비해 골문 앞에 밀집하게 되는데 이때 시운이나 민한이 그리고 주선이가 좌우 코너 방향으로 전진하며 공을 받아 다시 센터링을 하거나 중앙으로 드리블해 슈팅이나 패스를 하는 패턴이었다. 상대의 수비를 허무는 방법인데, 지금 조쌤의 지시는 그걸 의미했다. 성오는 중앙을 보면서 마치 우리에게 공을 보낼 듯이 움직여 수비를 중앙으로 몰았지만 시운이가 전진하자 바로 시운이에게 공을 연결했고 시운이가 가볍게 공을 밀면서 안으로 들어왔다. 공간이 열렸다. 시운이의 센터링과 상대의 몸을 던지는 수비! 공은 수비수의 몸을 맞고 아웃되었고 다시 코너킥이 선언되었다. 동료들이 한숨을 쉬었다. 그만큼 정원중의 수비는 철벽이었다.

주선이와 재건이를 제외한 우린 계속 상대 진영에 있었고 코너킥을 받을 준비를 했다. 성오의 코너킥! 몸싸움 속에서 공은 수비수의 몸을 맞은 뒤 내가 있는 방향으로 튀었고 공을 잡기 위해 돌아서서 뛰는 순간 발목에서 못에 찔린 듯한 통증이 올라왔다. 발을 디딜 수가 없어서 그대로 텀블링을 할 수밖에 없었다. 정원중이 걷어 낸 공을 민한이가 잡아 앞으로 길게 찼고 나는 아픈 걸 참고 전력 질주해 상대 수비와 공을 다퉈 잡은 후 뒤돌아서며 슈팅을 시도하려 했지만 불편한 발이 쉽게 움직이질 않아 공을 넘겨주고 말았다.

"재범이. 성원이와 바꿔." 다시 감독님의 지시가 떨어졌다.

지시에 따라 위로 올라가려 할 때 공은 경태에게서 주선이, 주선이에게서 민한이에게 연결됐다. 민한이는 공을 몰다 재범이에게 스루 패스를 했고 재범이는 발끝으로 방향만 바꾸어 재선이에게 연결해 재선이가 슈팅을 때렸다. 그러나 공은 태클한 수비수의 발을 맞고 아웃되어 코너킥이 선언되었다. 발목이 무척 아팠지만 꼭 이기고 싶었다. 그러려면 통증을 이겨 내야만 했다. 성오가 킥을 하기 위해 뛰어갔다. 시간이 얼마 남지 않았기에 빨리 킥을 해야 했다.

동료들이 다 들어왔다. 수비수도 자리를 잡았다. 나는 좌측으로 빠져 길게 넘어오는 공을 노렸는데 상대 미드필더가 나를 막아섰고 옆에는 운제가 대기하고 있었다. 운제 앞에도 상대 수비수가 있었다. 성오가 손을 들어 킥 신호를 했다. 그 신호는 짧게 찬다는 거였고 그럴 경우 중앙으로 들어가야 했기에 앞으로 움직이려 하자 나를 막던 미드필더와 운제를 마크하던 수비수가 동시에 앞으로 나와 같이 움직였다. 성오가 킥한 공은 낮게 깔려서 누구도 터치하지 못하고 중앙을 통과해 공간을 확보한 운제에게 연결되었다. 수비수들이 내가 움직였을 때 무심코 따라붙으면서 운제에게 공간을 내줬던 것이다. 공의 방향을 쫓던 눈들이 운제가 논스톱으로 골문 왼쪽으로 그 공을 가볍게 차는 걸 보았다. 아주 짧은 시간이었지만 공이 골키퍼의 멍한 시선을 받으며 골대 안으로 빨려 들어가는 걸 동료들과 상대 선수 모두가 보고 있었다. 아니 양측의 감독과 코치, 그리고 부모님들이 모두 보고 있었다. 잠깐의 멈춤, 그리고 휘슬 소리! 골인!

1:0

드디어 성공했다. 모두가 급한 그 순간 운제의 여유 있던 움직임은 영화의 한 장면 같았다. 무심한 듯 툭 하고 차던 운제! 동료들이 환호했고 운제는 펄쩍펄쩍 뛰면서 관중석의 부모님께 박수를 유도했다. 이윽고 동료들이 운제를 덮쳤다. 뛰어가서 같이 덮치고 싶었지만 발목의 통증은 걷기도 부담스러웠다. 천천히 걸어가 일어나는 운제의 손을 잡았다.

정원중이 급해졌다. 급하게 공을 하프 라인으로 가져갔지만 우리는 천천히 우리 진영으로 이동했고 빨리 넘어가라는 정원중 선수들의 독촉을 들어야 했다. 부모님들의 응원 소리가 들렸다. 좀처럼 큰 소리로 응원하지 않는 게 전통인데 무척이나 기쁘셨던 모양이다.

이젠 단단하게 수비를 굳혀야 한다. 지금의 방심은 치명적이다.

"잠궈!" 조쌤이 일갈했다.

정원중이 킥 앤드 러시로 밀고 들어왔다. 선오와 운제, 성오와 주선이의 수비는 탄탄했고 경태와 재범이 역시 자기 자리를 잡았다. 상대가 공격을 위해 올라왔지만 우린 넓게 포진해 패스로 시간을 끌다 마지막 공격에 나섰다. 나의 슈터링이 골라인 아웃되고 골키퍼의 골킥이 이어진 후 주심의 휘슬이 울렸고 그렇게 우리는 결승이라는 고지에 올랐다.

동료들이 운제를 중심으로 뭉쳤고 정원중 감독님과 코치님께 인사를 드린 후 우리 감독님 주위로 둘러섰다. 관중석의 부모님들은 밝은 표정으로 우릴 내려다보고 계셨고 이젠 더위도 별로 느껴지지 않았다.

"다들 수고했다. 어려운 경기였지만 최선을 다해 준 너희들이 자랑스럽다. 빨리 정비하고 쉬어라."

감독님의 말씀은 간단했지만 감독님 역시 마지막까지 애를 태운 경기가 힘드셨으리라.

"자. 빨리 옷 갈아입고 돌아갈 준비해라." 조쌤이 서둘렀다.

자리를 지키던 동료들이 물수건과 물병을 나눠 주었고 나는 아픈 발목을 내색하지 않고 얼른 내 가방이 있는 곳으로 가 물수건으로 몸은 닦고 땀에 젖은 유니폼은 갈아입었다. 찬 물병을 얼굴에 대후 한 모금 물을 마시자 그제야 우리가 이겼고 결승에 오른 게 현실감 있게 다가왔다. 힘없이 가방을 챙기는 정원중 선수를 보면서.

지난 춘계 대회가 떠올랐다. 그토록 이기고 싶어 덤볐지만 패하고 동료들이 다 떠난 후 선배들 경기 때문에 남았을 때 느꼈던 우울함. 마치 모든 것이 내가 잘못해서 그렇게 된 거 같아 한동안 무척 힘든 시간을 보내야 했다. 하지만 지금은 그런 고비를 넘고 승리했다. 승리와 패배의 차이는 대단한 것 같지만 실은 마지막까지 승리하겠다는 의지를 놓지 않는 팀이 그 기쁨을 누린다는 걸 이제 확실히 알게 되었다.

"성원아. 발목은 어때?" 운제였다.

"좀 불편해."

"그래도 잘했다. 마지막에 네가 수비수들을 끌고 앞으로 빠져서 찬스가 왔어."

"아니야. 네가 공간을 잘 잡았어. 네가 잘한 거야. 그 순간에 정말 침착하더라."

"하여간 골문 안이 훤히 보였어."

"야, 그만하고 가자." 경태였다.

정신을 차려 가방을 메고 경기장을 벗어나자 부모님들이 우리를 반겼다. 아버지가 천천히 다가오셨다.

"발목은?"

"괜찮아요."

"아닌 것 같은데? 아까도 회전할 때 문제가 있던 것 아냐?"

"네. 조금 그렇기는 한데 버틸 만해요."

"쉬는 게 좋을 텐데."

아버지의 걱정을 뒤로 하고 동료들과 함께 버스로 가 자리를 잡고 앉았다.

에어컨을 미리 켜 놓았는지 버스 안은 무척 시원했다. 동료들 모두 이상하게 담담한 표정으로 자리에 앉아 있었고 운제만 아직 힘이 남았는지 쉬려는 친구들에게 말을 건넸다. 하지만 경기에 온 힘을 쏟아부은 후라 누구도 답하지 않고 의자에 몸을 최대한 기대고 있었다. 나 역시 발목도 좋지 않고 지쳐 있어 운제가 다가와도 모른 척 눈을 감았다. 그렇게 버스는 숙소에 도착했다.

결승

3학년 선배들이 16강전에서 탈락해 먼저 귀가하자 우리와 1학년만 남게 되어 숙소에 여유가 생겼다. 선배들은 탈락을 했지만 1학년 후배들도 우리와 같이 결승에 올라 이틀 후 같은 시간 다른 장소에서 결승전을 치르게 되었다. 우리는 1학년 때 실패를 했지만 후배들은 결승까지 올라왔으니 실력을 인정해야 했다.

숙소에서 샤워를 하고 재건 어머님이 챙겨 준 간식으로 허기를 채우자 잠이 쏟아지기 시작해 미련 없이 방으로 들어가 긴장을 풀고 드러누웠다. 잠깐 잠이 든 것 같았는데 누군가 흔들어 눈을 뜨니 재건 어머님이 아이싱을 할 수 있는 얼음 팩을 들고 계셨다. 감사하다는 말씀을 드리고 발목에 얼음 팩을 올려놓으니 짜릿한 느낌이 다가왔다. 발목은 조금 부어 있었고 열이 났지만 얼음 팩을 덮자 시원함과 짜릿함이 느껴졌다. 조금 있으니 그 시원함이 발을 타고 올라와 몸 전체가 시원해지는 것 같았다. 정신이 들었다. 그러자 우리의 결승 상대가 궁금해졌다. 우리와 같은 시간에 경기가 있어 경기장에서 결과를 알 수 있었지만 서둘러 오느라 확인을 하지 못하고 왔기에 결과를 알고 싶었다. 밴드로 얼음 팩을 발목에 고정하고 문을 열고 나와 두리번거렸지만 아무도 보이지 않아 천천히 코치님 두 분이 계시는 방으로 갔다. 방문이 열려 있어 인사를 하려 하자 "오. 성원이. 발목은 괜찮아?" 조쌤이 먼저 물어보셨다.

"네. 조금 불편하지만 뛸 수 있을 것 같습니다. 저 그런데……."

"결승 상대를 물어보려는 거지?"

"네."

"울산 혁성이야. 얼마 전 정읍에서 붙었던."

"네? 혁성이요? 정말입니까?"

"맞아. 혁성이야. 성원이 이놈, 좋아 죽으려 하네. 입이 찢어져."
라고 말씀하시며 조쌤이 웃으셨다.

정읍에서 이미 혁성과 겨루어 보았기에, 그리고 이겨 보았기에 순간적으로 내 속마음이 표정에 드러난 모양이었다.

"가서 푹 쉬어. 아마도 저녁 식사 후에 감독님이 전술 회의를 하실 계획인 것 같다."

방으로 오면서 나도 모르게 연신 웃음이 나왔다. 잠깐이지만 우승이란 단어가 떠올랐고 환호하는 동료들의 모습이 스쳤다. 행운이 손에 잡힌 느낌이었다. 더구나 혁성중과의 경기에서 첫 골을 내가 넣었기에 당연히 우리가 이길 것으로 생각되어 얼굴에 웃음이 번져 있었던 모양이다.

"성원아!"

깜짝 놀라 돌아보니 열려진 방문 사이로 선오가 나를 부르고 있었다.

"뭔 일 있어? 뭐가 그리 좋아서 얼굴이 싱글벙글이야?"

"응. 내가 그렇게 보여?"

"그래. 얼굴에 좋아 죽겠다고 쓰여 있어. 뭔 일이야?"

"응. 지금 조쌤에게 들었는데 우리 결승 상대가 혁성이래."

"혁성? 걔네들 우리가 3 : 0으로 이긴 애들이잖아."

"맞아."

"와! 그럼 우리가 이번엔 확실히 우승할 수 있겠네. 야! 운제야, 일어나."

선오가 옆에서 자고 있던 운제를 흔들어 깨웠고 운제도 우리 상대가 혁성이라는 말을 듣고는 만세를 불렀다. 그러고는 복도로 나가 다른 방문을 열면서 동료들에게 사실을 알렸고 동료들이 잠에 취한 눈을 부비며 복도로 쏟아져 나왔다. 큰 소리로 말하진 않았지만 얼굴 표정으로 말하려 하는 내용을 읽을 수 있었다. 모두가 "우승!"이라고 말하고 있었다.

"너희들 왜 나와 있어?"

우리들의 흥분을 깬 건 감독님이었다. 좁은 복도에 우리 모두가 나와 웅성대고 있었으니 감독님이 보기에 이상하기도 했을 것이다.

"감독님. 저희 결승 상대가 혁성 아닙니까?" 운제였다.

"그래. 그런데?"

"저희가 얼마 전에 이겼던 애들이잖아요."

"그래서?"

"그럼 당연히 우리가 이길 거고 그러면 우리가 우승하는 거 아닙니까?"

"……."

감독님이 말을 잇지 않으시고 잠시 침묵하자 동시에 우리도 말없이 감독님의 입만 바라보았다. 잠시 더 침묵이 이어졌다. 그리고 "저녁 식사 후 전원 숙소 앞으로 집합!"이라고 말씀하시고는 서둘러 감독님 방으로 가셨다. 우리는 상황을 어떻게 이해해야 할지 몰라 서로의 얼굴만 바라보고 있었다.

감독님에게 어떤 일이 있었는지 궁금했다. 지금의 상황은 분명 우리에게 유리한 상황이고 그래서 동료들과 즐거움을 나누고 있는데 감독님은 전혀 그런 것 같지 않고 오히려 약간 화를 내고 계신 듯해 혹시 감독님이 바깥에서 어떤 일이 있으셨나 하는 생각이 들었다. 동료들은 잠깐 웅성대고 있었지만 잠시 후 각자의 방으로 들어갔고 나 또한 방으로 들어와 휴식을 취했다. 그리고 얼마 후 저녁 식사 시간이 되어 동료들과 함께 식당으로 이동해 식사를 했다. 감독님의 지시 때문이었는지 조용히 식사를 했고 누구 하나 특별히 큰 소리로 떠들지 않았다.

저녁식사를 마치고 감독님의 지시에 따라 나와 동료들은 방으로 가질 않고 숙소 앞에서 서성거리며 감독님이 오시기를 기다렸다. 아직 해가 지지 않아서 환했고 더위도 여전해 그냥 서 있어도 땀이 흘렀다. 제천 시내에서도 좀 떨어진 지역에 숙소가 있었지만 지나다니는 차량도 많고 사람들도 제법 많이 거리를 지나다니고 있었다. 멍하니 오가는 차와 사람들을 바라보며 지나온 시간을 생각했다. 방학을 하자마자 정읍으로 이동해 하계 훈련을 하고 훈련을 마치자마자 제천으로 이동해 추계 대회를 시작했다. 집에 가 본 지 한 달이 넘어가고 있었다. 가족들이 보고 싶었다. 아버지와 어머니는 경기장에 자주 오시지만 누나와 형은 직장 생활과 군 복무로 볼 수가 없었다. 무척 보고 싶었다. 잠깐 가족들과의 즐거웠던 시간들을 떠올리고 있을 때 동료들이 수군거리며 숙소 안으로 들어가기 시작했고 이어서 조쌤이 큰 소리로 집합을 알렸다. 숙소의 공터에는 자리가 깔려 있었고 작은 화이트보드가 앞자리를 차지하고 있었다. 그 앞으로는 야외용 돗자리가 펼쳐져 있어서 신발을 벗고 올라가 자리를 잡았다. 1학년을 포함해 40여 명이 앉기에는 좁았지만 간격을 좁혀 겨우 다 앉을 수 있었다. 그리고 잠시 후 감독님이 화이트보드 앞에 자리를 잡으셨다.

"오늘 1, 2학년 모두 열심히 경기를 해서 둘 다 결승에 올랐다. 결승 상대는 1학년이 천안이고 2학년이 혁성이다. 1학년 상대인 천암은 아직 경기를 해 보지 않았지만 내가 본 바로는 매우 강한 팀이다. 또 스피드가 있는 팀이다. 우리에겐 아주 부담스러운 팀이다. 그리고 2학년이 상대할 혁성은 얼마 전 하계 훈련에서 경기를 해 본 팀이다. 팀워크가 좋고 속공에 능하다. 이미 붙어 보았으니 너희들이 잘 알 것이다. 물론 몇 주 전에 이겨 보았기 때문에 너희가 자신감을 갖고 있으리라 생각하고 있다. 내일 불행하게도 결승전 경기 시간이 같아 1학년은 정 선생님이 감독을 하고 2학년은 내가 해야 할 것 같다. 정 선생님은 내일 수비 훈련을 좀 더 해 주시고 상대 스피드를 잡기 위해서는 양쪽 날개를 잡아야 하니 양쪽 윙어의 수비 가담 훈련을 부탁합니다."

정 선생님이 알았다고 고개를 끄덕이며 답변을 하자 감독님이 말을 이어 갔다.

"2학년! 너희들은 한 번 이긴 팀은 계속 이길 수 있다고 생각하나?"

갑작스런 질문에 우린 아무런 답을 하지 못하고 감독님만 주시하고 있었다.

"운제."

"네."

"한 번 이긴 팀은 계속 이길 수 있나?"

"꼭 그런 건 아니지만 이길 수 있다고 생각합니다."

"어떻게 이길 건데?"

"저번에 한 것처럼만 하면 승리할 수 있을 겁니다."

"저번에 어떻게 했는데?"

"감독님의 전술에 잘 따랐습니다."

"그래, 그럼 이번에도 내 전술에 잘 따르겠네?"

"네."

운제가 자신 있다는 듯 큰 소리로 답변하자 감독님이 잠시 말을 끊고 우리를 보았다.

"그럼 나도 저번처럼 전술을 구사하면 이길까?"

목소리가 낮게 깔리면서 우리에게 무언가 생각하라고 주문하시는 것 같았다. 감독님은 우리에게 생각을 요할 때 목소리가 낮아지면서 말의 속도가 늦어지고 말을 마친 후 우리를 둘러보는 습관이 있으셨다. 꽤 긴 시간을 감독님과 생활하고 익숙해지면서 그분의 특징까지도 익숙해져 있었다.

그런데 저 질문의 의도가 뭘까? 감독님이 저렇게 질문을 하시면 답은 항상 반대다. 저번과 같은 전술을 구사하지 않는다는 게 답일 것이다. 그러면 다른 지시를 내리시면 되는데 굳이 우리를 모아 이런 자리를 왜 만드신 걸까?

"저번에 패스로 혁성을 지치게 하고 우리가 공을 소유하고 공간을 확보해 이겼으니 이번에도 그렇게 하면 이길 수 있다고 생각합니다."

경태가 손을 들며 자신 있게 답했다. 그러자 감독님은 물끄러미 경태를 보시다가 천천히 말씀을 이어 가셨다.

"민한이. 삼국지에서 삼국을 통일한 사람이 누군가?"

"……."

"어, 민한이도 삼국을 통일한 사람을 모르나?"

"네. 삼국지에서 제갈공명이 죽고 난 후의 이야기는 읽히질 않아 대충 읽어서 기억이 나지 않습니다."

"누구 아는 사람?"

"……."

"그럼 제갈공명이 마지막까지 다투었던 위나라의 군사가 누구지?"

"네. 사마의, 사마중달입니다."

민한이가 답했다.

"그래. 사마의다. 제갈공명이 삼국을 아우르는 천재였다면 사마의는 위나라 최고의 천재였지. 조조를 비롯한 위나라의 누구도 제갈공명을 상대해 승리하지 못했고 사마의 역시 많은 전투에서 패했지. 하지만 결정적인 순간을 위해 참고 인내해 마침내 제갈공명 사후에 촉을 정벌하고 그의 아들 사마염이 오나라까지 평정해 진이라는 통일 중국의 나라를 세운다."

감독님은 잠시 숨을 고르시고 다시 말씀을 이어 가셨다.

"사마의는 조조와 그의 일족 및 다른 신하들에게서도 그의 뛰어난 능력 때문에 시기와 질투로 고생을 했지만 결국 그런 역경과 고

난을 이겨 내고 제갈공명과의 전쟁에서도 최후의 승리를 얻는다. 제갈공명과 사마의는 여러 번 전투를 치러 서로의 전략과 전술을 잘 알고 있었기에 더더욱 어려운 전투를 치르게 된다. 사마의가 제갈공명에게 번번이 패하기 그는 제갈공명의 전술에 넘어가지 않으려고 나가서 싸우지 않고 성 안에서 방어에 전념하는 전술을 주로 선택한다. 제갈공명이 위나라로 진격하면 그 진로를 미리 예상해 요처에 견고한 성을 쌓고 수비에 집중하는 전술을 택했다. 싸움에 승리하기보다는 촉군이 위나라로 진격하지 못하게 하고 식량이 부족하도록 만들어 회군하게 한다. 제갈공명은 촉의 황제에게 출사표까지 내고 그렇게 위나라를 정벌하려 애를 썼지만 결국 실패했다. 만일 사마의가 정면으로 제갈공명과 전투를 벌였다면 아마도 삼국지는 다르게 쓰였고 중국의 역사가 바뀌었겠지."

한참을 말씀하신 감독님이 숨을 고르시려는 듯 우리를 보며 말을 멈추었다. 잠시 후 다시 말씀을 시작하셨다.

"공명은 위나라로 공격해 들어갈 때마다 초반전엔 전황을 유리하게 끌고 가지만 사마의의 지연 전술과 수성 전술에 말려 어쩔 수 없이 회군하곤 했다. 그리고 그가 자신의 수명이 다한 것을 알고 마지막 공격을 할 때도 사마의는 끝까지 성을 지키고 나가 싸우지 않다가 마침내 제갈공명이 죽은 걸 알고 추격을 시작한다. 들어 본 사람도 있겠지만 죽은 공명이 산 중달을 이겼다는 말이 이때 나왔다. 제갈공명은 생전에 자신의 죽음까지도 염두에 두고 전술을 짜 사마의를 잡으려 했으나, 사마의는 제갈공명의 인형에 놀라 후퇴하고 결국 촉군은 안전하게 돌아가게 되지. 하지만 결국 제갈공명은 죽었고 위나라에 의해 촉나라는 정벌되고 항복하게 된다.

너희들이 몇 주 전에 혁성을 상대로 승리한 것은 맞다. 분명히 너희가 3 : 0이라는 압도적인 승리를 했다. 그런데 너희와 나는 혁성에게 우리의 전술 모두를 알려 주었다. 그리고 너희 개개인의 장점과 단점도 알려 주었다. 너희는 혁성이 강하지 않다고 판단해 마음껏 너희의 실력을 발휘하고 전술을 펼쳤다. 나 역시 혁성과 결승에서 만날 것이라곤 생각하지도 않고 우리가 쓸 수 있는 많은 전술 변화를 보여 주었다. 아마도 지금 혁성의 감독님과 선수들은 우리와 정읍에서 붙었던 비디오를 시청하며 우리를 어떻게 막을지를 준비하고 있을 거고 내일은 그렇게 준비한 전술을 훈련하겠지. 우리도 혁성과의 경기를 녹화해 두었다. 그리고 이미 보았다. 그런데 혁성은 우리에게 특별한 전술을 선보이지 않았다. 나는 그것이 두렵다. 그들은 우리를 알고 있는데 우리는 그들을 모르는 상황이다. 그런데 너희들은 혁성이 전혀 변화 없이 우리와의 결승전을 치를 것이라고 먼저 축포를 쏘고 있다. 어쩌면 지금 이 시간도 혁성은 비디오를 보면서 우리를 어떻게 막을 것인가를 준비하고 있을지 모르는데. 마치 사마의가 제갈공명의 촉군을 어떻게 막을지를 준비하는 것처럼!"

이것이었구나! 감독님이 고민하고 걱정하던 것이 이것이었구나.

갑작스레 소름이 돋았다. 아직 온도가 떨어지지 않아 더웠지만 머리에는 하얀 얼음이 끼는 느낌이었다. 더 이상 어떤 생각도 진행되지 않았다. 동료들도 모두 숨을 죽이고 있었다. 어쩌면 나와 같이 머릿속이 하얀 얼음에 덮이고 있을지도 모르겠다. 감독님은 더 말씀하시지 않고 우리를 계속 둘러보며 눈만 마주치고 계셨다. 그 잠깐의 침묵이 너무 무거워 누군가 나를 일으켜 세우지 않으면 일어서기가 힘들 것 같았다. 다시 얼마의 시간이 지났다.

"저번 경기 전반에 혁성은 내려앉아 수비를 하지 않았다. 우리와 같이 4-2-3-1 포메이션으로 안정적인 공격과 수비를 했지만 스피드에서 우리와 약간의 차이가 있었다. 너희도 잘 알고 있겠지만 축구에서 미세한 스피드 차이는 승패를 좌우한다. 같은 위치에서 공을 향해 움직일 때 먼저 공을 터치하는 선수가 자기가 원하는 방향으로 공을 움직일 수 있으며, 또한 상대가 패스하는 공을 가로챌 수 있다. 그것은 곧 경기의 지배를 의미한다. 그럼에도 혁성이 느리게 느껴진 것은 우리가 충분한 체력 훈련으로 앞섰다고 할 수도 있지만 만일 스피드가 비슷했다면 어떤 결과가 나왔을지 장담할 수 없었다. 너희들이 전력을 다해 뛴 반면, 이상하게 혁성은 스피드를 올리지 않았다. 왜 그랬을까? 그리고 후반에는 4-4-2의 형태로 전환해 수비에 역점을 둔 포메이션으로 운영했다. 너희도 알고 있겠지만 혁성의 감독님과 나는 오랜 친구고 서로를 잘 알고 있지만 저번처럼 경기를 운영하는 경우는 드물었다. 그렇다고 물어볼 수도 없는 일이고."

감독님 말씀을 들으며 그때의 상황을 떠올려 보았다. 하나하나 그들과 부딪혔던 순간들을 되살려 보니 과연 감독님 말씀처럼 우리가 잘한 것도 있지만 그들의 움직임이 빠르지도 거칠지도 않았음이 느껴졌다. 그들은 우리에게 자기들의 전술을 노출하지 않고 오히려 우리를 탐색한 것이었나? 그렇다면 우리의 전술은 이미 다 노출되었고 거기에 대해 혁성은 웃으며 우리를 공략할 전술을 준비하고 있다는 건가? 아니 그렇다고 하더라도 그들과 우리가 결승에서 만난다는 보장도 없었을 텐데 어떻게 그럴 수 있지? 짧은 순간에 많은 생각들이 지나갔다.

"혁성은 우리와의 결승에서 어떤 전술로 나올까? 누구 생각해 본 사람 있나?"

아무도 답하지 않았다. 잠깐 감독님이 말을 끊고 우릴 보았다.

"너희들은 앞으로도 이런 상황을 수도 없이 맞게 될 것이다. 축구 선수로도 그렇고 앞으로 지도자가 되어서도 이런 상황을 맞이하게 된다. 그리고 이런 상황을 어떻게 대비하느냐에 따라 누군 우승이라는 트로피를 들어 올리고 누군 쓸쓸히 준우승에 머물게 된다. 물론 준우승이란 게 나쁜 것도 창피한 것도 아니지만 그게 잘못 준비한 결과라면 나쁜 것이고 창피한 것이다. 과거에 뛰어난 선수나 팀들이 당연히 우승할 거란 예상을 뒤로하고 빗나간 결과를 초래한 건 준비 없이 나섰기 때문이다. 개인 경기가 아닌 상대와 겨루는 경기는 상대의 전술에 따라 우리가 변할 수 있어야 이길 수 있다. 아무리 절대 강자도 약점은 있다. 아테네의 그 뛰어난 아킬레스도 아킬레스건이라는 약점이 있어 트로이와의 전쟁에서 그곳에 활을 맞고 전사했다. 적대 강자는 존재하지 않는다. 준비를 길게 ↑ 승힌 지가 강자지 강자이기 때문에 우승하는 건 아니다. 상대에 따라 변할 수 있고 기왕이면 잘 변할 수 있어야 이길 수 있고 강자가 되는 것이다. 관건은 그렇게 할 수 있는 전술적 유연성을 가지느냐 못 가지느냐다. 내일 모레 우리는 다른 전술로 변해야 한다. 조 선생!"

"네."

긴장을 풀고 있던 조쌤이 감독님의 호출에 깜짝 놀란 듯 큰 소리로 답했다.

"내일은 전방 압박과 게겐프레싱을 믹스해 훈련을 하되 짧게 진행해 체력을 최대한 비축한다. 특히 수비 라인을 하프 라인에 두고 게겐프레싱으로 점유율을 최대한 높이며 빠른 속도로 공격할 수 있도록 포지션별로 대체 인원을 생각해 두게. 체력 소모가 많아지면 조기에 교체가 불가피할 수도 있어. 그리고 공격수와 미드필더가 게겐프레싱에 적극적이지 않으면 또 교체를 해야 해. 그리고 성원이도 전반에 바로 투입할 수 있게 준비해. 아마도 혁성은 우리가 전과 같이 나올 거라 예상하고 수비를 단단히 하겠지만 우린 여유를 주지 않고 전반에 승부를 건다. 결승은 체력 싸움이 될 것이니 전반에 승부를 결정짓고 후반은 지키는 전략으로 간다."

게겐프레싱! 나도 잘 알고 있는 명장 클롭 감독이 도르트문트와 리버풀에서 완성한 압박 전술! 경기장 어느 곳에서든 공 소유를 잃게 되면 바로 근거리의 선수들이 공을 소유한 선수를 압박해 뺏고 즉시 공격으로 전환하는 전술. 하지만 이 전술을 수행하기 위해서는 강력한 체력을 필요로 하고 선수들 간의 협력이 절대적으로 필요한데 가능할까? 감독님은 왜 전방 압박과 게겐프레싱을 요구하시는 걸까? 그리고 전반에 승부를 결정짓겠다는 건 이제까지 감독님이 추구하던 전술이 아닌데.

전방 압박과 게겐프레싱은 분명 다른 전술이다. 지금까지 우리의 기본 전술은 전방 압박이었다. 수비 라인을 올리고 상대를 일대일로 압박해 상대의 패스나 돌파 시도를 막고 실수를 유발해 공 소유권을 우리가 가져온 뒤 패스를 통해 공간을 확보하고 상대 공간으로 파고들어 결정짓는 방법이다. 그런데 여기에 게겐프레싱을 접목하면 상대를 하프 라인 위에 가두고 좁아진 공간에서 다시 압박을 가해 상대가 공을 소유할 시간을 주지 않겠다는 의미가 된다. 프로 축구에서도 체력적인 문제로 전후반 내내 사용하지 않는 게 일반적인데 감독님은 우리에게 그걸 전술로 지시하고 있다. 거기에 나도 전반에 투입하시겠다니. 아직 발목이 불완전해 후반에만 주로 뛰는 상황인데 전반부터 투입하겠다니.

감독님이 말씀을 마치시고 자리를 뜨자 정 선생님과 조쌤도 들어가려 하셨다.

"정 선생님!"

경태가 손을 번쩍 들고 정 선생님을 불렀고 정 선생님이 돌아서자 애원조로 말했다.

"코치님. 날이 너무 더운데 어떻게 게겐프레싱을 해요!"

"그래? 그냥 하라면 하지 말이 많네. 감독님이 어련히 알아서 하실까."

"코치님. 저희가 하지 않으려는 게 아니라 하려고 해도 체력이 따라주지 않으면 할 수가 없잖아요."

"감독님이 그걸 모르시고 지시한 건 아닐 거야. 아니 더 잘 아시니까 그렇게 지시한 걸 거야."

"코치님. 설명을 좀 해 주세요."

경태가 다시 애원하듯 부탁을 하자 동료들도 정 선생님에게 말씀을 드렸다. 그러자 정 선생님과 조쌤이 함께 자리를 잡았다.

"먼저 감독님께서 그렇게 결정하신 배경에 대해 생각해 볼까?" 정 선생님이 먼저 말씀을 시작하셨다.

"결승전 경기 시간이 몇 시지?"

"네, 10시입니다." 우린 합창을 하듯 대답했다.

"그럼 그때도 그리 덥던가?"

"아닙니다."

"언제쯤 더워지지?"

"11시 즈음이요?"

"너희가 답을 알고 있네."

"네?"

"알고 있잖아!"

"……."

"감독님이 게겐프레싱을 주문한 건 전반이다. 그 전반전이 진행되는 시간은 아직 경기장이 달궈지지 않아 비교적 체력 소모가 덜하다. 그리고 혁성은 아마도 전반전에 밀고 올라오지 않고 우리의 체력을 소진시키기 위해 수비에 치중할 것으로 판단하신 것 같다. 그렇게 내려선 수비를 깨는 방법은 두 가지인데, 첫 번째는 너희도 알고 있듯이 작전상 후퇴로 상대를 끌어내는 것이고, 두 번째는 더 적극적으로 상대를 밀착하는 게겐프레싱이다. 상대가 숨 돌릴 사이 없이 강하게 압박하며 공 소유권을 뺏고 정신없이 공격하면 너희도 힘이 들지만 상대는 더 힘든 상황이 된다. 더 중요한 건 상대가 당황한다는 점이다. 너희도 알듯이 혁성 감독님과 우리 감독님은 꽤 친한 사이고 오랜 기간 경기장에서 승부를 다투어 서로의 전술을 잘 알고 있다. 그래서 혁성 감독님은 우리 감독님이 어떻게 나올지 예측해 준비했는데 변칙적으로 게겐프레싱이 가해지고 혁성의 수비가 흔들리면 아마도 선수들과의 소통이 어려워질 거다. 수비에 변화를 주어야 하는데 전달이 힘들겠지. 단, 너희가 쉴 새 없이 몰아친다는 전제하에."

정 선생님이 말을 마치자 조쌤이 뒤를 이었다.

"내가 부연 설명을 하지. 정 선생님이 말씀하신 내용 중에 상대가 힘들고 당황한다는 의미를 설명해 줄게. 도르트문트의 경기를 보면서 분석을 해 보면 뒤로 물러서지 않는 축구를 한다는 특징을 확인할 수 있고 가장 중요한 특징은 게겐프레싱, 즉 압박 후 탈취란 걸 알 수 있다. 압박과 탈취는 다르다. 압박은 상대가 의도하는 걸 하지 못하도록 누르는 거지만 탈취는 거기서 더 나아가 상대의 공격권을 빼앗아 오는 것이다. 생각해 봐라. 너희가 애써 공을 잡았는데 상대편 서너 명이 사방을 둘러싸고 압박하더니 끝내 공을 빼앗아 오히려 우리 진영으로 밀고 들어오는 걸. 그리고 그것이 한두 번이 아니라 계속되는 걸. 한두 번이면 그럴 수도 있다고 생각하겠지만 계속 그러면 차츰 공을 소유하는 것 자체가 부담스럽게 된다. 더구나 그들이 바로 다시 우리의 골문을 향해 돌격하는 걸 보게 되면 아주 질리게 되지. 그래서 도르트문트와 싸우는 팀은 질려서 전의를 상실한다. 너희도 잘 알고 있겠지만 경기가 너희 원하는 대로 잘 풀리면 뛰어도 지치지 않는데 반대로 원치 않는 방향으로 끌려가게 되면 얼마 뛰지 않아도 지치게 된다. 그건 스포츠 심리학에서도 증명하고 있지. 엔돌핀 효과라고. 도르트문트가 게겐프레싱을 성공하면 그들은 신이 나고 엔돌핀이 생성되는데, 반대로 공을 빼앗긴 팀은 맥이 빠지게 된다. 그리고 그 엔돌핀은 전염이 되어 팀의 동료들도 힘이 나게 한다. 도르트문트가 게겐프레싱을 할 때 프레싱에 참여하는 선수를 뺀 다른 선수들의 움직임을 눈여겨보면 더 재미있다. 다른 선수들은 이미 공을 빼앗았다는 전제하에 다음 공격을 위한 움직임을 하고 있다. 이것은 그들이 모두 동료들의 게겐프레싱을 신뢰하고 있다는 얘기다. 만일 게겐프레싱이 실패하게 되면 텅 빈 뒷공간을 상대에게 내줄 수 있기에 게겐프레싱에 참여하는 선수는 거의 죽기 살기로 덤비고 끝내 공을 탈취하게 되는데 여기서 동료애가 더욱 빛을 발하게 된다. 빼앗은 공으로 공격으로 나서게 되면 이미 반대 공간에선 동료 선수가 뛰어 들어가고 있고 그 선수의 발 앞으로 정확한 패스가 연결된다. 후방에서 게겐프레싱이 이뤄져도 같다. 공은 즉시 앞의 공격수나 오버래핑한 좌우 풀백에게 연결된다. 상대팀은 어쩔 줄 몰라 당황하게 되고, 당황한 상태에서의 움직임은 힘이 들어가게 돼 빠르게 지친다. 물론 도르트문트도 지속적인 게겐프레싱을 사용하진 못했다. 아무리 엔돌핀 효과를 누린다 해도 결국은 지치니 후반에는 좋지 않은 결과를 보여 주는 경우도 종종 있었다. 그에 대한 보완책은 역시 교체 선수다. 부상 선수 없이 탄탄한 교체 선수가 있다면 클럽의 게겐프레싱은 탁월한 전술이된다.”

조쌤의 긴 설명이 계속 이어졌다.

“아마도 감독님은 다음 경기가 결승이기에 너희가 가진 모든 체력을 동원해 꼭 우승하고 싶으신 것 같다. 누구라도 이런 상황이면 우승을 욕심내겠지만 감독님은 날씨를 감안하고 너희들의 컨디션과 혁성의 전술까지 감안해 선택하신 것 같다. 전반에 혁성이 예상하지 않은 게겐프레싱으로 경기를 압도적으로 끌고 가서 승부를 결정지으면 후반에 혁성이 아무리 덤벼들어도 이미 소진한 체력과 조급함으로 쉽게 너희를 돌파할 수 없을 것이라는 자신감도 있으신 것 같다."

말을 마친 조쌤이 정 선생님을 바라보자 정 선생님이 마지막으로 우리들에게 당부하셨다.

"그래. 조 선생이 잘 설명했다. 감독님은 이미 다 계산을 하셨고 너희들이 들떠 있는 것도 감안하고 계시다. 경기를 할 때 자신감은 중요하지만 자만은 절대 금물이다. 경기에서 절대적인 건 없다. 1등이 꼴찌에게 무참히 패하는 게 축구다. 누가 어떻게 준비하느냐에 따라 승부가 갈린다. 늘 그렇지만 강한 팀이 승리하는 게 아니라 승리한 팀이 강하다. 내일 조 선생이 4면 압박과 이어지는 공격 훈련을 할 거니까 오늘은 푹 쉬어라. 내일은 훈련을 간결하게 하고 컨디션 조절에 주의해라."

긴 얘기를 마친 정 선생님과 조쌤은 자리를 털고 일어나 숙소로 돌아가셨고 자리에는 우리만 남게 되었다. 나와 동료들은 서로를 바라보기만 할 뿐 말이 없었다.

"야! 걱정하지 마. 우리 잘할 수 있어."

침묵을 깬 것은 운제였다. 운제가 손뼉을 치면서 동료들에게 힘을 불어넣었고 그제야 모두 정신이 들었는지 같이 손뼉을 치며 호응했다. 나 역시 호응하며 천천히 방으로 이동하다 생각을 정리하고 싶어 밖으로 나왔다.

감독님의 말씀과 정 선생님 그리고 조쌤의 설명은 지금까지 우리가 해 온 전술과는 다른 걸 주문하고 있었다. 전방 압박이야 우리가 늘 해 온 방식이지만 게겐프레싱은 이제까지 해 본 적이 없는 전술이다. 숙소에서 도르트문트의 경기를 보면서 대단하다고 감탄을 하곤 했지만 이제 감독님은 우리에게 그걸 주문하셨고 이 더위에 체력적인 부담을 안고 우린 실행을 해야 한다. 조쌤이 설명한 것처럼 전반에 승부를 결정지을 수 있고 혁성을 심리적으로 압도해 전의를 상실하게 할 수 있다면 분명 우리가 우승기를 들어 올릴 수 있겠지만 반대로 전반에 승부를 결정짓지 못하면 우리의 체력이 바닥나 후반에 오히려 밀릴 수도 있다. 그럼에도 위험 부담을 안고 감독님이 이 전술을 선택한 건 혁성의 무엇이 두려워서일까?

"성원아! 무얼 그리 깊이 생각해?"

경태가 내 어깨를 치며 물었다. 아마도 내가 밖으로 나오자 나를 따라온 것 같았다.

"응. 감독님과 선생님들이 지시한 전술에 대해 생각하고 있었어."

"넌 어떻게 생각하는데?"

"글쎄. 난 감독님이 혁성을 왜 그렇게 어렵게 생각하는지 잘 모르겠어. 저번 경기에서 우리가 잘했는데도."

"그러게. 저번에 우리가 혁성을 압도했잖아. 3 : 0이었어. 1 : 0도 아니고. 물론 감독님 말씀대로 혁성이 전력을 다하지 않고 우리를 탐색한 거라 해도 우리가 그렇게 무서워하거나 이기지 못할 팀은 아닌 것 같은데."

"그래. 너도 그렇게 생각하시?"

"그런데 한 가지. 감독님이랑 혁성 감독님이 매우 친한 사이고 서로 잘 아는 관계잖아. 그런데 우리에게 그렇게 쉽게 진 혁성이 결승에 올라온 건 분명 뭔가가 있긴 있어. 그렇지 않다면 저 많은 팀을 이기고 어떻게 결승에 올랐겠어. 우리도 그렇지만."

"그건 경태 네 말이 맞아. 우리에게 그렇게 패한 팀이 어떻게 결승에 올랐을까 궁금했어. 뭔가가 있으니까 결승에 올랐겠지."

"감독님은 그 뭔가를 알고 계시니까 우리에게 게겐프레싱까지 지시한 게 아닐까?"

"그렇게 생각하면 맞아. 정 선생님도 혁성이 수비로 나올 거라고 했는데 감독님은 무언가를 알고 있고 그래서 전반에 혁성의 전술을 엎어 버리려 하는 걸 수도 있을 거야. 우리를 파악하고 혁성이 뭔가를 준비했다면 그 준비한 전술을 깰 방법이 있어야겠지. 이젠 감이 잡히네."

"그나저나 네 발목은 어때? 감독님은 여차하면 바로 널 투입해 승부를 결정지을 생각이신 거 같은데."

"마지막 경기잖아. 아무리 아파도 끝을 봐야지."

내가 웃으며 대답하자 경태도 씨익 웃으며 내 어깨를 두드렸다.

그리고 다시 숙소로 돌아왔다.

아침부터 선생님들이 서두르셨다. 늘 그렇듯 감독님은 경기 시간에 맞춰 훈련을 하도록 일찍 아침을 먹게 한 후 바로 결승전이 벌어질 경기장으로 이동하도록 했다. 아홉시 반쯤 경기장에 도착하자 부모님들이 여전히 우릴 기다리고 계셨다. 버스에서 보니 오늘은 아버지와 어머니가 같이 오셨다. 어머니가 오늘은 휴가를 내신 건지 아버지와 같이 서 계셨다. 회사를 다니시니 시간이 없어 가끔 휴대폰 사용이 허가되면 통화만 했는데 어머니를 보게 되니 눈물이 핑 돌았다.

축구화와 유니폼이 든 가방을 메고 버스에서 내리자 부모님들과 동료들, 그리고 1학년 부모님과 후배들이 마치 오랜만에 만난 가족들처럼 서로 손을 잡기도 하고 안아 주기도 했다. 나 또한 아버지 어머니 사이에서 잠시 여유를 즐길 수 있었다. 어머니는 내가 발목 부상인 걸 뒤늦게 아셨는지 계속 상태를 물으셨다. 괜찮다고 말씀을 드려도 걱정을 하셨다. 그러는 사이 조쌤이 집합을 알렸다. 그리고 몸을 풀라는 지시도 내렸고 그에 따라 우리는 경기장을 뛰기 시작했다. 늘 하는 몸풀기를 마치고 패스 훈련도 마치자 조쌤이 모이라는 신호를 보냈다.

본격적인 훈련이 시작되기 전 조쌤이 작전판으로 훈련 방법을 설명하기 시작했다.

"게겐프레싱은 간단히 말하면 압박과 탈취다. 따라해 봐. 압박 탈취!"

"압박 탈취!" 조쌤의 지시에 따라 우리는 동시에 외쳤다.

"그래, 압박 탈취. 이제까지 너희는 압박, 특히 전방 압박을 자주 수행에 왔다, 전방 압박은 공의 탈취를 목적으로 하지는 않는다. 물론 상대의 실수를 유발해 공 소유를 가져오기도 하지만 전방 압박은 수비의 개념이다. 압박해 상대가 공세로 전환하는 걸 위에서부터 누르는 거지. 그래서 내가 누르라는 말을 쓰는 거고. 그런데 게겐프레싱은 공격 용어로 보면 맞다. 압박의 목적이 분명하다. 우리가 공격을 하다 공을 빼앗겼을 때 즉시 여럿이 압박해 공을 다시 탈취하고 공격을 이어 가는 게 목적이다. 여기서의 압박은 일대일 압박이 아니라 공을 소유한 상대에게 최소 서너 명이 압박을 가해 패스를 봉쇄하고 돌파도 불가능하게 만든 후 공을 탈취하고 바로 상대 골문을 향해 공격해 들어가는 것이다. 그렇게 압박하려면 하나의 규칙이 있어야 한다. 여기를 봐라."

조쌤이 작전판의 중앙에 붉은 마커로 작은 동그라미를 그리고 1을 써 넣었고 근처에 비슷한 동그라미를 몇 개 더 그린 후 앞과 같이 2, 3, 4, 5를 차례로 적었다. 그리고 다시 검정 마커로 그 사이사이에 여러 개의 삼각형을 그렸고 번호를 매겼다.

"여기 붉은 마커를 상대방이라 하자. 삼각형은 우리 팀이다. 여기 우리 1번이 공을 몰다가 상대 1번에게 공을 빼앗기면 전방 압박은 우리 1번이 상대 1번을 막아서고 다른 2, 3, 4, 5번은 상대 2, 3, 4, 5

번을 압박한다. 이렇게 하는 게 전방 압박이다. 반면에 게겐프레싱은 우리 1번이 상대 1번에게 공을 빼앗긴 순간 1번이 앞을 막지만 다른 2, 3, 4번이 즉시 이렇게 상대 1번을 포위한다. 그러면 상대는 공을 다른 선수에게 연결하지도 못할 뿐 아니라 네 명의 방어선을 돌파하지도 못한다. 그 상황에서 부지런히 공을 뺏기 위해 발을 움직이면 누군가의 발에 반드시 걸리게 된다.

그런데 한 가지 문제가 있다. 이렇게 세 명이 몰려오면 보는 것처럼 상대에게 공간을 내주게 되는데, 만일 공이 빠져나와 다른 상대에게 연결되면 우리의 수비가 헐거워지고 뚫리게 된다. 이 경우를 대비해야 한다. 이런 상황은 좌우 풀백이 공격에 가담해 게겐프레싱을 한 후에 발생할 확률이 많은데 이때는 중앙 수비수가 바로 백업을 해 주고 미드필더와 풀백도 전속력으로 수비로 전환해야 한다. 특히 우리가 게겐프레싱을 쓰는 걸 알면 상대는 공을 소유하자마자 바로 우리의 뒷공간으로 보낸다. 여기에 있던 우리 풀백이 전진해 있기 때문에 공간이 비어 있는 걸 알고 있기에 공을 전방으로 보낸 후 스피드가 있는 윙어가 따라붙어 슈팅 찬스를 노리려 한다. 손흥민 선수가 도르트문트 킬러가 된 이유가 여기에 있다고도 할 수 있지. 워낙 스피드가 있으니 레버쿠젠 선수들은 도르트문트의 게겐프레싱이 전개되려 하면 즉시 손흥민 선수가 있는 방향으로 공을 전진시켰지. 결과는 당연한 거고. 만일 우리에게 이런 상황이 닥치면 센터백이 그 공을 차단해야 한다. 센터백의 수비 범위가 넓어지게 되어 부담이 되겠지만 운제나 선오가 스피드가 있으니 방어가 가능하리라 본다. 그럼 누가 게겐프레싱을 해야 하나? 그냥 공을 소유한 상대와의 사이에 동료가 보이지 않으면 내가 가면 된다. 동료가 보이지 않는다는 건 내가 제일 가깝다는 말이다. 무슨 말인지 이해되나?"

동료들 모두 머리를 끄덕였지만 아직 확실한 감을 잡은 것 같지는 않았다.

"프레싱은 많은 체력 소모를 각오해야 한다. 그런데 더 문제는 너희 중 누구 하나가 호흡이 맞지 않으면 그곳이 구멍이 되고 거기가 뚫리면 좀 전에 말한 그런 상황이 쉽게 발생한다는 거다. 반대로 너희가 좀 더 뛰려 하면 상대는 너희가 다가오는 것만으로도 공포에 질리게 된다. 게겐프레싱은 그 자체로 무서운 수비 전술이자 공격 전술이지만 정신적으로 상대를 압도하고 상대의 기를 눌러 버린다. 생각해 봐라. 겨우 공을 빼앗았는데 즉시 상대가 한두 명도 아닌 서너 명이 벌떼처럼 달려들면 공포를 느끼게 된다. 아무리 날고 기는 선수라 하더라도 이런 상황에 몇 번 부딪히게 되면 공을 소유하는 게 부담이 되고 공을 빼앗는 것 자체가 두려워질 수도 있다. 그 다음 결과는 뻔하니까 스코어마저 밀리면 전의를 상실하겠지? 자! 이젠 훈련을 하러 가자."

조쌤이 먼저 경기장을 향해 움직이자 우리도 뒤를 따르며 경기장으로 들어섰다. 이어서 운제와 선오를 제외한 8명이 각각 4명씩 나뉘어 팀을 이루게 했고 종인이와 상만이가 상대가 되어 공을 소유하게 했다. 좌측에는 인성이, 민한이, 경태, 주선이가 우측에는 재선이, 시운이, 재범이, 성오가 한 팀을 이루었다. 그리고는 종인이와 상만이가 정지된 상황에서 공을 드리블하며 앞으로 나오면 그 즉시 팀원들이 에워싸 공을 탈취하는 훈련이 이어졌다. 종인이와 상만이는 작지만 빠르고 공을 잘 다루기에 쉽게 빼앗기지 않을 거란 생각과 달리 네 명이 사방에서 달라붙자 전진은커녕 멍하니 공을 빼앗길 수밖에 없었다. 팀원들의 얼굴은 오래지 않아 땀으로 범벅이 되었고 가쁜 숨을 내쉬고 있었다. 아침이지만 이미 더위는 시작되고 있었고 쉬지 않고 반복되는 훈련에 10분을 넘기지 못하고 잠시 쉬게 되었다.

"성원이, 성인이. 너희도 들어와. 지금부터는 돌아가면서 쉰다. 상대 역할도 돌아간다. 그렇게 일인당 한 번씩 쉬면 다섯 번의 반복 훈련이 이뤄지게 된다. 알았나? 그리고 선오, 운제는 날 따라와."

조쌤은 이미 어떻게 훈련을 진행할 것인가를 충분히 준비한 듯 필드 플레이어들에게 훈련 지시와 시범을 보이고 중앙 수비수 둘을 데리고 수비 훈련을 위해 뒤로 물러섰다.

나 역시 가볍게 몸을 푼 상태이고 이미 숙소에서 밴딩을 한 상태라 바로 훈련에 참여해 동료들과 호흡을 맞췄다. 발목이 불안정했지만 견딜 수 있을 것 같아 호흡을 맞추려 노력했고 동료들도 쉴 없이 땀을 흘리며 훈련을 반복했다. 한쪽에서는 운제와 선오도 조쌤과 함께 강도 높은 훈련을 진행하고 있었다. 한 시간의 훈련이 끝나고 정리 운동을 마치자 우린 완전히 진이 빠진 모습으로 그늘을 찾아 들어갔다. 곧바로 총무님과 후배들이 건네는 물수건과 물 한 병을 입에 물고 쓰러졌다. 아무런 생각도 들지 않았다. 어지러울 정도였다. 그렇게 잠깐 쉬며 눈을 감고 있다가 뜬 순간 어머니가 나를 내려다보고 계셔서 벌떡 일어나 앉았다. 어머니는 손을 저으며 그냥 쉬라는 표정이셨지만 너무 오래 떨어져 있어서 어머니와 손이라도 잡고 싶었고 제대로 인사도 드리고 싶었다. 그래서 말없이 어머니의 손을 잡고 있으니 어머니도 내 등을 어루만지며 말씀하셨다.

"발목은 괜찮아?"

"네."

"다른 데는 아픈 곳 없고?"

"괜찮아요."

"먹는 건 어때?"

"잘 먹고 있어요. 걱정하지 마세요."

"그래. 내일은 결승이라는데 뛸 수 있겠어?"

"네. 감독님이 전반부터 뛸 수 있다고 준비하라고 하셨어요."

"발목이 그런데 걱정이다."

"뛸 수 있어요. 그리고 내일이 결승이라 끝나면 쉴 수 있고 치료하면 좋아질 거예요."

그렇게 잠깐 어머니와 대화를 나누는 동안 조쌤이 다시 우릴 소집했다.

"오늘 훈련은 여기까지다. 내일 많이 뛰어야 하기에 훈련은 마치지만 오늘 훈련한 게겐프레싱은 잘 기억해 두기 바란다. 초반에 게겐프레싱이 성공하면 예상외로 경기는 쉽게 풀릴 수 있지만 그렇지 않으면 너희의 체력에 무리가 가고 힘들어진다. 공격수들은 틈만 보이면 슈팅을 시도해라. 물론 미드필더들도. 내일은 너희가 가진 모든 걸 쏟아붓는 날이다. 감독님도 말씀하시지만 주말 리그가 아니라 단기 대회에서는 끝까지 집중하고 마지막까지 최선을 다하는 팀이 우승한다. 내일이 그날이다. 빨리 숙소로 돌아가 샤워하고 식사 후 휴식을 취해라. 나는 1학년을 챙기고 가겠다."

조쌤이 다시 경기장으로 들어가자 동료들과 나는 천천히 버스를 향해 이동했고 늘 그렇듯 부모님들께서 환한 웃음으로 버스 앞에서 우릴 반기셨다.

"성원아. 훈련 때는 괜찮은 것 같은데 어때?" 경태였다.

"응. 괜찮은 것 같아."

"그래. 그럼 내일 확실하게 이길 수 있겠네."

"자신하지 마. 감독님도 걱정하고 계시잖아"

"그래도 우리가 이길 거야. 감독님은 우리가 방심하는 걸 방지하려고 그럴 수도 있어."

"방심?"

"그래. 방심! 너도 잘 알잖아. 마지막에 방심하다 한 방에 무너지는 거. 그런데 진짜 우승할 때는 동료들이 같이 미친 거 같았어. 너도 해 봐서 알잖아."

"그건 그래. 초등학교 6학년 때 우승해 보고 거의 2년 만에 우승에 도전하는 거지만, 우승했을 때는 동료들이 똘똘 뭉쳤던 기억이나."

"감독님은 매년 우승을 해 왔으니 어떻게 해야 우승할 수 있다는 걸 누구보다 잘 아실 거야. 그리고 늘 상대팀을 꼼꼼하게 분석하시는 분이니 분명 우리가 우승할 거야."

"나도 그랬으면 좋겠다."

버스 안에서 경태와 잠깐 대화를 하곤 곧 잠에 빠져들었다.

샤워와 식사를 모두 마친 오후는 그야말로 휴식이었다. 오전의 짧은 훈련은 어떤 훈련보다 강도가 높았고 쉴 틈 없이 진행되었기에 동료들 모두 잠들었는지 숙소에는 정적이 감돌았다. 더군다나 1학년 후배들이 다른 층에 있고 우리만 한 층에 모여 있어 더더욱 조용한 오후였다. 나 역시 꿀맛 같은 낮잠을 즐기고 개운한 몸으로 일어날 수 있었다. 혼자 앉아 있기도 심심해 문을 열고 나와 복도를 거니는데 상만이와 마주쳤다. 상만이는 개인기가 뛰어나지만 아직 피지컬이 약해 주로 후보로 자리를 지켰다.

"성원아. 감독님이 결승전에서 우리 모두를 뛰게 하겠다고 말씀하셨는데 정말일까?"

"아마도 그럴 것 같아. 너도 오전 훈련에서 뛰어 봤지만 게겐프레싱이 체력 소모가 엄청나잖아."

"그렇다고 하더라도 이제까지 감독님은 주전이 지치지 않으면 끝까지 그대로 끌고 가셨잖아."

"그렇기는 하지만. 이번은 좀 다를 것 같아. 그리고 우리도 이미 많은 경기를 했고 체력적인 한계에 다다르고 있어. 감독님은 그걸 알고 있기에 전원 가동하시겠다는 거겠지."

"그러면 정말 좋겠다. 결승전에 뛰어서 우승을 해야 진짜 내가 우승에 기여하는 거잖아."

"그래. 상만아 우리가 전에 6학년 여름 대회에서 우승하고 가을에 우승할 때 생각이 난다. 맞아 가을에 우승할 때 결승전 결승골을 네가 넣었었지?"

"그래. 그때 정말 좋았었는데. 그때 넌 중앙 수비를 보다 급하면 포워드로 변신해서 상대팀을 놀라게 하곤 했지. 선수가 부족해 그때는 무조건 뛰었었는데, 여긴 동료들이 워낙 잘하니 뛸 기회가 없어서 아쉬워."

"좀 그렇지. 하지만 너도 키만 좀 크면 나보다 더 날아다닐 텐데."

"하여간 내일 경기에서는 정말 열심히 뛰고 싶어."

"그래야지. 얼마만의 결승전이야. 작년 여름 여기서 울고 갔고 올 초에도 영덕에서 실패했으니."

"그나저나 성원이 네 발목은 어때?"

"조금 신경 쓰이지만 뛸 만은 해."

"내일은 조심하고 파이팅하자."

"그래. 쉬어."

상만이는 유소년 클럽 축구를 같이했기에 많은 공감대가 있었다, 아마도 언젠가 피지컬이 좋아지면 분명 멋진 선수가 될 것이다. 더구나 상만이의 긍정적인 생각은 본받을 만했다. 불평도 없이 항상 노력하는 자세는 더 좋았다. 그런 상만이가 내일 경기장에서 그간 뛰지 못한 만큼 더 좋은 결과를 만들기를 마음으로 빌었다.

복도를 내려가 숙소 앞으로 나서자 감독님과 마주쳤다.

"감독님."

"성원아. 발목은 괜찮아?"

"뛸 만합니다."

"다행이다. 내일은 잘해야 해."

"네. 열심히 뛸 겁니다. 저어 그런데 내일 저희가 이길 수 있겠죠?"

"뭐라! 이기고 지는 것은 경기를 해 봐야 알지 어떻게 지금 알 수 있겠어. 지난 경기에 이겼다고 우리가 이길 거라 생각하면 지금 먼저 우승 잔치를 하지."

"아니 그게 아니고 저희가 최선을 다하면 이길 수 있을까를 여쭤보는 겁니다."

"최선을 다하면? 그렇지. 최선을 다하면! 경기장에서 쓰러질 때까지 뛰고 너희가 가진 모든 걸 쏟아부으면 이길 수 있을 거야. 그리고 누구도 싫수아서나 저 혼자 잘난 척하지 않는다면, 그래서 철저히 팀플레이를 한다면 우승할 수 있을 거야. 하지만 상대도 그렇게 준비해서 올 것이고 혁성 역시 감독님부터 그런 경험을 갖고 있어 결국 마지막엔 집중력이 관건이 될 거다."

"네."

"성원이 네가 동료들에게 집중할 수 있도록 얘기를 잘해."

"네."

말씀을 마치고 감독님은 숙소로 들어가셨다.

저녁식사를 마치고 운제가 방을 돌면서 전술 미팅을 알렸다. 동료들과 나는 하나둘 숙소 앞으로 모였고 이어서 감독님과 정 선생님, 조쌤도 자리했다. 그리고 감독님이 특유의 표정 없는 얼굴로 전술을 설명하셨다.

"내일은 총력전이다. 이제까지 너희가 잘해 왔고 이제 결승만 남겨 두었기에 내일 우리는 우리가 가진 모든 것을 쏟아붓는다. 내일 경기가 끝난 뒤 후회할 거리를 남기지 말고 너희의 최선을 다해 우승하길 바란다. 내일은 전반전에 승부를 낸다. 전방 압박과 게겐프레싱을 활용해 상대 공격을 차단하고 우리가 공을 소유했을 때 패스를 통해 빈틈을 노리고 찬스가 나면 슈팅을 아끼지 마라. 내일은 기 싸움이 될 수 있다. 싸움에서 이길 수 있다는 자신감을 가지고 싸우는 사람과 질 거란 생각을 갖고 싸우는 사람은 분명한 차이가 있다. 혁성이 준비를 잘했다고 하더라도 너희가 그 이상의 실력으로 누르면 분명 너희가 승리하고 우승할 것이다. 주선이와 성오는 공격에 적극 가담한다. 오버래핑이 아니라 하프 라인이 방어선이다. 운제와 선오는 최대한 하프 라인에 접근하지만 한 명은 항상 약간 뒤에 자리한다. 나란히 서지 말라는 거다. 역습에 대비해야 한다. 가능하면 선오가 뒤에서 최종 수비를 한다. 제범이와 겨태는 경기장을 넓게 써라. 그리고 수비 범위를 넓혀라. 게겐프레싱의 핵은 아마도 너희가 될 거다. 너희가 가장 많이 뛰어야 한다. 민한이와 시운이는 크로스에 의존하지 말고 가능하면 파고들어 수비를 괴롭히고 지치게 해야 한다. 너희가 움직일 때 상대 수비는 더 많이 움직여야 하고 그러면 공간은 열린다. 인성이와 재선이는 과감하게 밀고 들어가라. 상대와 부딪히는 걸 두려워 말고 공을 받으면 수비 라인을 깨는 데 집중해라, 성원이도 힘들겠지만 투입되면 수비 라인을 깨는 데 집중해라. 너희가 수비를 흔들면 반드시 다른 방향에 틈이 열린다. 그리고 슈팅을 아끼지 마라. 승리의 공식은 간단하다. 지금 주어진 너희의 역할에 최선을 다하고 동료와 팀을 위해 각자가 헌신하면 승리한다. 그리고 승기를 잡으면 몰아쳐라. 단판 승부에서 승기를 잡으면 상대가 덤비지 못하게 누르고 몰아쳐야 한다. 숨 돌릴 시간을 주지 않고 몰아쳐 상대가 저항할 수 없게 만들고 항복하게 만든다. 내일 우리는 그렇게 해야 한다. 알았나? 그리고 수비 라인은 상대의 역습 시에 절대 공을 뺏으려 하지 말고 바깥으로 걷어 내라. 뺏으려 하다 실수하면 상대에게 기회를 주게 된다. 길이

내면 동료들이 내려와 수비를 구축할 시간을 벌 수 있다. 알겠나?"

"네!"

"이상이다. 지금부터는 각자 휴식한다. 단, 절대 주는 간식 외에 다른 건 먹지 마라. 자신의 건강은 자신이 지켜야 하고 내일은 많은 체력이 필요하니 잠도 푹 자 두어라."

감독님은 이미 경기의 모든 그림을 다 그리고 계신 듯했다. 이미 게겐프레싱 훈련까지 마친 상태라 우린 모두 각오를 다지며 말없이 숙소로 돌아갔다.

경기장의 아침은 조용했다. 결승전이기에 다른 팀들은 이미 돌아간 상황이라 우리와 혁성 두 팀만이 이 경기장에서 우승을 다투게 된다. 경기장에 들어서면서 관중석을 보니 부모님들과 가족들이 자리를 잡고 박수로 우릴 맞아 주셨다. 오늘은 꼭 이겨서 우승컵을 들겠다고 다짐하며 손을 들어 인사했다. 그리고 부지런히 옷을 갈아입고 몸을 풀기 위해 경기장으로 나섰다.

결승전이라 그런지 식전 행사가 꽤 길었고, 동료들은 행사가 끝나자마자 경기장 안으로 들어갔다. 주장인 운제, 좌우 풀백인 주선이와 성오, 수비형 미드필더인 재범이와 경태, 좌우 윙어인 민한과 시운이, 공격형 미드필더 겸 섀도우 공격수 재선이, 그리고 원톱에 선 인성이와 든든하게 골문을 지키는 재건이. 11명의 동료들이 들어가면서 먼저 운제가 상대를 향해 손나팔을 만들어 고함을 질렀고 이어서 동료들 전체가 상대를 향해 고함을 질렀다. 마치 인디언들이 사냥을 하기 전에 특별한 의식을 치르는 것처럼 우리는 진지하게 악을 쓰며 우승을 갈구했다. 나도 그리고 벤치에 있는 다른 동료들도 같은 마음으로 의식에 참여했다. 이윽고 빙 둘러선 동료들이 혁성중이 파이팅 소리에 이어 주장이 유제의 구호에 맞춰 파이팅을 외쳤다. 우승과 준우승, 환희의 눈물과 슬픔의 눈물이 갈라지는 결정의 시간이 시작되고 있었다.

FC바르셀로나의 유니폼을 본뜬 우리 유니폼은 붉은 색과 청색의 가로 줄무늬가 도드라졌고 혁성중은 흰색과 검정색의 세로 줄무늬인 유벤투스와 비슷한 유니폼을 착용했다. 우리 유니폼이 상당히 더워 보였다.

혁성중의 선공으로 경기가 시작되었다. 혁성중은 공을 미드필더에게 내주었고 우리 진영으로 뛰어드는 공격수를 향해 미드필더가 롱 킥을 했다. 공격진이 다가오는 걸 본 주선이가 헤더로 재건이에게 패스했고 재건이는 공을 잡고 천천히 앞을 본 후 주선이에게 연결했다. 그렇게 동료들은 경기를 풀어 가기 시작했다. 혁성중은 내려앉지 않고 진영을 넓게 벌렸다. 저번 연습 경기와는 다른 상황이었다. 물론 저번에도 처음에는 진영을 벌렸다가 점차 내려앉았지만.

그렇게 진영을 가져가는 건 정상적인 공격을 하겠다는 의도였다. 공간이 보이자 우리의 패스 플레이가 살아났다. 바로 시작된 패스 플레이는 열네 번의 연결을 거쳐 첫 번째 시운이의 슈팅까지 이어졌다. 공간이 열리면 슈팅하라는 감독님의 지시를 시운이가 그대로 실행했다. 그리고 수비수에게 걸려 튕겨져 나온 공을 오른쪽의 성오가 슈터링해서 아웃될 때까지 공은 실수 없이 동료들의 발에서 발로 연결되었다. 혁성중 골키퍼가 골킥으로 공을 전달해 우리 진영으로 넘어오자 센터백인 선오가 앞을 막으러 하프 라인까지 올라갔고 바로 주선이와 경태가 압박을 시도했다. 그러자 혁성중이 패스한 공이 선오의 발에 맞아 아웃되었고 스로인이 선언되었다. 상대가 스로인을 하자 경태와 민한이 그리고 재선이가 득달같이 달려들어 공 잡은 선수를 압박해 공 소유권을 가져왔고 재범이에게 연결되었다. 게겐프레싱이 먹히고 있었다. 미드필더를 맡고 있는 재범이와 경태가 차츰 중원을 장악하기 시작했고 상대가 공을 뒤로 돌리면 공격 라인이 바로 올라가 압박을 시작했다. 감독님의 지시에 따라 수비 라인을 하프 라인까지 올리자 혁성중은 뒷공간을 노렸다. 하프 라인에 있던 공격수들이 수비 라인의 신호에 따라 앞으로 뛰면 롱 킥이 이어졌고 이는 감독님의 예상과 같았다. 이럴 경우 예외 없이 선오와 운제는 공을 뺏으려 하지 않고 바깥으로 아웃시켰다. 상대 공격진이 힘을 내 올라오지만 공을 아웃시키면 그 순간 힘이 쑥 빠질 것이다. 그리고 그 사이 우리 수비수들과 미드필더들이 자리를 잡을 수 있었다. 상황이 감독님이 예측한 그대로 진행되고 있었다. 경태와 재범이의 경기 운영은 독특했다. 경태가 빈틈을 찾아 예리하게 패스하고 파고드는 반면, 재범이는 특유의 유연함으로 공간을 차지해 넓게 경기장을 이용하고 있었다. 둘의 미드필더

조합은 환상적이었다.

이어지는 공격에서 경태와 민한이 그리고 재선이로 연결되는 패스 후 재선이가 슈팅을 했지만 아깝게 수비벽을 맞고 튕겨져 나왔다. 다시 우리가 공을 잡았고 공격이 이어졌다. 혁성중은 우리의 뒷공간을 노리는 전술 외에는 아직 특별한 무엇을 보여 주시 않고 있었으며, 동료들은 체력을 바탕으로 공간을 점유하고 패스로 중원을 장악해 공격에 불을 붙이는 느낌이었다. 그리고 잠시 쿨링 브레이크가 주어졌다. 동료들이 땀에 젖은 모습으로 들어와 물을 마셨고 조쌤은 그 상황에서도 좀 더 몰아칠 것을 주문했다. 다시 경기가 이어졌다.

감독님 말씀대로 주도권을 우리가 쥐고 경기를 리드하자 동료들은 상대적으로 덜 지쳤고 혁성중 선수들은 벌써 지친 모습을 보이기 시작했다. 내 페이스대로 뛰면서 공을 반대 방향으로 계속 돌리면 상대는 뛰는 범위가 더 넓어지고 역동작으로 쉽게 지치는데, 지금이 바로 그런 상황이었다.

재범이가 부드럽게 공을 연결시키고 있었다. 인성이에게 보내 리턴 받고 다시 성오에게, 성오는 시운이에게, 시운이는 다시 중앙의 재범이에게 연결했다. 순간적으로 뒤에 있던 경태가 전진하자 재범이가 경태에게 공을 밀었고, 경태는 뛰던 탄력 그대로 슈팅했다. 공이 강한 탄력을 받아 골문 오른쪽으로 빨려 들어갔고 골키퍼가 슬라이딩했지만 골인!

1 : 0

첫 골이 재범이와 경태의 합작으로 만들어졌다. 중거리 슛! 슈팅을 아끼지 말고 중거리라도 틈이 보이면 쏘라는 감독님 말씀 그대로 재범이와 경태가 작품을 만들었다. 경기장 안의 동료들이 환호했고 몸을 풀면서 경기를 지켜보던 나와 동료들도 주먹을 불끈 쥐며 축하했다. 여간해서 표정이 없으신 감독님도 웃음을 보였고 정선생님과 조쌤도 자리를 박차고 일어났다.

"정신 차려. 아직 전반이야!"

조쌤이 동료들의 들뜬 마음을 가라앉히려 주의를 주었고 그 사이 혁성중이 하프 라인에서 다시 시작할 준비를 했다.

"성원아!"

"네."

"준비해."

"네?"

"들어갈 준비하라고."

"지금요?"

"그래. 지금!"

"네."

벤치 멤버가 입는 녹색 조끼를 벗고 보호대를 찼다. 순간 어제 전술 회의 때 감독님이 하신 말씀이 떠올랐다.

"승기를 잡으면 몰아쳐라. 단판 승부에서 승기를 잡으면 상대가 덤비지 못하게 누르고 몰아쳐야 한나."

감독님은 승기를 잡았다고 판단하신 듯했다. 이제 나는 저 경기장 안으로 들어가 동료들의 노력으로 만들어진 기세를 더 강하게 상승시키고 상대를 몰아쳐 골을 넣어 승리를 굳혀야 한다. 몸에 힘이 들어갔다.

"성원이! 일단 시운이 자리로 간다. 그리고 그 후에는 계속 변동될 거다. 넌 힘이 비축되었으니 공격을 주도해라. 지금 확실하게 눌러 놓아야 한다. 파고드는 게 너의 장점이니 최대한 살려라."

감독님의 지시였다.

"성원아. 중앙으로 이동하게 되면 수비 라인을 깨. 빨리 승부를 결정지어야 해."

이번엔 조쌤이었다.

교체 확인서를 제출한 뒤 선수 등록증을 조쌤에게 건네고 교체 대기를 하자 곧 공이 아웃되고 교체판이 들렸다. 잠깐 관중석을 보았다. 부모님이 손을 흔드셨고, 특히 아버지는 발목을 가리키셨다. 난 두 팔로 원을 그려 이상 없다고 표시하고는 시운이와 교체해 경기장으로 들어가 오른쪽 윙어 자리로 올라갔다. 성오가 웃었다.

바로 성오의 패스를 받고 오른쪽 코너로 공을 몰면서 중앙을 보자 인성이가 들어오는 게 보였다. 지체 없이 중앙으로 센터링했다. 인성이가 덤비며 헤더를 시도했지만 빗나가고 공은 그대로 흘렀다. 아까웠다.

"선인이, 재신이랑 바꿔!"

감독님의 지시는 들어간 지 얼마 지나지 않아 바로 나왔다. 나에게 재선이 자리, 섀도우 스트라이커 자리에 서라는 주문이셨다. 재선이와 인성이가 상대 수비에 묶이는 모습을 보이자 나에게 수비 라인을 깨라는 지시였다. 중앙으로 자리를 옮기고 조금 후에 경태의 스루 패스가 배달되었다. 난 공을 컨트롤한 다음 수비수를 달고 돌파를 시도했다. 하지만 수비는 완강했다. 이미 나를 알고 있는 수비수는 내가 중앙에 서자마자 딱 달라붙었다. 힘으로 밀어 보았지만 제치기 어려울 것 같아 공을 민한이에게 내주었고 민한이가 크로스를 올렸지만 수비수가 헤더로 걷어 냈다.

게겐프레싱은 이제 의미가 없었다. 상대가 공을 잡았을 때 한두 명이 덤벼도 공은 쉽게 우리에게 넘어오기 시작했다. 우리가 압박을 시작하면 상대는 공을 빨리 패스하려다 계속 실수가 나왔고 우린 즉시 공격으로 전환해 상대를 위협했다.

경태, 선오, 주선이가 담당하는 왼쪽 삼각망과 재범, 운제, 성오가 담당하는 오른쪽 삼각망은 패스로 상대를 끌어들인 후 반대편으로 공을 돌려 계속 상대를 뛰게 만들고 지치게 했다. 그런 상황에 중앙에 공간이 생기기만 하면 공을 투입했다.

그렇게 공세가 이어지던 중 오른쪽으로 공이 가면서 성오가 공을 잡자 재선이가 내려가 공을 받았고, 내가 그쪽으로 이동하자 재선이는 내게 패스를 했다. 내가 공을 잡고 돌아서자 수비가 덤볐고 재선이가 공간을 벌린 상태에서 슛을 해 다시 리턴 패스를 하자 재선이가 여유를 갖고 중앙을 보았다. 나 역시 중앙을 보는데 민한이가 파고들고 있었고 이를 본 재선이가 얼리 크로스를 올렸다. 공은 민한이에게 정확히 배달되었고, 민한이가 가슴으로 트래핑한 후 덮치는 수비수를 제치고 오른발로 왼쪽 골문을 향해 슈팅하는 게 하편의 영상처럼 펼쳐졌다. 그러자 공은 직선의 궤적을 그리며 골키퍼의 범위를 벗어나 골문 안으로 빨려 들어갔다. 골인!

　2:0

　재선이의 멋진 얼리 크로스와 민한이의 결정력이 다시 골을 만들었다. 동료들이 환호했고 관중석의 부모님들이 서일을 외치고 있었다. 얼핏 본 감독님의 얼굴에도 웃음이 스쳤다. 나 역시 교체해 들어온 후 몇 분이 지나지 않아 골에 기여할 수 있었기에 뿌듯했다.

　감독님이 성인이를 부르고 있었다. 탄탄한 수비력을 갖춘 성인이였지만 성오와 주선이가 워낙 잘해서 기회가 거의 없었는데 교체를 위해 준비하는 모습이 보였다. 아마도 감독님은 어제 전술 회의에서 말씀하신 걸 그대로 실행하실 작정이신 것 같았다. 그러면서 남아 있는 종인이마저 교체 준비를 하고 있었다.

　성인이가 재선이와 교체되어 들어왔다. 민첩하고 부드러운 재선이와 달리 성인이는 힘이 있고 투지가 넘쳤다. 오른쪽이 성오와 성인이로 바뀌자 힘이 실리게 되었고 혁성중 수비 라인이 밀리는 게 느껴졌다. 훈련 중에도 성인이가 공을 몰고 달리면 나 역시 부딪히시 않으려 할 만큼 성인이의 힘은 다들 알아주는데, 상대 수비 또한 성인이를 막아섰다가 충격을 받은 것 같았다. 공격자 반칙이긴 했지만 상대도 성인이의 힘에 놀란 듯했다.

전반전이 얼마 남지 않았을 거라 생각하고 있는데 혁성중의 역습이 시작되었다. 혁성중 중앙 공격수가 운제를 제치고 드리블했지만 경태가 어깨싸움을 하며 밀어내다가 기습적으로 태클을 시도했고 정확하게 공을 걷어 내 위기를 벗어날 수 있었다. 곧바로 동료들이 내려가 수비 라인을 정비했다. 전반전에 가장 위험한 순간이었다. 그러고 얼마 지나지 않아 전반전이 종료되었다.

동료들과 내가 지치고 힘들었지만 밝은 표정으로 들어오자 벤치에 있던 동료들이 시원한 물병과 물수건을 던져 주었고, 이를 받아 들고는 감독님 앞에 모였다.

"일단 쉬어라. 머리에 물을 끼얹어 열을 식히고."

특이하게 감독님은 다른 말씀이 없으셨다. 그러자 우리는 그늘을 찾아 편하게 앉았고 정신이 들자 눈을 돌려 부모님이 계신 관중석을 보았다. 어머니가 계속 손을 흔드시는 게 여전히 내가 걱정스러운 것 같았다. 잠시 눈을 감았다.

전반전의 흐름을 생각해 보니 감독님의 전술이 적중했다는 느낌이 들었다. 우리가 강하게 압박하고 게겐프레싱까지 시도하자 혁성중은 우리 진영으로 몇 번 올라오지 못했다. 그나마 뒷공간을 노린 몇 번의 시도조차 운제와 선오가 선방해 재건이는 공을 잡아 볼 기회마저 거의 없었다. 다만 한 가지 감독님께서 석성하시던 혁성의 숨은 전술은 아직 나오지 않은 것 같았다. 아니 어쩌면 숨은 전술이 없을 수도 있겠다는 생각이 들었다. 경기를 하면서 상대와 부딪혀 보면 그들의 컨디션과 정신력을 짐작해 볼 수 있다. 내가 부딪혀 본 혁성중은 힘이 빠져 있었다. 덤비기는 하지만 힘이 실리지 않았고 정확성도 떨어져 있었다. 그런데 왜 감독님은 그토록 걱정을 한 걸까?

잠시 생각에 빠져 있을 때 조쌤이 손짓으로 우릴 불렀다. 동료들이 자리를 털고 일어서자 관중석의 부모님들이 응원의 함성을 질렀고 나와 동료들은 손을 흔들고 목례로 답했다. 그리고 감독님을 중심으로 빙 둘러섰다.

"전반엔 다들 열심히 해 주었다. 자기가 맡은 자리와 역할을 잘해 주었다는 말이다. 압박도 잘해 주었다. 그렇지만 이제부터다. 만일 혁성이 기다렸다면 후반 초부터 강공으로 나올 거다. 그리고 두 골은 충분히 만회가 가능하기에 더더욱 강하게 밀고 올라올 거다. 여기에서 밀리지 말아야 한다. 초반에 밀리면 너희도 체력을 장담할 수 없으니 같이 붙어야 하고 어떻게 해서든 골을 넣어 세 골 차를 만들어야 한다. 그러면 상대는 기가 죽고 체력도 급감하게 될 것이다. 둘과 셋은 완전히 다르다. 이미 기온은 30도를 넘어섰고 전반에 체력의 절반을 소진한 상태라 지금은 기 싸움이다. 우리는 승기를 유지해야 하고 혁성은 이기기 위해 우리의 기를 꺾어야 한다. 초반에 절대 밀리지 마라. 우리가 한 골을 더 넣을 때까지 긴장을 유지하며 압박하고 패스의 정확도를 높여야 한다. 재건이와 운제는 후방에서 계속 움직임을 볼 수 있으니 힘들더라도 계속 콜을 해 줘라. 세 골 차가 나면 아마 혁성도 무너질 거다. 그땐 다시 지시하겠다."

감독님은 아직도 혁성이 새로운 전술적 움직임을 할 거라 생각하시는지 계속 주의를 주셨고 또 밀리면 안 된다고 주문하셨다. 이윽고 조쌤이 나섰다.

"초반의 움직임을 그대로 가져가라. 감독님 지시대로 초반에 밀리지 말고 적극적으로 공격한다. 재범이와 경태는 계속 라인을 올리고. 성원이! 이젠 네가 보여 줄 차례다. 체력이 상대적으로 남아 있으니 위로 계속 올라가고 압박에도 확실하게 가담해라. 이제 30분 후면 모든 것이 결정된다. 알았나?"

"네."

선오가 시운이와 교체되었고 중앙 수비는 운제와 성오가, 오른쪽 풀백은 시운이가 섰다. 풀백인 성오가 중앙 수비로 간 것은 좀 특이했다.

휘슬이 울렸다. 나는 다시 물병을 들어 머리에 한 번 붓고 물을 마셨다. 조쌤의 주문에 나도 모르게 몸에 힘이 들어갔다. 동료들과 같이 경기장 안으로 들어가는데 뒤에서 누군가 등을 쳐 돌아보니 재건이였다.

"성원아. 다음 골은 네가 넣어야지."

"그래, 나도 넣고 싶긴 한데 그게 뜻대로 되는 건 아니잖아."

"아냐. 이번엔 될 거야. 저번에 혁성하고 할 때도 펄펄 날았잖아."

재건이의 말이 고마웠다. 동료들과 원을 만들고 다시 파이팅을 외칠 준비를 하려는데 운제가 나섰다.

"뒤는 염려 말고 공격해라 수비는 책임진다. 오늘 꼭 이기자."

바로 혁성중의 파이팅 소리가 들렸고 우리도 입을 모았다.

"서일!"

"화이팅!"

후반전은 우리의 선축으로 시작되었다. 나는 인성이에게 공을 밀어 주고 바로 전진했고, 인성이는 공을 재범이에게 주고는 나보다 높은 위치로 이동했다. 혁성중의 움직임이 빨라지고 우리 진영으로 미드필더까지 넘어와 우리를 압박했다. 저것이었을까? 감독님께서 말씀하신 게.

경태와 운제가 공을 주고받으며 우리에게 계속 진영을 넓히라는 신호를 보냈다. 이윽고 혁성이 덤벼들자 운제가 경태에게 패스했고 경태는 주선이에게 공을 보내 측면을 열었다. 주선이는 민한이와 함께 왼쪽을 밀고 올라왔다. 그렇지만 상대 수비가 만만치 않게 막아서자 다시 뒤로 공을 돌렸고 나 역시 조금 밑으로 내려가 공을 받아 주었다. 밀집 수비였다. 우리가 올라가면 미드필더까지 골문 앞에서 밀집 수비를 폈다. 혁성이 걷어 낸 공을 선진했던 성오가 잡아 경태에게 연결했다. 경태는 인성이와 2:1 패스로 수비를 제친 뒤 공을 몰고 올라왔다. 골문 앞을 보니 공간이 있어서 나는 경태를 부르며 전진했고 경태가 나에게 바로 패스했다. 공은 정확히 내가 파고드는 빈틈으로 왔다. 나는 속도를 죽일 필요도 없이 그대로 공을 잡은 뒤 덤비는 수비를 달고 오른쪽으로 이동했다. 골키퍼가 앞으로 나오는 게 보였다. 골키퍼는 나오다가 주춤거렸고 순간 왼쪽 골문이 열렸기에 오른발 안쪽으로 가볍게 공을 밀었다. 공이 발에 맞는 느낌이 좋았다. 중앙 수비수가 발을 뻗었지만 공은 그대로 골문 안으로 빨려 들어갔다. 골인!

3:0

함성이 들렸다. "서일 화이팅!" 하는 소리가 몇 번 반복되었다. 그리고 동료들이 몰려와 머리도 치고 손을 잡고 포옹도 하며 축하해 주었다. 순간 왈칵 눈물이 나올 것 같았다. 그토록 결승에서 골을 넣고 싶었는데 그 순간이 예상외로 쉽게 다가와 기쁨이 컸다. 휘슬을 불며 심판이 내려가란 신호를 하지 않았다면 그 자리에 계속 있고 싶었다. 동료들과 천천히 우리 진영으로 이동하고 있을 때였다. 감독님이 경태를 불렀고 경태가 감독님에게로 뛰어가 무언가 지시를 받은 후 우리 진영으로 내려왔다.

경기가 다시 시작되었다. 혁성중이 공세를 위해 우리 진영으로 많이 올라오고 있었다. 하지만 이러한 공세 전환은 뒷공간이 열린다는 걸 의미하기도 했다. 경태와 재범이는 이러한 공세를 어떻게 누르는지 알고 있었고 상대의 공세를 차단하면 곧바로 상대 뒷공간으로 공을 넘겼다. 그러면 나와 인성이가 달려들었고, 상대 수비 입장에서는 얇아진 수비 라인이기에 뚫리면 골키퍼와 일대일을 허용하기 때문에 결사적으로 막으려 했다. 그런 공방이 지속되고 있는 상황에서 감독님은 또다시 인성이와 상만이를 교체하셨다. 이젠 벤치 멤버마저 다 투입되었다. 경기장으로 들어오는 상만이의 표정이 밝아 보였다. 그리고 상만이의 투지 넘치는 활약이 시작되었다. 인성이가 교체되면서 내가 원톱으로 올라가고 내 자리에 상만이가 오면서 상만이는 공에 대한 집념과 공격성을 보여 주기 시작했다. 공격 시도는 과감했고 빼앗긴 공을 끝까지 쫓아가 다시 소유권을 가져오며 지쳐 있던 동료들이 다시 파이팅을 하도록 만들었다. 반면에 혁성중의 공격은 점차 무뎌지는 걸 느낄 수 있었다.

나와 상만이와의 2:1 패스에 의한 돌파와 상만이의 슈팅! 비록 골키퍼의 선방으로 막혔지만 상만이는 나와 발을 맞추며 공격에 박차를 가했다. 어쩌면 그동안 제대로 뛰지 못했던 서운함을 풀기라도 하려는지 활동 범위를 넓혔다. 상만이의 움직임으로 편해진 건 나였다. 상만이가 활동 범위를 넓히자 수비수들은 상만이를 놓치지 않으려고 계속 이동해야 했고, 그렇게 되자 나는 수비수의 압박으로부터 느슨해질 수 있었다. 더구나 상만이는 공을 소유하는 스타일이 아니라 계속 정확한 패스를 주고받으며 공간을 만들고 침투하는 공격수에게 스루 패스를 찔러주는 데 능했기에 나나 다른 동료들에게도 찬스를 만들어 주었다.

혁성중이 역습으로 나섰다. 혁성중 오른쪽 윙어가 스피드가 있어서 그쪽으로 공이 집중되었고 주선이와 운제가 공격을 막기 위해 애를 썼다. 한 번은 주선이를 넘긴 패스가 상대 윙어에게 연결되어 안으로 파고들자 운제가 고의성 있는 파울로 제지하다가 옐로우 카드를 받기도 했다. 혁성중의 공격 빈도가 늘어나고 우리 진영에서 공이 머무는 시간이 많다고 느끼는데 갑자기 감독님의 지시가 떨어졌다.

"성원이! 성오와 바꿔!"

처음엔 잘못 들었다고 생각했지만 조쌤이 손짓으로 빨리 내려가라고 하는 게 아닌가! 그리고 성오가 올라오고 있었다. 감독님의 지시는 나에게 중앙 수비를 맡으라는 주문이었다. 그러더니 다시 성오와 재범이의 자리를 바꾸라고 지시하면서 이젠 원톱에 재범이, 섀도우 스트라이커에 상만이, 좌우 윙어에 민한이와 성인이, 수비형 미드필더에 경태와 성오, 좌우 풀백에 주선이와 시운이, 그리고 중앙 수비에 나와 운제가 서게 되었다. 잠시 어리둥절했지만 곧 감독님의 생각을 읽을 수 있었다. 아마도 감독님은 승기를 잡았다고 생각하셨고 이젠 수비를 강화해 이대로 경기를 마칠 준비를 하신 거 같았다. 이젠 내가 최종 방어선이 되고 운제가 바로 앞에서 일차적으로 방어를 하는 형태를 취했다. 혁성중 역시 중앙 수비를 보던 선수가 원톱 공격수로 올라오면서 공격에 고삐를 딩겼고 조금은 위험한 상황이 만들어지기도 했으나 운제와 나의 협력 수비로 차단할

수 있었다. 쿨링 브레이크가 수어지면시 감독님은 다시 재범이를
인성이로 교체하셨다. 조쌤은 공을 돌리라는 주문을 했고 감독님이
머리를 끄덕이셨다. 이어서 조쌤은 라인을 내리고 빠르게 공을 돌
리라는 주문을 더했다. 분명 수비로 전환하라는 의미였다.

동료들이 머리에 물을 붓고 또 마신 우 숨을 틸떡시가 응원석에
선 심호흡을 하라는 큰 소리가 들렸다. 그렇다. 지금 이 순간 잠시
쉬는 순간에 심호흡을 몇 번 하면 분명 여유가 생기고 힘을 얻을 수
있다. 심호흡을 크게 몇 번 하자 한결 몸이 살아나고 찬물을 마셔서
인지 정신도 바짝 들었다. 다시 휘슬이 울렸다.

우린 인성이만 하프 라인 위에 두고 모두 내려섰다. 그러자 혁성
중이 올라오면서 우리 진영 내에서만 공이 도는 공방전이 계속 이
어졌다. 그러던 중 상대 공격수가 나를 제치려 하였고 내가 살짝 태
클한 게 반칙이 선언되어 위험한 지역에서 프리킥을 주게 되었다.
나와 주선이, 경태가 방어선을 쳤고 다른 동료들은 각각 상대 선수
들을 맡았다. 이윽고 중앙 수비수에서 원톱으로 올라왔던 선수가
프리킥을 시도했고 공은 거의 직선으로 우리 머리 위를 통과해 골
문으로 향했다. 위험하다는 느낌이 들어 재빨리 돌아서니 재건이가
점프를 하면서 손을 뻗었고 공은 골문 안으로 들어갈듯 하다가 크
로스바를 맞고 튕겨 나왔다. 아찔한 순간이었다. 하마터면 내 반칙
으로 한 골을 내줄 수 있었던 순간이었다. 정신이 번쩍 들었다.

"공간 벌려. 그리고 패스는 안전한 공간으로만!"

감독님이 나에게 말씀하시는 것 같았다. 감독님의 지시와 동시에 동료들이 넓게 퍼지면서 패스를 이어 가기 시작했다. 때론 재건이도 필드 플레이어처럼 참여를 하면서 잠시 우린 패스 훈련을 하는 것처럼 여유를 부리기도 했다. 시간은 흐르고 있었고 상대 선수들이 눈에 띄게 속도가 떨어지는 게 느껴졌다. 동료들의 패스는 안전한 공간의 동료들에게 계속 이어졌고, 또 최종 수비인 나에게 오면 재건이나 주선이 그리고 경태에게 돌리면서 시간을 끌었다. 날씨는 우리 편이었다. 우리도 지쳐 있지만 혁성중 역시 공격을 하기엔 체력이 따라 주지 않는 상황에 빠진 것 같았다. 아니 우리보다 더 지쳐 보였다. 전반전에 우리의 리듬을 잡기 위해 많이 움직인 게 지금 나타나고 있었다. 경기장의 선수들 전부가 더위와 싸우느라 마지막 힘을 짜내면서 버티고 있었다.

"다들 힘내! 파이팅, 파이팅!"

운제가 악을 쓰면서 동료들을 독려했고 동료들도 여기에 화답하듯이 또 힘을 짜내 뛰었다. 천천히 혁성중이 무너지고 있었다. 다시 시간이 우리 편이 되었다.

"삑~ 삑~ 삐이익!"

휘슬이 울렸다. 주심의 팔이 종료를 알리며 올라갔다 내려왔고 경기장의 모든 선수들이 순간 어깨를 떨어뜨리며 제자리에 서서 멍하니 서로를 보았다. 경기는 끝났고 우리가 우승을 했다.

7월에 시작한 대회가 우리의 우승으로 마무리되는 8월의 오후,

태양은 머리 위에서 뜨겁게 타오르고 있었고 우린 모든 걸 쏟아부은 결과를 마주했다. 멀리서 감독님과 코치님, 그리고 부모님들의 박수와 환호가 아련하게 들려왔다.

5

무
르
익
는

팀
플
레
이

국제 대회

　추계 리그 우승의 축제는 성대했다. 부모님들은 환호했고 감독님과 코치님들도 기쁘게 우리를 맞았다. 감독님과 코치님들은 준우승을 한 후배들과 함께 학교로 가야 한다고 하셨지만 부모님들이 회식 자리를 마련했다며 감독님을 설득했다. 우린 제천 근처의 계곡에서 함께 우승의 기쁨을 나누는 시간을 가졌다. 부모님들께서는 우리의 노력을 칭찬하셨고 특히 최우수 선수상을 수상한 운제 아버님은 회식비를 본인이 부담하겠다고 하셔서 박수를 받았다. 운제가 최우수 선수상을 받은 걸 우린 모두 인정했다. 항상 긍정적으로 상황을 바꾸었고 팀이 힘들 때마다 파이팅을 외치며 주장으로서의 역할을 다했기에 운제의 최우수 선수상 수상에 누구도 이의를 달지 않았고 기꺼이 박수를 보냈다. 모두가 흥겹고 즐거운 시간이었다.
　학교로 돌아온 뒤 일주일간의 휴가가 주어졌다. 집을 떠난 지 한

날이 넘어서 가족과의 생활이 그립던 참에 주어진 휴가는 먹고 자고 쉬고의 반복이었다. 어디를 나가기도 귀찮을 정도로 지쳐 있었기에 초등학교 친구들의 만나자는 연락도 거절하고 늘어져 쉬고 있었다. 하지만 휴가 복귀를 이틀 남기고 아버지는 갑작스레 부모님들 모임이 있다며 외출을 하셨다. 무슨 일인지 모르지만 아버지의 표정이 좋지 않아 보여서 부리나케 동료들에게 전화를 돌렸다. 하지만 동료들 중 일부는 외출해 있어서 상황을 몰랐고 집에 있던 다른 동료들도 나처럼 단지 부모님들께서 모인다는 정도만 알고 있을 뿐이었다. 궁금했지만 내용을 파악하는 데 많은 시간이 걸리지는 않았다.

부모님들 모임에서 돌아온 아버지의 말씀은 이러했다. 9월에 영덕에서 국제 축구 대회가 개최되는데 올해 각 대회에서 우승 또는 준우승한 팀들이 초청을 받았고, 우리 서일중은 춘계 대회에서 우승한 3학년과 추계 대회에서 우승한 2학년이 초청을 받았다는 것이다. 그런데 3학년만 참가하고 2학년은 참가를 취소했다는 거였다. 그래서 2학년 부모님들께서 모여 2학년도 참가할 수 있도록 감독님께 건의하자는 안을 논의하셨고, 아버지와 몇몇 부모님들께서 감독님께 면담을 요청했다는 말씀이셨다. 아버지 말씀에 의하면 외국의 유스팀(프로 구단 소속의 청소년 팀)도 다수 참가하므로 좋은 경험을 할 수 있는데 초청을 거절한다면 아까운 기회를 놓치는 거라고 하셨다.

축구를 하면서 우리보다 실력이 좋은 팀과 경기를 하면 큰 경험이 되고 그런 경험을 바탕으로 성장한다는 걸 알고 있기에 대회에 참석하고 싶어 동료들에게 전화를 돌렸다. 경태와 선오도 우리 2학년이 출전해야 한다고 했고 다른 동료들도 같은 생각이었다. 특히 외국의 유명 유스팀이 참가한다는 내용은 우리에게 참가의 필요성을 더 느끼게 하였다.

얼마 지나지 않아 아버지와 부모님 몇 분이 감독님과 면담을 하셨지만 결과는 역시 불참이었다. 감독님은 3학년만으로 팀 엔트리를 채울 수 없어서 2학년 중 일부를 3학년 팀에 넣어야 하는데, 그렇게 되면 2학년만으로 엔트리를 구성할 수 없다는 말씀이셨다. 그런데 문제는 엉뚱한 방향으로 전개되었다. 2학년 중 일부가 엔트리에 들어간다면 학교에 남는 2학년 동료들은 마치 후보 선수인 것처럼 인식될 수 있었다. 발표가 나진 않았지만 만일 내가 남게 된다고 해도 엔트리에 든 동료와 비교되어 학교 친구들에게 얼굴을 들기가 좀 어려울 것 같았다. 그리고 동료들 사이에서는 누군 엔트리에 들고 누군 들지 않았다는 소문이 돌기 시작했다. 소문은 이미 선배들과 함께 뛰고 있었던 제원이와 시운이, 그리고 골키퍼인 재건이는 당연히 포함이고 선배들의 경기에 많이 뛰었던 나도 포함될 거라고 했지만 확정된 엔트리가 발표되기 전까진 자신할 수 없었다.

휴가가 끝나고 나와 동료들은 학교 숙소로 복귀했다. 숙소엔 이미 선배들이 와 있었고 오전 훈련이 진행되고 있었다.

"빨리 짐 정리하고 운동장으로 집합!"

조쌤이 우리를 보자 바로 집합을 알렸고 우린 빠른 동작으로 집에서 가져온 짐을 정리하고 옷을 갈아입은 후 운동장으로 뛰어나갔다. 바로 훈련이 진행되었다. 본인이 엔트리에 포함되었는지가 궁금했지만 동료들은 말없이 운동장을 뛰기 시작했고 8월의 더위는 다시 우리에게 덤벼들기 시작했다. 일주일을 집에서 편히 쉬다가 다시 시작하는 훈련은 만만치가 않았다. 달리기로 몸을 풀자 곧이어 셔틀 런이 시작되었다. 감독님은 늘 체력 훈련의 중요성을 강조하시지만 특히 단기간 진행되는 대회를 앞두고는 체력 훈련의 강도를 높였다. 체력 훈련 중에서 가장 힘든 게 셔틀 런이었다. 30미터의 주황색 콘을 왕복해서 달리는 셔틀 런은 처음엔 천천히 뛰다가 횟수를 거듭할수록 속도가 빨라져 체력이 약한 동료들이 먼저 포기하게 된다. 조쌤이 초시계를 보면서 휘슬을 불면 출발하고 다음 휘슬이 울리기 전에 들어와야 하는데, 휘슬을 부는 간격이 점점 짧아지면 우리의 호흡도 거칠어져 갔다.

셔틀 런은 100미터 달리기와는 주법이 다르다. 100미터 달리기는 처음에 가속도를 얻기 위해 크라우칭 스타트를 하면서 가속을 붙이지만 셔틀 런은 가속이 붙는 지점에서 돌아서서 다시 뛰어야 한다. 반환점에서 재빨리 돌아서기 위해선 30미터가 가까워지면 오히려 속도를 줄어야 한다. 100미터 달리기처럼 포어풋과 플랫 주법으로 달리면 반환점에서 속도 제어가 되지 않아 셔틀 런에서는 잔발 주법을 이용하는 게 효과적이고, 또한 빠르게 턴하기 위해 중심을 낮추는 걸 반복해야 하므로 매우 어려운 달리기였다. 100미터를 잘 뛰는 선수가 셔틀 런에서 낭패를 보는 건 이러한 이유 때문이고, 그래서 셔틀 런을 잘하려면 반복적으로 꾸준히 훈련하는 게 효과적이다. 그런데 왜 축구에서 셔틀 런을 해야 할까? 감독님은 이렇게 설명하셨다.

"축구 경기에서 프로 선수들은 전후반 90분간 10~11킬로미터를 달린다. 그런데 장거리 달리기처럼 꾸준히 90분을 뛰는 게 아니고 짧은 거리를 반복해서 빠르게 뛰고 수시로 방향을 바꾸며 뛰게 된다. 셔틀 런은 이러한 축구만의 달리기를 감안해 고안된 훈련이다."

물론 셔틀 런이 효과가 크다는 데는 다들 동의하지만 훈련을 받는 우리에게는 가장 힘든 훈련이고 인내와 체력의 한계를 시험하는 훈련이었다.

거의 한계점에 도달할 즈음 조쌤이 길게 휘슬을 불며 훈련 종료를 알렸고 파김치가 된 우리는 물통이 있는 곳으로 몰려가 한숨을 돌리며 물을 마셨다.

"우리가 뛸 수 있다는 보장도 없는데 또 이 고생을 해야 해?"

운제가 힘든 표정을 지으며 먼저 말을 하자 동료들도 모두 불평을 늘어놓았다. 내가 생각하기에도 우리들 중 일부만 선배들의 경기에 침여할 수 있는 상황에서 모두가 강훈련에 들어가는 건 이해되지 않았다. 하지만 이것도 잠시, 조쌤은 다시 훈련을 시작하기 위해 휘슬로 집합을 알렸고 우린 반사적으로 운동장으로 몰려 나갔다. 이어지는 훈련은 피지컬 트레이닝이었다. 피지컬 트레이닝은 몸의 밸런스와 유연성, 근력, 지구력, 그리고 순발력 같은 기능을 향상시키기 위해 진행하는 훈련인데, 몇 개의 보조 기구를 설치하고 이를 이용해 다양한 훈련이 반복되었다. 중간에 시트업이나 푸시업도 곁들여져 두 시간의 훈련이 종료될 때 우리 모두는 땀에 절고 입에선 단내가 났다.

"모두 집합!"

조쌤의 지시에 따라 선배들과 동료들이 감독님과 조쌤을 중심으로 둘러서자 감독님의 말씀이 이어졌다.

"휴가 기간에 푹 쉬다가 훈련하니 힘들지?"

"네."

선배들과 우리 모두가 힘을 넣어 대답했다.

"빨리 정리하고 저녁식사 후 국제 대회에 대해 설명하겠다. 마치자!"

늘 그렇지만 감독님의 지시는 짧고 간결했다.

우린 서둘러 숙소로 몰려갔고 빠르게 샤워를 한 후 저녁식사를 마쳤다. 합숙소 청소를 마치고 얼마 지나지 않아 조쌤이 집합을 알렸다. 선배들과 우리가 자리를 잡자 감독님께서 방에서 나와 가운데에 자리를 잡았고 정 코치님과 조쌤도 감독님 옆에 앉으셨다.

"이번 국제 대회는 3학년을 중심으로 2학년도 전원 함께 참가한다. 교장 선생님께서 국제 대회의 의미를 이해하시고 2학년 전원이 대회에 참가할 수 있도록 배려해 주셨다. 엔트리가 17명까지 가능하니 2, 3학년이 같이 뛰어야 할 것이다. 이번에 참가하는 팀들을 보니 외국의 유명 유스팀이 다수 있다. 우리가 외국에 나가지 않고 그들의 실력을 경험해 볼 수 있으니 모두에게 좋은 기회가 될 것이다. 일주일 이상 휴식을 취했으니 훈련을 통해 빠르게 몸을 만들어야 한다.”

감독님은 여전히 필요한 말씀만 하시고 바로 방으로 들어가셨다. 조쌤의 해산하라는 말을 듣고 동료들과 기숙사 바깥으로 나왔다. 함께 나온 선오가 먼저 말을 시작했다.

“우리 전부 다 간다고 했지? 분명히 그러셨지?”

“맞아. 우리 전부 간다고 하셨어. 그럼 우리 중 일부는 남아 창피당하는 일은 없겠네.”

운제가 받았다.

운제의 말을 듣고 보니 전부 함께 간다는 것만으로도 우리가 걱정했던 문제들이 일시에 사라진 것 같아 나 역시 안심이 되었다. 동료들의 얼굴 표정이 밝아진 느낌이 들었다. 그러고는 몇몇씩 짝을 지어 여기저기서 얘기를 나누었고 나 역시 동료들과 영덕에서 만나게 될 외국 선수들에 대한 기대감과 휴가 기간 중에 있었던 일들에 대해 잡담을 나눴다.

다음 날 아침부터 시작된 훈련은 체력 훈련이 주를 이뤘다. 공을 만져 보지도 못하고 오전 내내 뛰고 구르고 근육을 강화하는 훈련이 지속되었지만 누구 하나 힘들다는 말을 하지 않았다. 선배들을 포함해 우리 모두 빨리 몸을 만들어야 주전 또는 후보로 경기장을 밟을 수 있다는 걸 알기에 말없이 열심히 훈련에 열중했다. 특히 2학년 동료들은 다른 때 같았으면 게으름도 피웠겠지만 지금은 오직 훈련에만 열중하고 있었다. 선배들 중 서너 명이 부상 중이고 2학년과 3학년이 연습 경기를 하면 실력 차이가 크지 않았기에 경기에 뛸 수 있다는 가능성을 믿고 팔월의 무더위를 견디며 뛰고 또 뛰었다. 오전은 주로 피지컬 트레이닝이었고 오후엔 셔틀 런이 우릴 기다리고 있었다. 그나마 오전엔 더위가 심하지 않았지만 오후 셔틀 런 시간은 달궈진 운동장의 열기가 있어 가볍게 달리기를 시작할 때부터 땀에 젖기 시작해 마칠 때는 유니폼에서 땀을 짜낼 수 있을 정도였다. 그렇게 힘든 훈련에서도 운제는 여전히 체력왕임을 뽐내고 있었고 시운이는 속도를 늦추지 않았다. 나 역시 뛴다고 뛰지만 운제와 시운이를 보면 부럽다는 생각이 들었다. 훈련을 마치고 샤워를 할 때면 근육이 늘고 단단해지는 몸을 느낄 수 있었다. 그렇게 국제 대회를 위한 준비는 차근차근 진행되었다.

학교 축구부 버스를 타러 개인 짐과 장비를 들고 내려갈 때 부모님들께서 우릴 전송하러 나오셨고 아버지도 뵐 수 있었다. 감독님과 인사를 나누신 아버지는 내게 다가와 건강 조심하고 특히 다친 발목을 주의하라 당부하셨고 다음 날 내려가겠다고 말씀하셨다. 선배, 동료들도 부모님과 얘기를 나누고 우린 버스 탑승을 마쳤다.

영덕의 늦여름은 뜨거웠지만 그나마 바닷바람이 더위를 조금은 식혀 주었다. 지난 춘계 대회 때 묵었던 숙소에 또 짐을 풀고 난 뒤 감독님은 바로 훈련을 소집하셨다. 그리고 훈련이 시작되기 전 우리들에게 이번 대회 참가 목적을 말씀하셨다.

"이번 국제 대회는 너희들에게 큰 경험이 될 것이다. 너희가 이제 껏 겪어 보지 못한 외국 선수들과의 경기를 통해 경험을 쌓을 수 있는 좋은 기회다. 여기서는 우승도 중요하지만 그보다 외국 선수들이 우리와 무엇이 다른가를 잘 봐 두어라. 개인적인 능력과 조직력이 우리와 어떤 차이가 있는가를 충분히 경험해 보기 바란다."

훈련은 가볍게 진행되었다. 내일부터 바로 경기가 진행되기에 러닝과 패스 훈련만 하고 휴식을 취할 수 있었다. 저녁을 먹은 뒤 해안가로 산책하려고 나서자 동료들이 함께 가자며 따라나서서 2학년 대부분이 함께 움직였다.

"내일 경기하는 일본 팀은 어떨까?" 재범이가 우리에게 물었다.

"일본 선수들은 아마도 우리보다 작지만 개인기가 뛰어날 거야." 민한이가 설명했다.

"틀림없이 그럴 거야. 내가 내일 센터백을 보면 그런 일본 애들을 꽉 잡아서 한국 축구를 알려 줄 텐데." 선오가 거들었다.

뒤이어서 동료들이 자신이 만약 경기에 뛰게 되면 어떻게 하겠다고 설렘과 긴장감을 토로했다. 산책 내내 우리는 그렇게 떠들면서 내일에 대한 긴장을 풀고 있었다.

2학년 중 나를 비롯한 몇 명만이 출전 팀 명단에 들어가 있었다. 3학년 선배들은 부상 중인 선배를 빼고 전원이 들어가 있었다. 그 명단을 본 후부터 우리 2학년들 사이엔 미묘한 흐름이 만들어지고 있었다. 명단에 들어 있어서 벤치에 앉을 수 있는 동료들과 명단에 없는 동료들이 따로 뭉쳤고 행동도 따로 하고 있었다. 경기에 출전하기 위해 버스를 타러 갈 때도 출전 명단에 없는 동료들은 멀찌감치 있다가 장비를 챙기고 늦게 탑승했다. 나는 버스에 먼저 탑승했기에 다른 동료들이 올라올 때 아는 체를 했지만 동료들은 본체만체 스쳐갔다. 어색함이 우리들 사이에 커지는 것 같았다.

경기장에 도착하자 조쌤이 명단에 있는 팀을 먼저 경기장으로 불렀다. 그러고는 바로 몸을 풀도록 지시했고 우리는 입고 있던 운동복 그대로 축구화로 갈아 신고 러닝을 시작했다. 반대편에선 일본 선수들이 몸을 풀고 있었다. 어제 우리가 말한 것과는 달리 일본 선수들의 체격은 우리와 비슷했고 그리 차이가 나 보이진 않았다.

경기가 시작되기 전에 감독님이 선발 선수를 호명했지만 2학년에서는 제원이만 선발로 나설 수 있었고 나머지는 벤치에 대기해야 했다. 하지만 난 그때 벤치에도 앉지 못한 동료들을 생각하지 못했고 경기는 시작되었다.

일본 팀의 조직력은 내가 생각했던 것보다 훨씬 단단했다. 개개인의 피지컬 능력도 우리보다 뛰어났지만 특히 미드필더에 의한 공의 점유와 방향 전환은 선배들의 경기 운영과 상당한 차이가 있었다. 4-2-3-1을 기본 포메이션으로 하고 있지만 좌우 풀백의 오버래핑이 뛰어나 포메이션 변화가 자유로웠고, 미드필더가 때로는 중앙으로 짧게 때로는 좌우로 길게 연결하면서 우리 수비를 혼란스럽게 만들었다. 방향 전환도 실수 없이 이루어져 우리의 체력을 갉아먹었다.

선배들은 일본 팀의 공세에 계속 밀렸고 공격다운 공격을 펼치질 못했다. 더구나 선배들은 자주 개인 돌파를 시도하다가 일본 팀의 압박에 공을 빼앗겼다. 부상에서 회복되어 골키퍼 장갑을 낀 선배는 일본 팀의 파상 공세에 몸을 날리며 선방하고 있었지만 위태로운 상황이 지속되었고, 결국 전반전 20여 분에 첫 골을 허용했다. 센터백을 맡은 제원이는 좌충우돌하고 있었지만 일본 팀 공격수와의 몸싸움에서 번번이 밀리면서 태클이 거칠어졌고 선배 센터백 역시 몸에 힘이 들어가고 있었다. 몇 번의 위기를 가까스로 방어하고 있었지만 우리는 수비 라인이 무너지고 있었다.

"공 끌지 말고 빠르게 패스해!"

조쌤이 큰 소리로 지시했다.

"드리블하지 말고 패스로 풀어. 공격진도 수비 가담하고!"

조쌤이 잠깐 지켜보다 다시 수비 강화를 주문했다.

내가 보기에도 우리 팀의 수비는 문제가 있어 보였는데 감독님은 여전히 팔짱을 끼고 표정 없이 지켜보고만 계셨다. 예전 같으면 간격을 좁히라는 지시가 떨어질 만도 한데 감독님은 무표정하게 보고 계셨다. 4-2-3-1 포메이션에서 공격과 수비 라인의 간격이 벌어지면 우리 지역은 상대방의 놀이터가 되고 만다. 다른 포메이션에서도 마찬가지지만 4-2-3-1은 원톱이 앞으로 돌출한 형태로, 공격을 위해서는 좋을 수 있지만 수비에서는 빠른 수비 가담 또는 전방 압박이 병행되어야 간격을 좁혀 상대를 가둘 수 있고 상대 역습을 일차로 차단할 수 있다. 하지만 우리는 간격을 좁히지 못해 우리 지역을 일본 팀의 놀이터로 만들어 주고 있었다.

아슬아슬한 순간을 몇 번 더 넘기고 전반전이 종료되었다. 선배들이 벌겋게 상기된 얼굴로 들어오고 있어서 물수건과 물병을 들고 나섰다. 선배들은 말없이 물수건과 물병을 받아들고 머리를 숙인 채 감독님을 중심으로 둘러섰다.

"수고했다. 쉬어라."

선배들과 우리 모두 감독님의 말씀에 놀랐다. 분명히 질책과 함께 후반 경기에 대한 주문이 있을 거라고 생각했는데 감독님은 간단하게 한마디만 하시고 자리를 뜨셨다. 잠시 침묵이 흘렀다. 이윽고 조쌤이 말씀하셨다.

"너희들은 질책할 필요도 없다. 그렇게 축구를 하려면 그렇게 해라. 감독님께서 너희에게 가르치신 축구는 분명 이건 아닐 거다. 나도 더 이상 할 말이 없다."

조쌤도 더는 말을 하지 않고 화난 표정으로 자리를 벗어났다. 선배들이 천천히 그늘로 자리를 옮겼고 우리도 화장실로, 또 바깥으로 이동했다. 그렇게 이동하면서 얼핏 관중석에 있던 동료들이 눈에 들어왔다. 동료들은 물끄러미 우릴 보고 있었다. 어떤 의미일까? 저 표정들이.

후반전을 위해 선배들이 모여들었지만 감독님은 여전히 말씀이 없으셨다. 다만 조쌤이 최선을 다하라는 지시만 했을 뿐이었다. 선배들과 제원이가 경기장으로 들어가고 있지만 모두 발걸음이 무겁고 힘이 빠져 있음을 느낄 수 있었다. 모두가 힘을 내도 모자랄 상황에 축 처진 어깨로 경기장을 밟고 있는 선배들은 무슨 생각을 하고 있을까?

후반전이 시작되었지만 힘을 내야 할 우리보다 오히려 일본 팀이 더 힘을 내고 있었다. 발걸음이 무거운 우리를 일본 팀은 빠른 패스와 좌우 풀백의 오버래핑으로 압도하고 있었고 우리는 수비에 급급하고 있었다. 금방이라도 골을 먹을 것 같은 느낌이 들었고 그 느낌은 곧 현실이 되었다. 왼쪽 풀백의 오버래핑 후 크로스가 공격수의 헤더로 골이 되었다. 우리 부모님들은 아무런 반응도 하지 않았고 경기장엔 일본 팀의 환호만이 있었다. 우리가 반격을 위해 최선을 다해 한 골을 만회하긴 했지만 경기는 2 : 1로 끝이 났다. 감독님과 조쌤은 경기 내내 어떤 지시도 하지 않고 묵묵히 지켜보기만 하셨다. 지친 선수들이 경기장 밖으로 나오며 감독님을 중심으로 둘러섰다. 그리고 관중석에서 지켜보던 동료들도 함께했다.

"수고했다. 오늘 경기에서 너희들이 무언가를 배우길 바라며 특별한 지시를 하지 않았다. 아마도 축구를 조금이라도 알고 있다면 너희 스스로 무엇이 문제인지를 깨달았을 것이다. 생각의 시간을 갖기 바란다."

그렇게 간단히 말씀을 마친 감독님은 조쌤에게 자리를 넘겼다.

"감독님께서 생각할 시간을 가지라 하시니 나도 더 이상 말을 하지 않겠다. 저쪽으로 가서 스트레칭하고 바로 숙소로 간다."

그렇게 말씀하시고 경기장 옆의 빈터로 앞장서 걸었고 우린 그 뒤를 따라 이동해 스트레칭을 마쳤다. 숙소로 돌아가는 버스 안에선 감독님이 말씀하신 대로 모두 생각에 잠겨 있는지 누구도 말을 꺼내지 않았다.

점심식사를 마치고 숙소를 나와 해안가로 나가려 할 때 아버지와 2학년 학부모님들이 숙소로 오셨다. 잠깐 아버지께 인사를 드리고 있을 때 감독님께서 나오셔서 부모님들과 인사를 나누시기에 아버지께 손을 흔들며 바깥으로 나왔다. 무슨 일일까? 조금 후 동료들이 나와서 함께 걸으며 부모님들이 오신 이유에 대한 말들이 오갔다. 경기에 대한 항의다, 그냥 인사하는 오신 거다, 다음 후원회 구성을 위해 모이신 거다 등 여러 추측이 나왔지만 시기가 시기니만큼 후원회 구성을 위해 오셨을 거라는 의견으로 모아졌다. 그러면 이번 후원회장은 누가 되실지 또 말들이 나왔다. 아버지의 성함도 등장했다. 하지만 난 아버지가 후원회장이 되시는 걸 바라지 않았다. 아버지는 성격이 옳고 그름을 워낙 분명히 하시기 때문에 혹 다른 부모님들과 마찰이 생길 수도 있을 것 같아 걱정되었기 때문이다. 아버지는 당신이 아무리 손해를 보거나 이익을 얻는다고 해도 옳지 않다고 생각하시는 일은 결코 하지 않으셨기에 후원회장으로서는 맞지 않는다고 생각했다.

돌아오는 길에 선오가 문제를 제기했다.

"오늘 감독님은 경기 중에 한마디도 말씀을 하지 않으셨어. 끝나고서도 그렇고. 선배들의 경기가 맘에 들지 않았나?"

선오가 던진 한마디에 우린 다시 오전의 경기장으로 돌아갔고 그 상황을 기억해 내고 있었다. 내가 먼저 말했다.

"감독님이 경기 중에 작전 지시나 포지션 변경을 하지 않은 건 처음이야. 선배들이 연결이 되지 않아도 그냥 두고 경기가 끝난 후 그냥 깨달으라는 말씀만 하셨어. 무슨 의미일까?"

"감독님이 원래 말씀이 없으시지만 마지막 말씀 그대로 스스로 깨달으라는 거 아냐?"

경태가 머리를 갸우뚱하며 말했다. 이후 다른 동료들도 뭐라 말을 했지만 내 머릿속에는 깨달으라는 말이 계속 맴돌았다. 선배들의 오늘 경기는 연결도 되지 않았고 포메이션도 유지되지 않았다. 거기에 더해 개인이 공을 끌면서 상대의 압박에 번번이 탈취당했고 수비 시에 협력 수비도 없었다. 2:1로 진 게 오히려 다행일 정도였다. 그런데 감독님은 그 상황에서 선배들에게 스스로 깨달으라는 말씀만 하셨다. 무엇을 깨달으라는 걸까?

그날 오후에 2학년들의 훈련이 있었다. 그런데 이번에는 다른 문제가 발생했다. 부모님 몇 분이 감독님께 불만을 말씀하셨는데, 우리 2학년들이 뛰지도 못하면서 시간만 낭비하고 있다는 내용이었다. 나를 비롯해 몇 명은 대기석에라도 있지만 대부분이 관중석에 앉아 시간을 보내는 걸 본 부모님들 입장에서는 그럴 수 있다고 생각했다. 그리고 만일 아버지라면 어떠셨을까 하는 궁금증도 생겼다. 동료들도 말은 하지 않고 있지만 분명 그런 생각을 하고 있을 터였다. 나 역시 그런 생각을 했었으니까. 하지만 감독님의 답변은 의외였다.

"네, 부모님들의 뜻은 충분히 이해가 갑니다. 선수들은 경기장에 있어야 하고 경기를 해야 한다는 말씀은 공감합니다. 하지만 우리가 제출할 수 있는 선수 명단은 한계가 있습니다. 그렇다고 일부 선수들을 학교에 두고 오면 그 선수들은 아마 더 어려운 상황을 겪을 수도 있습니다. 2학년 일부 선수들이 관중석에서 경기를 지켜보고 있지만 나름 중요한 공부를 하고 있을 겁니다. 경기의 승패와 관계없이 우리와 상대팀의 경기를 관전하면서 경기 중에 자신이 그 포지션에서 뛰고 있다면 어떻게 할지 학습하는 것도 매우 중요합니다. 선수들은 경기장 안이나 대기석에 있게 되면 한정된 영역만을 보지만 관중석에서는 전체 선수들의 움직임을 볼 수 있어서 각각의 선수들이 전술에 맞게 움직이는가를 확인할 수 있습니다. 부모님들께서 아이들에게 제대로 관찰하도록 안내한다면 훨씬 효과가 클 겁니다. 부탁드립니다."

감독님의 말씀에 부모님들은 아무 말도 하지 못하고 머리를 숙였다. 분명 맞는 말이다. 내가 대기석에 있을 땐 경기장이 평면으로 보이기 때문에 전체를 보기 힘들었지만 가끔 관중석에서 선배들의 경기나 다른 경기를 볼 때는 포메이션과 선수들의 움직임을 전체로 볼 수 있었다. 그리고 그렇게 관찰하며 깨달은 것들은 내가 선수로 뛸 때 많은 도움이 되었다. 감독님도 다른 팀들의 경기를 볼 때는 늘 멀찌감치 떨어져서 보곤 했는데 분명 그런 이유였을 거다. 부모님들은 더 이상 말씀을 하지 못하셨다. 그리고 관중석으로 이동하셨다.

"성원아. 감독님이 생각을 해 보란 건 뭘 생각하라는 걸까?"

같이 방을 쓰던 경태가 물었다.

"글쎄, 잘 이해가 되진 않지만 분명 꾸중하실 일을 돌려 말하신 거 같은데?"

"나도 그렇게 생각해. 그런데 구체적으로 어떤 걸 꾸중하시려는 걸까?"

경태와 둘이 이야기를 나누고 있을 때 조쌤이 지나가다 들었는지 우릴 나오라 해서 조쌤과 정 선생님이 함께 계시는 방으로 갔다.

"너희가 어쩐 일이냐?"

정 선생님이 우릴 반기며 물으셨고 조쌤이 우리 대신 말씀했다.

"애들이 감독님 생각이 궁금한 모양이에요. 그러니 정 선생님이 좀 알려 주시죠."

"뭐 알려 줄 게 있나. 알아서 이해하는 거지."

"아직은 애들이 좀 이해하기가 쉽지 않으니 말씀을 해 주시죠."

"그래. 그럼 일단 앉아. 감독님의 생각이라⋯⋯. 그건 이미 제천 추계 대회에서 감독님이 너희에게 알려 주셨을 텐데?"

"선생님. 그게 뭔가요?" 내가 여쭈었다.

"성원이 너는 축구가 단체 운동이라는 감독님 말씀도 들었고 나도 조 선생도 그 부분을 강조한 걸 잊었니? 그리고 단체 운동이기에 자기가 힘들더라도 더 뛰어야 하고 자기보다 더 좋은 위치에 있는 동료에게 패스해야 된다는 것도 알고 있을 텐데. 이해가 되나?"

얼른 대답을 할 수 없어 잠시 생각을 하자 제천에서의 기억이 떠올랐고 정 선생님의 말씀이 이해가 되었다.

"선생님, 그래도 선배들이 나름 열심히 했는데 일본 팀이 강한 거 아닙니까?" 경태가 정 선생님께 다시 질문했다.

"경태야. 네 생각엔 선배들이 정말 최선을 다해 열심히 뛰었다고 생각해? 나는 아니라고 생각했는데."

"그래도 나름 열심히 한 것 같은데요."

"성원이도 그렇게 생각하니?"

"좀 그러네요. 하지만 경태 말처럼 나름 열심히는 하는데 연결이나 수비에 문제는 있었던 거 같아요."

"너희들 말처럼 선배들이 열심히 했다. 그러나 그건 혼자 열심히 했다고 하는 게 맞지 않나? 내가 보기엔 애들이 저 혼자 축구하는 것 같던데. 그래, 너희들 지난 대회 결승에서 열심히 뛰었지. 그땐 어떤 생각으로 뛰었니?"

"감독님 지시도 있었고 꼭 우승하고 싶은 마음이 간절했죠." 경태가 답했다.

"그렇지. 그때 감독님은 게겐프레싱까지 지시하며 너희들에게 최선을 다하라고 하셨지. 그런데 실제 너희는 게겐프레싱을 얼마 하지 않아도 되었어. 상대가 너희의 무서운 집넘에, 그리고 협동에 기가 질려 버린 거야. 그때 너희의 협력 수비와 연결에 의한 공격은 참 좋았다. 아마도 감독님은 너희가 혹시나 방심할 수 있을까 봐 더욱 강하게 할 것을 주문했는데 너희는 그대로 잘 해낸 거야. 감독님의 전술과 너희의 간절함이 만든 우승이었지. 너흰 이타적 플레이, 그러니까 나보다 더 좋은 위치에 있는 동료에게 계속 연결했고 그렇게 연결된 공을 쫓느라 상대팀은 그 더위에 더 많이 뛰면서 체력적으로 소진되었지. 그리고 후반 초에 성원이가 세 번째 골을 넣으면서 상대는 정신적으로 무너졌다. 전술과 팀워크가 상대를 압도한 거야. 그런데 선배들의 경기에 얼마나 연결이 되고 협력 수비가 되었어?"

"……."

"선배들을 이해 못하는 건 아니다. 너희 선배들도 좋은 성적을 거

뒤 좋은 고교 팀으로 진학하게 되는데, 이걸 알고 난 이후가 문제야. 벌써 다 끝났다고 생각하고 있는 것 같아. 하긴 추계 대회가 끝나면 공식적인 대회가 없기 때문에 3학년은 더 이상 팀플레이가 의미가 없다고 할 수도 있어서 개인 피지컬 훈련에 집중하지만, 그건 잘못된 생각이야. 우리는 일반 학교라 각각 여러 학교로 진학을 하지만 일반적인 프로 산하 유스팀은 대부분이 같이 진학을 해. 같은 시스템을 운영하는 고교로 가게 되면 팀워크가 고스란히 유지가 된다. 너희들 한두 명이 거기에 끼면 오히려 적응하기가 어렵지. 텃세도 있고. 그럴수록 팀플레이를 할 줄 알아야 생존할 수 있는 거야. 최근 고교 대회를 저학년이나 고학년 모두 유스팀이 휩쓰는 건 그런 이유가 상당히 크다. 어찌되었든 축구는 팀워크의 운동이니까."

조쌤이 빙긋이 웃고 있었다. 정 선생님의 말씀이 정확하다는 의미겠지. 그렇다. 정 선생님은 경태와 나에게 지난 대회 결승에서 감독님이 그토록 우릴 다그쳤던 이유와 선배들의 문제를 정확히 지적하셨고 앞으로 우리도 겪게 될 문제를 가르쳐 주셨다. 생각이 명료해지면서 무엇이 문제인지를 정확히 알 수 있었다. 경태도 무겁게 머리를 끄덕이고 있었다.

다음 날 포르투갈 팀과의 경기는 오후에 치러졌다. 포르투갈 팀은 의외로 약팀이었고 감독님의 말씀이 먹혔던지 선배들도 열심히 뛰어 3 : 0으로 승리할 수 있었다.

연이어 다음날 벌어진 FC성울의 유스팀 오산중과의 경기는 2 : 5

의 완패였다. 연초 춘계 대회에서 우리가 승리했기에 나름 기대를 걸면서도 정 선생님의 말씀이 생각나 유심히 지켜봤는데 정 선생님의 말씀이 정확했다. 오산중의 연결과 협력 수비는 우릴 압도했고 우린 수비가 무너지면서 우왕좌왕하기만 했다. 두 골을 넣기는 했지만 경기 내용상으로 완패에 가까웠다. 오산중은 선수 대부분이 오산고로 진학하기에 탄탄한 조직력은 우릴 압도했다. 반면에 우리는 조직력이 무너져 연결은 끊어졌고 협력 수비는 번번이 뚫렸다. 변화가 필요했다.

홍콩 팀은 약체로 생각했지만 1 : 2로 패했다. 내가 보기에 선배들은 정신력마저 무너진 것 같았다. 전체적으로 무기력했고 여전히 연결이 되질 않았다.

계속되는 경기에 체력이 떨어진 탓도 있지만 홍콩 팀도 같은 상황이었기에 체력을 핑계 삼을 수도 없었다.

경기를 지켜보던 우리 2학년들은 춘계 대회에서 보여 준 선배들을 기억하기에 지금의 이 상황을 받아들이는 게 어색했다. 공을 잡기만 하면 연결보다는 드리블을 시도했고 그러다 보니 상대의 압박에 당하기만 했다. 이런 모습은 과거의 선배들과는 완전히 달랐다.

그리고 그날 저녁 감독님께서 숙소 앞의 공터로 우리를 소집하셨다. 여름 낮이 길어 저녁식사를 마친 후에도 아직 해는 지지 않았고 더위도 남아 있었지만, 대회 시작 이후 경기마다 특별한 말씀이 없으셨기에 선배들과 우리는 잔뜩 긴장한 상태로 계단에 모여 앉았다. 얼마 후 조쌤과 정 선생님이 감독님을 모시고 나오셨고 감독님이 우리 앞에 서자 두 분도 우리 옆에 자리하셨다. 마치 감독님이 하루를 뜨겁게 달구던 붉은 태양 속에 서 계신 것 같았다.

"그동안 쉼 없이 경기를 치르느라 수고들 많았다. 나는 지금 너희들을 꾸중하려는 게 아니다. 하지만 3학년과 2학년에게 각각 해 주고 싶은 말이 있어서 자리를 마련했다."

감독님의 꾸중을 걱정했던 나는 감독님의 첫 말씀에 마음이 놓였고 선배들이나 동료들도 긴장을 풀었다.

"3학년은 나와 2년 반을 함께했고 이번 시합이 끝나면 공식적인 경기가 마무리되어 함께 경기장에 있을 기회가 없다. 그래서 오늘 자리를 마련했다. 편하게 들어라. 먼저 3학년에게 말하겠다. 내가 학교에서 감독으로 재직한 지 벌써 20년이 지났다. 꽤 오래됐지. 그간 매년 15명 정도, 그러니까 20년이면 300여 명이 나와 함께 축구를 했고 그들 중엔 프로 선수와 국가 대표도 나왔다. 너희도 자랑스럽게 생각하는 선배들이 꽤 많이 있지?"

감독님이 말씀을 끊고 잠시 우릴 둘러보셨다.

"오랫동안 선수들과 함께하며 축구 선수로 또 지도자로 성공하는 사례를 경험하면서 난 그들의 특징을 찾아보았다. 지금 그 이야기를 하려 한다. 먼저 성공한 선수들의 특징은 인성이 두드러졌다는 것이다. 겸손할 줄 알고 노력의 가치를 알고 있었다. 책임감도 강했다. 자신의 능력이나 실력이 뛰어나다 해서 결코 자랑하지 않왔고 경기 중에도 튀지 않았다. 묵묵히 자기 포지션에서 최선을 다했고 또 훈련에서도 최선을 다했다. 너희도 잘 알고 있는 전북 현대의 최철순 선수는 나와 함께할 때도 참 열심히 했다. 지금도 작지만 그때도 키가 작아 고민이었는데, 끈질긴 훈련으로 단점을 극복했고 묵묵히 자기 포지션에서 최선을 다해 국가 대표도 되고 프로 선수로 성공했다. 반대로 중학교 때는 정말 촉망을 받았던 선수가 자신의 실력만 믿고 훈련을 게을리하고 사생활이 복잡해 망가지는 경우도 보았다. 참 아까운 경우가 많았다. 그런데 그게 본인의 문제인 경우도 있지만 부모님이나 주변의 문제인 적이 꽤 있었다. 잘못된 판단으로 오히려 선수의 일생을 망치는 경우는 내가 간섭할 수 없어서 더욱 안타까웠다. 물론 좋지 않은 지도자를 만난 경우에는 당연히 부모님이나 주변에서 간섭을 해야겠지만 좋은 지도자를 만났다면 지도자에게 맡기는 게 좋지 않을까 생각된다. 두 번째 특징은 규칙적인 생활이었다. 운동선수의 생명은 몸이다. 너희는 몸이 생명이고 자산이다. 너희가 잘 아는 호날두 선수는 파티 중에도 자신의 연습 시간을 지키기로 유명했다. 그래서 그는 서른이 넘은 나이에도 육체적으로 이십대 초반의 몸을 유지하지. 아마도 3학년은 고등학교 훈련에 참가하기까지 남은 시간을 어떻게 보내는가가 3년의 고등학교 선수 생활을 결정할 것이다. 유념하기 바란다. 끝으로 3학년은 유스팀에도 가고 명문 고등학교에도 진학하게 되는데 거기엔 너희보다 뛰어난 선수들이 즐비할 거다. 어쩌면 너희들 중에는 후보 선수로 시작해 후보로 끝날 수도 있다. 너희가 여기에선 잘했을지 몰라도 고교에선 전혀 다르다. 너희 중에서 혹 초한지의 한신을 알고 있는 사람 있나?"

"……."

"음, 그럼 한신 말고 항우와 유방은 알지?"

"네."

민한이가 혼자 대답했다.

"그래. 역시 민한이로구나. 한신은 중국의 한나라를 세운 유방의 대장군이었는데 그가 젊은 시절 어려운 생활을 할 때였지. 한신을 업신여긴 동네 무뢰배들이 지나가는 한신을 붙잡고 불이익을 받지 않으려면 자기의 사타구니 밑으로 기어서 지나가라고 했다. 한신은 꿈을 이루기 위해 열심히 학문을 닦았고 병법에도 일가견을 갖췄지만 때를 잘못 만났다고 생각해 기꺼이 그 밑을 지나갔다. 그 일을 '과하지욕'이라 하지. 그런데 왜 그랬을까?"

"……."

"한신은 큰 꿈이 있었다. 훌륭한 주군을 만나 자신의 능력을 발휘하며 천하를 통일하고 싶었던 거야. 그런 꿈이 있었지만 젊은 시절 어렵게 살았기에 때를 기다리면서 치욕을 감당한 거지. 너희가 여기서는 주전이었지만 고교로 진학하면 상황은 많이 다를 거다. 그때 지금 한 말을 기억하기 바란다. 그리고 내일은 2학년이 경기에 나설 준비를 해라."

조용하던 자리에 감독님이 폭탄을 던지셨다. 우리 2학년이 경기에 나선다는 건 예상치 못했던 일이라 우리에겐 희망의 폭탄이었지만 3학년 선배들에겐 어떤 폭탄이었을까? 물론 상대가 국내의 거남중이었지만 당당히 국제 대회에 초빙된 학교의 3학년과 경기를 하게 된 우리는 절로 웃음이 나왔다.

감독님이 말씀을 마치고 숙소로 향하자 조쌤이 우리에게 푹 쉬라고 해서 우린 삼삼오오 짝을 지어 이야기를 나누기 시작했다. 나는 경태, 운제와 함께 바닷가를 천천히 걸으며 내일 있을 경기에 대해 얘기했다. 경태는 자기가 중앙을 책임질 테니 확실하게 골을 넣으라고 했고 운제 또한 수비는 자기에게 맡기라고 했다. 우린 모두 들떠 있었다. 비록 8강전에 오르지 못하고 순위 결정전이지만 국제 대회에서 3학년 선배들과 경기를 한다는 건 우릴 충분히 들뜨게 했다.

거남중과의 경기는 오후 5시에 시작 예정이었다. 오전에 아침식사를 마치고 쉬고 있을 때 조쌤이 2학년 소집을 알렸다. 전술 회의라 생각되었다. 2학년 전체가 모이자 감독님이 말씀을 시작하셨다.

"오후 경기 상대가 거남중인 건 다 알고 있지? 그리고 상대는 3학년이다. 어떻게 하면 지지 않을 수 있을까?"

감독님의 질문에 우린 서로 바라보며 어안이 벙벙했다. 지지 않는 방법이라니, 일반적으로는 어떻게 이길 수 있을까 하는 질문일 텐데 감독님은 지금 지지 않을 방법을 묻고 계시다.

"골을 먹지 않으면 됩니다."

운제가 자신 있게 대답했다. 그러자 감독님이 우릴 잠깐 둘러보시고 말씀을 이으셨다.

"그래. 운제가 정확하다. 골을 먹지 않으면 최소한 지지는 않는다. 물론 그 상황에서 우리가 골을 넣으면 이기겠지. 전에 제천에서 너희에게 이미 이야기를 했다. 자, 그럼 골을 먹지 않으려면 어떻게 해야 하지?"

"수비를 강화하면 됩니다."

이번에는 주선이가 나섰다. 주선이는 아마 우리 수비가 강하니 자신 있다는 의미로 그렇게 말했을 터였다.

"그렇지. 그럼 어떻게 하지?"

"......."

쉽게 대답할 수 있는 내용은 아니었다. 감독님이 저렇게 문답법으로 상황을 풀어 갈 때는 분명 뭔가가 있었다. 뭔가 변화를 주고 싶을 때 감독님은 저렇게 우리 스스로 문제를 해결하도록 유도하셨고 지금도 그렇게 하고 있다. 어떤 답을 원하시는 걸까? 제천에서 감독님은 여러 포메이션을 말씀하셨고 수비 강화를 위해서는 4-4-2가 적합하다고 하셨다. 그렇다면 감독님은 그 답을 확인하시려는 걸까? 내가 나서야 할까? 아니 누군가 답하겠지. 아니면 감독님이 기다리다 말씀을 하시겠지.

나는 나서서 이야기하는 걸 좋아하지 않는다. 오히려 다른 사람들의 얘기를 듣고 내 나름대로 판단해 옳으면 받아들이고 아니면 흘려버리면 된다고 생각한다. 그래서 지금도 감독님의 답을 기다리기로 했다.

얼마의 시간이 또 지났다. 아무도 답을 하지 않았다. 감독님은 계속 우릴 보고 답변을 하라고 눈으로 재촉하셨다. 내가 나서야 할 것 같았다. 아니면 어쩌지 하는 생각에 잠시 흔들렸지만 이번만큼은 내 생각이 맞을 것 같아 용기를 냈다.

"감독님. 혹시 수비형 포메이션을 말씀하시는 겁니까?"

감독님께서 나를 물끄러미 바라보셨다.

"그럼 어떤 포메이션인가?"

"제천에서 감독님은 강한 수비에는 4-4-2가 효율적이라고 말씀하셨습니다. 성벽이라고."

"그랬지. 그럼 내일 우리가 4-4-2로 해 볼까?"

저건 아니다. 감독님은 또 다른 생각이 있으시다. 답이 맞으면 바로 다음으로 넘어가셨을 텐데 감독님은 또 다른 무엇을 주문하고 계시다. 그게 뭘까?

"그래. 성원이가 답을 주었다. 하지만 우린 거기에 더해서 4-3-3으로 한다. 이제까지 성원이가 원톱을 보았는데 이번에는 4-3-3의 중앙 미드필더로 선다. 경태와 재범이가 좌우 미드필더, 공격은 재선이가 중앙, 민한이와 시운이가 좌우 윙어를 선다. 포백은 같다. 성원이는 스리백에서 스위퍼도 해 보았고 전에도 미드필더를 봤으니까 중앙에 선다. 하지만 너는 공격 시에는 순간적으로 원톱을 맡는다. 그리고 수비 시에는 중앙을 단단하게 지킨다. 경태와 재범이, 너희도 같다. 거남은 3학년이다. 너희가 선배들과 연습 경기를 해 본 것과는 다르다. 선배들은 연습으로 했겠지만 거남은 너희가 2학년이란 걸 알면 강하게 밀고 올 거다. 그때 미드필더가 밀리면 우린 무너진다. 그렇다고 4-4-2로 선다면 상대는 너희를 더 강하게 밀어붙일 거다. 미드필더진이 절대 밀리지 마라. 공을 잡고 정말 위험하다고 느끼기 전에는 백 패스하지 말고 가능하면 전진 패스로 대응해라. 성원이는 경태와 재범이가 공을 잡으면 원톱으로 올라간다. 당연히 민한이와 시운이도 전진한다. 재선이는 그대로 섀도우 스트라이커다. 재선이를 주공격수로 착각하게 만들고 성원이가 올라가면 수비가 흔들리는 틈을 재선이가 노린다. 수비 라인은 공을 잡으면 빠르게 전진시켜라. 미드필더나 좌우 윙어 어디든 빠르게 연결해라. 잡고 있으면 힘에서 너희가 밀리기 때문에 우린 속도와 연결로 풀어 간다. 4-3-3의 핵심은 간격임을 제천에서 말했다. 콤팩트하게 진행하려면 운제가 후방에서 조율한다. 나머지는 이제까지 너희가 했던 방식으로 풀면 된다. 미드필더진이 밀리면 경기가 어렵다. 질문 있나?"

"감독님. 좌우 풀백은 오버래핑해도 됩니까?"

"나머지는 너희가 이제까지 해 오던 것과 같다고 했다. 하나 더, 전반에 두 골 이상이 나면 모두가 뛸 수 있다. 힘을 남기려 하면 다른 동료들이 뛰지 못한다. 기왕에 왔으니 너희 모두가 경기장을 밟을 수 있기를 바란다. 그건 너희 부모님들의 생각이기도 할 거고."

감독님이 거침없이 오후 경기에 대한 전술과 작전을 설명하셨다. 늘 그렇지만 감독님은 이미 경기의 결말을 보고 계신 것 같았다. 나만의 느낌일까? 하지만 감독님의 주문을 내가 소화할 수 있을까? 순간 두려움이 밀려왔다. 수비는 수비대로 공격은 공격대로 전후방을 뛰는 게 이 더위에 가능할까? 감독님이 말씀하신 동료들 전원이 경기장을 밟을 수 있도록 하라는 건 나를 염두에 두신 걸까? 정말 내가 죽도록 뛰고 동료에게 자리를 내주어야 하나? 생각이 뒤죽박죽 엉켰다.(후에 알게 되었지만 감독님의 전술은 False 9 전술이었다.)

"감독님. 센터백은 어떻게 됩니까?"

운제가 감독님께 질문했다.

"너와 선오, 그대로야."

운제는 제원이가 3학년 선배들과 계속 경기를 했기에 혹시 선오나 자기를 대신해 제원이가 센터백을 맡을지가 궁금했던 것 같다. 하지만 감독님은 선오와 운제가 센터백이라 말씀하셨고 운제와 선오는 안도의 한숨을 내쉬고 있었다. 잠시 잊고 있었지만 우리에겐 세 명의 센터백이 있으니 주전 경쟁이 치열할 수밖에 없다. 더구나 제원이는 선배들과 계속 주전으로 경기를 했기에 운제와 선오가 불안했던 것도 사실이다.

"다른 질문 없나?"

"네. 없습니다."

우리가 일제히 대답하자 감독님은 조쌤에게 자리를 넘기셨다.

"다들 잘 들었지? 이번 경기 포메이션은 4-3-3이다. 이제까지 우리가 잘 쓰지 않던 포메이션이지만 성원이만 이동이 있고 다른 변경은 없다. 하지만 공격 시에 성원이가 원톱으로 올라가므로 그때는 4-2-3-1이 되고 원래 하던 공격 패턴을 유지하면 된다. 성원이의 움직임은 수비 강화와 상대 팀을 속이는 거다. 성원이가 전력을 다해 아래위로 움직일수록 상대 수비진은 중앙이 허물어질 것이다. 거기에 재선이가 기회를 잡는다. 수비는 협력 수비 잊지 말고, 감독님도 말씀하셨지만 공을 오래 소유하지 말고 빠르게 돌리고 전환해 상대 체력을 떨어뜨린다. 잘 알고 있지?"

"네."

회의가 끝나 일어나려는데 상만이가 잡았다.

"성원아, 나도 뛰어보고 싶다."

웃으면서 말하고 있지만 마음이 울컥했다.

"상만아 걱정 마. 정말 열심히 하면 될 거야."

상만이는 초등학교부터 같이 축구를 했기에 실력을 알지만 아직 체격이 커지지 않아 선발로는 출전이 어려웠다. 그러면서도 늘 열심히 훈련하고 동료들과 잘 어울렸다. 선배들의 경기를 벤치에서 지켜만 보니 상만이의 그 마음이 이해가 되었다.

경기장 입구에서 부모님들이 우릴 맞으셨다. 부모님들께서는 우리가 경기를 한다는 걸 이미 알고 계신지 잘하라는 격려의 말씀을 하셨고 아버지는 별 말씀 없이 내 어깨를 툭툭 치셨다.

앞의 경기가 끝나지 않아 그늘에서 쉬면서 어떻게 경기를 풀까 생각했다. 난 경기 전에 이미지 트레이닝을 하는 습관이 있었다. 이미지 트레이닝을 하면 경기에 임했을 때 생각했던 상황이 오면 바로 다음 동작으로 들어갈 수 있어서 많은 도움이 된다고 카카 선생님이 알려주셨고, 그 후로 경기 전 이미지 트레이닝은 내 습관이 되었다. 주선이가 옆에 와 앉았다.

"오늘 많이 뛰어야겠네. 난 죽어라고 막고 크로스 올릴 테니 넌 골 사냥 잘해. 난 절대 골이 안 들어가도록 확실하게 막을 테니까. 넌 골 넣고 난 막고, 그러면 이기는 거지. 뭐 딴 거 있어?"

"그래. 열심히 하자. 골 넣어야지."

앞의 경기가 끝날 즈음 조쌤이 손짓으로 집합을 알렸고 우린 하프 타임을 이용해 몸을 풀었다.

경기가 시작되기 전 감독님은 우리에게 오전에 한 작전 지시를 다시 강조하셨고 우린 힘차게 대답한 후 경기장 안으로 들어갔다. 그리고 거남중과 인사를 나누는데 누군가 우리에게 2학년인가를 물었다. 아무도 답하지 않았지만 거남중은 우리의 배번을 보고 파악한 것 같았다.

유니폼의 배번(등번호)은 주전인 1번이 골키퍼, 2·3번이 센터백, 4·5번이 좌우 풀백, 6·7·8번이 미드필더, 9·10·11번은 공격수인 경우가 일반적이고 다음 번호들은 후보 선수들의 번호이다. 그런데 우리 배번이 모두 뒤 번호이니 당연히 우리가 2학년이었음을 알았을 것이다. 순간 당황했지만 바로 우리 진영으로 와 어깨동무를 하고 주장인 운제의 선창에 따라 파이팅을 외치고 위치를 잡았다. 조금은 어색했지만 옆에 경태와 재범이가 있고 앞에는 재선이가 준비를 했다. 잠깐씩 얼굴을 보니 표정들이 밝지만은 않았다. 아니 긴장감이 역력했다. 그리고 시작 휘슬이 울렸다.

경기 초반 거남중은 거칠게 밀고 올라왔다. 우리가 2학년임을 알아서인지 수비 라인을 올리고 강하게 밀었다. 동료들 모두 상대와 몸싸움을 마다하지 않고 각자의 지역에서 상대를 몰아내기 위해 부딪쳤고 나 역시 중앙 공격수와 미드필더를 밀기 위해 격렬하게 부딪쳤다. 운제는 뒤에서 계속 간격을 조정했고 내가 밀리면 협력 수비로 또 밀어냈다. 좌우도 정신없이 부딪치고 있었다. 10여 분을 몰아치다 지쳤는지 상대의 공세가 잦아들어 우린 천천히 위치를 잡기 시작했고 연결이 이뤄졌다. 그때마다 나는 전방으로 뛰었고 때로는 얼리 크로스로 때론 스루 패스로 공을 받을 수 있었다. 우리는 공세로 전환했고 전반전에 나와 재선이의 골로 2:0의 스코어를 만들 수 있었다. 경기에 빠져들면서 이미지 트레이닝했던 상황들이 펼쳐졌고 순간적으로 대응할 수 있었다. 상대에게 힘에서는 밀렸지만 동료들과의 빠른 연결로 경기를 풀었다. 전반전을 마치고 나왔을 때는 바닥에 드러눕고 싶은 마음이 굴뚝같았지만 모두 감독님을 중심으로 둘러섰다.

"수고들 했다. 일단 쉬어라."

조쌤도 손짓으로 그늘을 가리키며 일단 쉬라고 했고 대기석에 있던 동료들이 건네준 물수건과 물병을 들고 그늘 아래 누웠다. 오후 5시를 넘은 시간이었지만 더위는 가시지 않았고 얼굴에 물수건을 덮었지만 쉽게 회복되지 않았다. 한참을 누워 있으려니 상만이가 나를 흔들었다.

"감독님이 약속을 지킬까?"

상만이의 뛰고 싶은 마음이 느껴졌다.

"감독님이 약속은 꼭 지키셨잖아. 기다려 보자."

조쌤이 집합을 알렸다. 그리고 감독님이 말씀을 시작하셨다.

"전반전엔 잘 막았고 공격도 좋았다. 뛰기 어려운 사람?"

"……."

누가 이 상황에서 손을 들고 대답을 하겠나? 하지만 대기석에 있던 동료들은 주위를 두리번거렸다.

"일단 그대로 간다. 그리고 다들 준비하고 있어라."

감독님이 간단하게 정리를 하니 조쌤도 별다른 말없이 경기장으로 들어가라 했고 후반전이 시작되었다.

거남중은 거칠어졌다. 재선이가 부상으로 먼저 인성이와 교체되었고 선오도 재원이와 교체되었다. 인성이와 성인이가 들어오면서 운제의 목소리가 악으로 바뀌었다. 재범이와 경태 그리고 나는 밀리지 않기 위해 몸싸움을 펼치면서 공격수와 미드필더를 막았다. 그러자 거남중의 공세가 천천히 약화되는 걸 느낄 수 있었다. 힘이 있는 인성이가 위로 올라가면서 거남중의 수비진이 뒤로 물러섰고 결국 시운이의 크로스를 인성이가 골로 연결시켰다. 그리고 감독님은 나와 상만이를, 민한이와 종인이를 교체하셨다. 최선을 다했기에 천천히 나오면서 상만이와 손바닥을 마주쳤다. 상만이가 빙긋이 웃었다. 상만이가 경기를 뛰게 되어 기뻤다. 그리고 마지막으로 시운이와 재범이까지 교체를 하셨다. 감독님은 약속을 지켰다. 그리고 경태의 마지막 골로 4:0 승리를 거둘 수 있었다. 벤치로 들어오는 동료들의 벌겋게 익은 얼굴처럼 해가 천천히 기울고 있었다.

완승이었다. 나도 위아래를 뛰느라 체력이 방전되었지만 동료들도 완전 파김치 상태였다. 후반에 들어간 동료들은 더 열심히 뛰었고 그래서 완승을 거둘 수 있었다. 감독님은 수고했다는 한마디만 하셨지만 얼굴엔 웃음이 피셨다. 조쌤도 정 선생님도 웃고 계셨다. 정작 가장 기뻐한 건 부모님들이셨다. 골이 들어갈 때마다 응원을 아끼지 않았고 경기가 종료되자 우리에게 큰 박수와 칭찬을 쏟으셨다. 하지만 한 분만은 그러지 않으셨다. 선오 아버지였다.

오해

    국제 대회를 마치고 학교로 복귀하자 훈련의 주는 우리가 되었고 선배들은 개인 운동에 주력했다. 그리고 얼마 후 학부모 후원회가 바뀐다는 이야기가 돌았고, 아버지가 부회장이 된다는 말이 들려 주말에 집으로 가서 아버지께 여쭈었다. 아버지가 부회장, 재범이 아버지가 회장, 그리고 재건 어머니가 총무, 시운이 아버지가 감사를 맡기로 하셨다고 말씀하셨다. 1학년 부회장은 좋은이 아버지가 맡기로 했다고도 하셨다.

    그러면서 후원회에 문제가 많은 것 같다고 말씀하셨다. 어떤 거냐고 물었지만 아직은 파악 중이라는 말씀만 하셨다. 걱정이 되었다. 아버지의 성격이 대쪽 같아 잘못된 일은 어떻게든 바로잡으려 하시기에 충돌이 걱정되었다. 아비지는 금융 회사에 오래 근무하셨고 능력도 인정받으셨지만, 어떤 문제를 발견하면 묵과하지 못하고 끝까지 파고들어 끝장을 보려 하셨기에 윗분들과 충돌도 많으셨다고 한다. 정말 걱정되었는데 그 걱정은 사실이 되었다.

후에 알게 되었지만 2학년 신임 후원회가 인수인계를 위해 회계 장부를 확인하면서 일부 이상한 부분을 발견했고, 아버지가 이를 추적해 잘못된 사실을 확인하셨다. 아버지가 금융 회사에서 늘 회계 부분을 가까이 하셨기에 다른 분들이라면 지나칠 수 있지만 아버지의 눈은 피해 갈 수 없었을 것이다. 아버지는 저녁식사 자리에서 선배 후원회의 책임을 묻겠다고 하셨다. 아버지는 잘못을 덮으면 그 순간은 넘어가지만 훗날 곪아서 반드시 수술을 해야 한다고 평소에 말씀하시곤 했기 때문에 느낌으로 큰 일이 터질 거라 짐작했다. 하지만 그 일 이전에 또 다른 일이 터졌다.

선오는 나와 함께 카카 코치님께 레슨을 받았고 아버지와 선오 아버지가 호형호제하는 사이라 우리도 가깝게 지냈다. 초등학교 때 축구가 멋있어 시작했지만 축구부 감독님이 특이한 분이라 제대로 배우지 못했고 카카 코치님을 만나 축구의 기본기를 배웠다고 농담처럼 말하곤 했다. 키도 나보다 훨씬 컸고 힘이 좋아 센터백으로 적합했다. 카카 코치님께 나와 선오, 상만이, 성인이, 종인이가 함께 중학교 입학 전에 레슨을 받았고, 그때 시간적 여유가 있던 아버지와 선오 아버지가 우리를 차로 실어 나르면서 자주 만나게 되어 친해지셨다. 선오 아버지는 선오에게 초등학교 때 학교를 잘못 선택한 걸 미안해 하셔서 선오가 원하면 아낌없이 지원할 거라고 말씀하시곤 했는데 우리에게 맛있는 저녁이나 간식도 자주 사 주셨다.

　문제의 발단은 국제 대회 거남중과의 경기에서 선오가 후반에 제원이와 교체된 거였다. 아버지의 말씀에 따르면 선오 아버지는 선오가 국제 대회 내내 관중석에 앉고 물품 나르는 걸 보면서 불쾌해 하셨고 나를 비롯한 몇 명이 대기석에서 몸 푸는 걸 보고 부러워하셨다고 한다. 그리고 감독님이 거남중과의 경기에서 선오를 선발로 뛰게 해 좋아하셨지만 후반에 교체하자 상심이 컸다고 한다. 다들 교체가 되는데도 선오의 교체를 다르게 받아들여 선오가 후보가되는 상황을 인정하지 못하겠다고 말씀하셨단다. 그래서 아버지는 상황 설명을 하면서 설득했지만 잘 듣지 않으려 한다고 많이 걱정하셨고, 덧붙여 선오 아버지가 선오를 외국으로 보낼 생각도 하는 것 같다고 말씀하셨다. 불안했다.

　새롭게 후원회 임원들이 선출되는 저녁에 선오 아버지가 감독님과 면담을 하면서 걱정은 사실이 되었다. 아버지는 상황을 익히 알고 계셨기에 만류하셨지만 선오 아버지는 선오를 스페인으로 보내겠다고 감독님께 말씀드렸고 감독님이 만류하셨지만 생각을 접지않고 끝내 선오의 짐을 싸게 했다. 후원회가 새롭게 시작하는 상황에서 선오의 이탈은 우리에게 충격이었다. 처음 회의를 할 때는 부모님들이 좋은 분위기로 시작하셨지만 선오의 이탈이 알려지면서말씀들이 없어지셨다. 동료들과 나도 선오가 짐을 싸는 걸 보며 무어라 말도 하지 못하고 바라만 보았다. 그러면서도 그 상황에 대해서는 다들 공감하는 눈치였다. 3학년과 함께 뛰던 제원이가 센터백으로 복귀하면 선오와 운제 둘 중 하나는 다른 포지션을 받든지 아니면 후보로 물러나야 하는 걸 알기에 말없이 상황을 지켜보았다. 아버지는 끝까지 말리신 것 같았다. 나 역시 처음 인성이가 우리 팀으로 온다고 했을 때 아버지가 잠깐 걱정을 하시는 것 같았지만 오히려 나에게 좋은 경쟁 상대가 왔으니 열심히 하라고 입장을 정리하셨기에 아버지가 선오 아버지를 말리시는 걸 이해할 수 있었다. 하지만 선오는 돌아오지 않았다.

선오가 집으로 가고 다시 훈련이 시작되었을 때 감독님은 특별한 말씀이 없으셨다. 조쌤은 우리에게 자기 역할에만 집중하라고 부탁했고 더 이상은 말씀이 없으셨다. 그날 훈련은 진행되었지만 모두 힘이 빠져 있었다.

선오에게 전화가 왔다. 만나자는 전화였다. 학교에서 훈련이 끝나고 집으로 돌아온 토요일 오후라 부랴부랴 옷을 갈아입고 약속 장소로 갔다.

"성원아. 미안해. 하지만 아버지가 스페인으로 가야만 한다니 어떡하니. 너하고 같이 운동하고 싶었는데."

"선오야, 그런데 이거 갑자기 결정된 거야?"

"아니. 전부터 아버지가 제원이가 내려오면 내 자리가 위태하다 생각하시고 계속 말씀하셨어. 물론 나는 싫다고 했지만."

"다시 아버님께 말씀드려 보지."

"아니야. 사실은 나도 이번엔 좀 그래서 가기로 결심했어."

"뭐가 그래?"

"봐라. 감독님도 내가 조금만 실수하면 제원이로 교체하잖아."

"내가 보기엔 그건 아닌 것 같은데. 감독님은 너하고 제원이 그리고 운제를 계속 테스트하는 것 같던데."

"아니야. 제원이가 나보다 잘하잖아. 그러니 내가 밀릴 수밖에 없어."

"그러면 미드필더나 다른 포지션을 달라고 하지. 그리고 운제가 키가 더 크질 않아서 앞으로 계속 센터백을 하기엔 좀 무리인 거 같은데."

"뭐 그럴 수도 있겠지만 스페인에 가서 제대로 축구를 배워서 올 거야. 그러니 잘하고 있어."

선오와 그런 이야기를 나누며 간식도 먹고 시간을 보냈다. 선오의 마음이 떠난 걸 확인한 상황이라 더 이상 뭐라 할 수 없었다. 내가 도울 수 없는 게 안타까웠다.

후원회가 새로 구성된 후에 아버지는 바쁘게 움직이셨다. 학교에도 재범이 아버지와 자주 오셨고 감독님과도 오래 대화를 나누시는 걸 볼 수 있었다. 학교의 행정실과도 대화를 하셨고 문서를 들고 체육부장님과 면담하시는 모습도 볼 수 있었다.

아버지는 어떤 일에 집중하시면 끝을 보셨다. 형의 말에 의하면 전에 아버지가 금융 관련 전문 서적을 쓰실 때 전날 저녁 과음을 하시고도 매일 새벽 원고를 쓰셨고, 그래서 직장 생활을 하시면서도 책을 출간하셨다고 했다. 그런 아버지가 문제가 있음을 알고 확인하는 과정이기에 무언가 일이 터질 거란 생각에 조마조마했다. 그리고 얼마 후 아버지는 주말에 집에 간 나에게 조금은 심각하게 말씀하셨다.

"성원아, 축구부에 문제가 있어. 잘못하면 감독님이나 여러 사람이 문제가 될 수도 있을 거야."

"어떤 일이에요?"

"후원회비가 잘못 쓰인 것 같다. 좀 더 조사를 해 봐야겠지만."

"그런데 아버지, 감독님이 문제가 되면 축구부가 힘들잖아요."

"그럴 수도 있겠지. 그런데 감독님은 후원회의 내부 사정은 모르셔서 상황 파악을 못하신 것 같더라."

"그냥 넘어갈 수 없나요?"

"그럴 수도 있겠지만 내가 봐도 이상한데 교육청에서 감사를 나오면 바로 발견될 수 있어. 그분들은 전문가니까. 그래서 미리 정리하는 게 옳다고 생각한다."

그러고는 더 이상 말씀을 하지 않으셨다.

축구부 내에서도 이야기가 돌기 시작했다. 나는 이런 상황을 말하기 좋아하지 않기에 입을 닫았지만 1학년들까지 이야기가 돌았다. 그리고 후원회 임원들이 자주 감독님과 회의를 하셨고 후원회 인수인계를 하던 날 일이 터졌다.

아버지께 들은 이야기다.

신임 후원회에서 조사한 바에 따르면 회계상으로 문제가 있었고, 이 부분에 대해 전임 후원회에 해명을 요청했지만 해명이 되지 않아 이를 인수인계 시에 해명을 듣기로 했다. 그리고 그때 감독님이 본인과 전혀 상의도 하지 않았고 결정에 어떤 관여도 없었음을 밝혀 상황을 정리하시기로 해다. 그렇게 해서 전임 후원회의 잘못된 부분을 명확히 짚고 원래대로 복구하자는 계획 아래 회의가 시작되었는데 감독님이 입장을 밝혀야 하는 시간에 들어오시질 않았고, 그래서 몇 분이 찾으러 나갔는데 찾지를 못하자 전임 후원회가 서둘러 회의를 마치고 집으로 가서 정리를 하지 못했다는 것이다. 아버지는 감독님이 참석하지 않은 걸 감독님이 문제가 있어서 자리를 피하신 거로 생각하셨고, 회의가 끝난 후 나오시다가 감독님을 만나게 되자 화가 폭발하셨다고 한다. 아버지는 감독님이 회의에 불참하신 걸 따지셨고 감독님은 그 시간에 교장 선생님이 오셔서 다른 장소에서 말씀을 나누셨다고 해명하셨다. 하지만 아버지는 변명으로 생각하시고 밖에서 기다리던 나에게 숙소의 짐을 정리하라고 말씀하셨다. 옳지 않은 축구부에서 축구를 하도록 내버려두지 않겠다고 하셨다. 나는 아버지의 성격을 잘 알고 있기에 어떤 말씀도 드리지 못하고 머뭇거리고 있었다. 다른 부모님들이 아버지를 말리셨지만 아버지는 듣지 않으셨고 감독님이 말씀드려도 막무가내셨다. 결국 숙소에서 책과 운동복을 싸서 나왔고 나머지 짐은 내일 정리하기로 하고 집으로 향할 수밖에 없었다. 난 아무런 생각도 할 수 없을 정도로 머릿속이 하얗게 변했고 집을 향해 운전 중인 아버지의 옆모습을 간간이 보면서 말없이 앉아 있어야만 했다.

집에 돌아와서도 별말씀이 없으시다가 저녁식사를 하며 아버지께서 내게 물으셨다.

"다른 학교에서도 축구는 할 수 있으니 염려하지 말고. 어디로 가고 싶니?"

대답을 하지 못했다. 아무런 생각도 하지 못하고 있었기에 답을 하지 못했지만 다른 학교로 전학을 간다는 건 받아들일 수 없었다. 그렇게 말하고 싶었지만 아버지가 완강하셔서 입을 열지 못했다. 어머니와 누나도, 군대에서 휴가 나온 형도 아버지의 성격을 알고 있어서 말을 아꼈다.

잠을 자려 했지만 생각이 복잡해 뒤척이자 형이 내게 말했다.

"아버지가 많이 화가 나셨으니 내일 아버지께 말씀을 드려. 내일 아침에 밥 먹으며 나도 말씀드릴게."

형의 말에 조금은 안심이 되어 잠을 청했지만 쉽게 잠들 수 없었다.

아침식사를 하며 형이 먼저 아버지에게 감독님과 다시 말씀을 해 보시라 했고, 어머니와 누나도 그렇게 권했지만 아버지는 말씀이 없으셨다. 나도 그냥 학교에 있고 싶다는 말을 하고 싶었지만 무거운 분위기에 입 밖에 꺼내지 못했다.

아버지와 함께 학교로 향하면서도 불안하기만 했다. 학교에 가면 감독님과 동료들 그리고 선후배들을 다 봐야 하는데 어떻게 해야 할지 생각이 정리되지 않았다. 그런 생각을 하며 학교에 도착해 아버지와 함께 계단을 오르는데 재범이 아버지가 아버지를 기다리고 계셨다. 아버지와 재범이 아버지는 잠시 말씀을 나누시다가 나에게 일단 수업에 들어가라 하시고 두 분은 바깥으로 나가셨다. 수업에 들어가긴 했지만 수업 내용은 귀에 들어오지 않았고 머릿속은 전부 아버지의 결정에 가 있었다. 점심시간에 동료들이 몰려와 어떻게 되었냐고 물었지만 아무런 대답을 할 수 없었다. 특히 경태와 재범이는 나와 함께 있으며 걱정해 주었다. 하지만 점심시간이 끝날 때까지 아버지는 보이지 않았고 나는 수업을 마칠 때까지 계속 창밖만 바라보았다.

수업을 마치고 어떻게 해야 할지 몰라 교실에서 어슬렁거리고 있을 때 재범이가 부모님들이 오셨다고 알려 줘 바깥으로 나오자 아버지와 재범 아버지 그리고 감독님이 벤치에서 말씀을 나누고 계셨다. 다가가서 인사를 드리자 감독님은 운동 준비를 하라고 하셨다. 운동복이 없다고 하자 동료들 옷을 빌려 입으라 하셔서 나는 숙소로 가 나와 사이즈가 비슷한 경태의 운동복을 빌려 입고 운동장으로 향했다. 선배들과 동료들, 그리고 후배들이 운동장을 뛰고 있어서 얼른 내 자리로 들어가 함께 뛰었지만 머릿속은 온통 아버지와 감독님의 만남에 가 있었다. 어떤 말씀을 나누고 계신 걸까?

운동을 마치고 숙소로 와 샤워를 하려 할 때 형이 어제 싸들고 간

짐을 가지고 웃으면서 나타났고 나에게 걱정하지 말라고 했다. 그리고 형은 약속이 있다며 나갔고 나는 동료들과 저녁을 먹고 쉬고 있었다. 감독님은 운동 시간에도 저녁 시간에도 보이지 않으셨다.

뒤에 아버지께 들은 이야기지만 그날 재범 아버지는 아버지에게 감독님의 진심을 전하셨다. 감독님이 교장 선생님과 말씀을 나눈 것도 사실이고, 선배 학년 후원회가 잘못에 대해 사과도 하지 않은 걸 아시곤 감독님이 무척 화를 내시며 직접 전화를 해 해명을 요구하셨다고 했다. 하지만 처음엔 전화를 받았지만 이후 전화조차 받지 않아 문자로 의사를 전달하셨고 전임 후원회장이 방문해 해명하겠다는 약속을 문자로 받았다고 했다. 그래서 아버지와 감독님이 화해를 하셨고 사후 처리를 논의하셨다고 한다.

하지만 일은 쉽게 끝나지 않았다. 아버지를 비롯한 후원회 임원들은 거의 매일 저녁 학교에서 수습 방안을 논의하셨고 감독님은 우리들 훈련에 나타나질 않으셨다. 그런 와중에 서울시장기 대회가 시작되었지만 우린 두 번째 경기에서 어이없이 패해 본선에 올라가지도 못했다. 선배들과 우리는 이야기도 잘 나누지 않았고 선배들 중 일부는 고교 진학을 위해 다른 학교로 전학을 가기도 했다. 동료들도 운동에 집중하지 못하고 어수선한 분위기가 계속 이어졌다. 간간이 보는 감독님의 얼굴은 깊게 주름이 졌다.

한 달여의 시간이 지나고 있었지만 분위기는 계속 가라앉아 있었고 우리의 훈련뿐 아니라 연습 경기마저 제대로 돌아가지 못했다. 선오는 스페인으로 떠났고 감독님과 후원회의 회의는 계속되고 있었다. 아버지와 후원회 임원들은 저녁이면 합숙소 근처에서 모여 계속 침통한 얼굴로 말씀을 나누셨고 밤늦게 자리를 파하셨다.

주말에 집으로 가면 아버지는 까딱 잘못되었으면 감독님이 나쁜 사람이 될 수도 있었다고 말씀하시며 전임 집행부가 법 규정을 알지 못한 건지 알고도 그런 건지 확인을 해 봐야 한다고 하셨다. 어렴풋이 상황을 알고는 있었지만 그 정도일 줄은 몰랐기에 놀랄 수밖에 없었고 아버지께서 잘 처리해 주시리라 믿었다.

저녁이면 서늘함이 느껴지는 9월 말이 되어서야 감독님의 표정이 밝아지신 걸 알게 되었다. 전임 후원회가 잘못된 부분을 인정하고 원상 복구를 하겠다고 했다는 얘기가 들려왔고 아버지도 정리가 되고 있다고 말씀하셨다. 그리고 앞으로는 모든 후원회 업무를 학교와 연결시켜 진행하도록 절차를 만들겠다고 하셨다. 그러면서 지금의 일 말고도 잘못된 많은 관행을 확인하셨고, 이런 관행들이 축구부뿐만 아니라 운동부가 있는 모든 학교에서 일어나고 있으며 이를 그대로 두면 학교 스포츠는 결국 발전할 수 없다고 하셨다. 감독님의 경우는 확인해 보니 오히려 정말 청렴한 분이었다고 말씀하셨다. 하지만 일부에서는 좋은 선수를 두고 불법으로 돈이 오가기도 하고 일부 학부모들이 지도자들에게 금품을 제공하는 경우도 있다고도 하셨다. 그리고 그렇게 되면 열심히 운동하는 선수들이 피해를 보게 되는데, 회사에서도 지금은 사라졌는데 청렴해야 할 학교에 그런 문제가 있다는 게 이해할 수 없다고 하셨다. 그리고 우리 학교만큼은 앞으로 절대 그런 일이 없게 체계를 만든다고 하셨다.

다시 하나로

10월이 되면서 감독님이 훈련장으로 복귀하셨다. 우리들의 훈련은 점차로 정상화되었고 연습 경기도 진행되었다. 감독님이 복귀하고 첫 연습 경기는 문언중과의 경기였다. 경기 전날 감독님은 훈련을 마치고 저녁식사를 한 후 합숙소 안에서 우리들과 미팅을 가지셨다.

"다들 모였지? 오늘은 몇 가지 당부를 하고자 한다. 너희들도 알고 있겠지만 그간의 상황들이 정리되었다. 후원회 부모님들이 정말 고생을 많이 하셨다. 너희들도 불안해 한 걸 잘 알고 있다. 이젠 우리가 부모님들의 고생에 보답할 차례다. 난 가끔 시간이 나면 이순신 장군과 관련된 책을 보곤 한다. 너희도 이순신 장군 이야기는 잘 알겠지만 오늘은 그 이야기를 좀 하려 한다. 장군은 좀 늦게 무관이 되었고 여진족과 싸움이 치열했던 함경북도에서 관직 생활을 시작했지. 성격이 강직하셔서 윗분들과 충돌도 있었고 그래서 승진도 더뎠다. 하지만 그를 알아준 유성룡이라는 분의 천거로 임진왜란 직전 전라좌수사, 지금으로 치면 전라도를 담당하는 수군 제독이 되었다. 당시 임금인 선조와 신하들은 일본이 우리나라를 침범할 것인가를 두고 논쟁을 벌였다. 동인과 서인의 논쟁에서 유성룡이 속한 동인은 일본이 우리를 침범하지 않을 것이라 했는데 임금은 그 말을 믿고 일본의 침략에 대비하지 않게 되었다. 하지만 이순신 장군은 여러 정보를 통해 일본이 침입할 것이라 예상하고 홀로 전쟁 준비를 시작했다. 기록에 의하면 처음 장군이 전라좌수영에 부임했을 때 좌수영의 사정은 말이 아니었다고 한다. 배나 창칼 등의 숫자도 맞지 않고 군량미도 형편없이 부족했지. 하지만 장군은 그렇게 주어진 상황에서 군기를 엄하게 세우고 무기와 군량미도 채우고 새롭게 전함도 만들며 군사들을 훈련시켰지. 그때 그 유명한 거북선이 만들어진 거야. 다들 잘 알고 있지? 그런데 여기서 중요한 건 그런 어려운 상황에서도 장군이 앞을 내다보고 전쟁을 준비했다는 점이다. 보통 사람이라면 포기하거나 좌절해 준비를 하지 않았을 텐데 장군은 준비했다. 준비하고 있는 사람이나 군대에게는 패배가 없다. 앞으로 닥칠 상황을 미리 준비하고 있었으니까. 이제 우리도 어려운 상황을 지나왔으니 내일 경기에서부터 우리가 준비한 걸 보여 주기 바란다. 다시 열심히 해서 일단 내년 초 춘계 대회를 꼭 우승하도록 하자. 이상!"

감독님은 쉼 없이 설명을 하셨고 우리는 숨소리조차 죽인 채 감독님의 말씀을 들었다. 감독님의 결연한 의지가 느껴졌다. 가슴이 찡했다. 감독님이 말씀을 마치고 자리를 비우자 조쌤이 쉬라고 전했고 나는 감독님의 말씀을 다시 생각해 보려고 밖으로 나왔다. 누군가는 비 온 뒤에 땅이 굳는다는 말을 한다. 어쩌면 지금이 그 순간이라 생각되었다. 감독님이 이순신 장군을 예로 들어 말씀하신 건 절묘했다. 무너진 좌수영을 묵묵히 다시 세우고 일본과의 전쟁을 준비하던 이순신 장군! 우리도 이제 다시 준비를 해야 하고 또 내년 춘계 대회 우승이라는 목표를 갖고 다시 뛰어야 한다. 준비하는 자에게 패배는 없을 테니까!

과천 문안중과의 경기는 한참을 쉰 후의 경기였지만 우리들 모두 최선을 다했다. 감독님은 포지션에 변경을 주셨다. 나와 재범이를 투 톱으로 올리고 민한이와 재선이를 양 윙어로, 경태와 성오를 수비형 미드필더, 시운이와 주선이를 좌우 풀백, 그리고 센터백은 운제와 제원이를 배치하셨다. 그리고 특이하게 1학년 지현이를 몸을 풀게 했다. 지현이는 1학년 중에서 눈에 띄게 실력이 있었고 그래서 우리 중 몇 명이 1학년 때 2학년 선배들 틈에 낀 것처럼 올려 뛰기를 시킬 생각이신 것 같았다.

경기 시작과 함께 우린 전방에서부터 문안중을 압박했고 재범이와 나는 진빵에서 수비를 끌며 침투할 준비를 했다. 경태는 수비형 미드필더 중 공격형으로, 성오는 수비형으로 뒤를 단단하게 받쳐 주었다. 선오가 떠난 자리에 들어 선 제원이는 풍부한 경기 경험 때문이었을까 순간순간 방향 전환을 통해 문안을 흔들었다. 주선이와 시운이는 수비와 오버래핑으로 공격을 지원했고 민한이와 재선이는 윙어의 역할을 충실하게 수행하고 있었다. 그리고 전반 15분이 지날 즈음 내가 인터셉트한 공을 그대로 수비를 달고 들어가 첫 번째 슈팅을 날렸지만 아깝게 골바를 맞고 나왔다.

미드필더에서 공격으로 올라온 재범이는 특유의 유연함으로 내게 연결을 했고 신장을 이용해 헤더로 골을 노렸다.

첫 번째 골은 중앙에서 접전 중 내가 헤더로 경태에게 떨군 공을 경태가 다시 내게 리턴해서 수비벽을 깨며 슈팅해 만들었다. 동료들이 모두 골을 기뻐했다. 어쩌면 그 골은 우리가 다시 시작한다는 신호탄이 될 수 있었다.

광명유소년FC에서 단장님과 카카 선생님께 배운 돌파는 내가 공격수로 득점을 할 때 크게 도움이 되었다. 순간적으로 공을 지키며 수비진의 틈을 헤집거나 수비벽을 등지고 있는 상태에서 수비를 밀고 돌아서서 슈팅하는 동작은 그때 몸에 익었다.

수비는 운제를 대신해 제원이가 이끌었다. 제원이는 경험을 바탕으로 전진해 수비하면서 경기를 조절했고 운제는 최종 수비로 문을 잠궈 주었다. 뒤를 걱정할 필요가 없을 정도였다. 중간에 재선이와 교체해 들어온 지현이는 충분히 자기 몫을 해 주었고 공간이 비면 나도 지현이에게 찬스를 만들어 주었다.

전반전을 몇 분 남기고 경태의 중거리 슛이 골인되면서 전반전은 2：0으로 마칠 수 있었다. 문안중은 나름 공격을 진행하려 했지만 탄탄한 동료들의 수비에 막혀 번번이 실패했다.

전반전이 끝나자 감독님은 잠시 우릴 둘러보고 말씀하셨다.

"수고들 했다. 후반에는 교체를 좀 해 보겠다. 쉬어라."

늘 그렇지만 간결하게 말씀하시곤 자리를 뜨셨다. 그리고 조쌤이 말을 이었다.

"간만의 경기치곤 잘했다. 걱정을 많이 했는데 전체적으로 괜찮았다. 한 가지 주문한다면 기왕에 제원이가 방향 전환할 때 콜을 좀 해라. 그러면 좀 더 깊숙이 공격적인 연결이 될 수 있다. 그리고 누구든 콜을 받으면 오프사이드를 감안해서 최대한 상대 진영으로 파고들어 공을 받아라. 그렇게 해야 상대의 뒷공간을 이용할 수 있다. 쉬어라."

조쌤도 감독님과 같이 쉬라는 말을 남기고 자리를 떴다.

초가을로 접어든 저녁은 선선했고 흘린 땀을 물수건으로 한 번 씻어 내자 열기가 가라앉았다. 정신이 좀 들어 관중석을 보니 부모님들께서 밝은 표정으로 우리에게 박수를 보내고 있었다. 아버지의 모습이 보여 손을 흔들어 인사를 하자 아버지께서도 같이 손을 흔들어 주셨다.

후반 시작 전에 감독님은 성오와 인성이를 교체하셨다. 그리고 재범이를 성오가 맡았던 미드필더로 내리고 인성이를 나와 함께 중앙 공격을 맡게 하셨다. 아마도 감독님은 오랜만의 경기라 전체적으로 우릴 테스트하려는 의도가 계신 것 같았다.

후반 초반 문안중은 라인을 올리고 공격으로 나섰고 그러자 중앙에서 접전이 계속되었다. 조쌤은 밀라고 계속 주문했지만 문안중도 물러서지 않았다. 그렇게 공방전이 지속되다가 세 번째 골이 만들어졌다. 운제의 헤더를 인성이가 다시 헤더로 내게 떨궜고 내가 재선이에게 밀어 주자 인성이가 스퍼트를 하면서 재선이를 불렀다. 재선이가 수비 뒷공간으로 스루 패스한 공을 인성이가 잡고 드리블해 골을 넣었다. 재선이의 패스가 수비 사이를 통과할 때 골이란 걸 직감했다. 그만큼 날카로웠다.

문안중이 한 골이라도 만회하려 적극적으로 덤볐지만 동료들의 수비는 성벽을 쌓고 있었고 오히려 상대의 뒷공간이 열렸다. 성인이가 민한이와 교체해 들어오자 기다렸다는 듯이 뛰기 시작했다. 그리고 후반 20분이 지날 즈음 주선이의 패스를 받은 인성이가 오른쪽에서 라인을 타고 뛰는 나를 보고 길게 수비 사이로 스루 패스를 보냈다. 나는 공을 잡고 들어가면서 수비수가 덤비는 것과 재선이가 왼쪽 빈 공간으로 침투하는 걸 보고 뛰는 속도에 맞추어 패스했다. 재선이 발에 공이 잡혔고 골잡이 재선이가 놓치질 않았다.

그렇게 4 : 0이 되었지만 감독님은 팔짱을 낀 채 표정 없이 경기를 지켜보면서 계속 교체를 하셨다. 나와 시운이가 빠지면서 종인이와 지현이가 들어갔고 상만이와 제원이가 교체되었다. 전에 국제 대회에서 전반전 두 골이면 전원을 뛰게 하신다는 말씀이 생각났지만 상만이와 제원이의 교체는 예상을 하지 못했다. 상만이는 미드필더로 가고 인성이가 센터백으로 내려섰다. 센터백으로 인성이를 테스트하시려는 듯했다. 후에 그것이 플랜(Plan) B를 위한 실험이었음을 알게 되었다.

경기를 마치고 버스에 올라 학교로 오면서 눈을 감고 있는데 누군가 흔들어서 보니 운제였다. 주장으로 항상 모든 일을 앞장서는 운제는 오늘도 마지막까지 센터백으로 뛰어 힘이 없을 거라 생각했지만 싱글거리며 내게 말을 건넸다.

"성원아. 오늘 컨디션 좋던데? 처음 슈팅이 들어가고 재선이에게 어시스트한 걸 네가 넣었으면 해트트릭인데."

"그렇게 따지면 경기마다 해트트릭 하겠다."

"아냐, 오늘 정말 좋았어."

"그런데 제원이와 발을 맞추는 건 어때?"

"응. 제원이가 경험이 많아선지 리드를 잘해. 공중 볼도 잘 처리하고. 내가 최종 수비로 버티고 제원이가 빌드업을 하니까 편해."

"그래? 그렇지만 너도 포지션을 다시 생각해야 하지 않아?"

"왜?"

"경기 때 보니 우리들 전부 키가 많이 컸어. 대부분 너보다 커. 그래도 센터백이면 일단 크고 봐야지."

"너! 내 아픈 부위를 찔러?"

"아픈 부위가 아니라 초등학교 때는 네가 포워드 보고 내가 센터 백이었잖아. 그때 공격 잘하던데."

"맞긴 맞다. 사실 요즘 고민하고 있어. 아무리 먹어도 키가 크지 않으니 포지션을 바꿔야 하나 싶기도 하고."

"그럼 조쌤과 의논해 봐."

"네가 생각하기에 어느 포지션이 맞을 것 같아?"

"풀백은 어때?"

"풀백?"

"그래. 넌 빠르기도 하고 공도 잘 다루니 거기가 맞는 것 같은데. 어때?"

"풀백은 좀 그렇지 않아?"

"나는 괜찮다고 보는데. 김진수 선수 봐라. 풀백인데 오버래핑해서 가끔 슈팅까지 하잖아. 저번에 중계방송 보니까 앞으로 풀백은 수비가 주가 아니라 공격도 같이 해야만 좋은 선수라고 하더라. 생각해 봐."

"그래도 풀백은 좀 그래. 난 말이야 상대하고 부딪히고 넘어서면서 희열을 느끼거든. 차라리 중앙 공격수를 했으면 하는데 그건 너하고 부딪히니 또 안 되고."

"어차피 지금 결정할 일은 아니지만 분명한 건 이젠 너도 네게 맞는 자리를 찾아야 한다는 거야."

우리 둘의 잡담은 거기서 끝났다. 늘 밝던 운제의 표정이 조금은 바뀐 것 같았다. 실제 1학년 입학 시의 몸과 지금의 몸은 많은 차이가 있었다. 나만 해도 15센티미터 이상 컸고 재범이나 경태도 그 이상 커졌다. 반대로 성장이 벌써 멈춘 동료도 있었다. 축구에서 몸이 크다는 게 꼭 장점은 아니지만 같은 속도를 가진 선수라면 당연히 큰 선수가 몸싸움에서 유리한 건 분명했다. 처음엔 나도 미드필드진에 있다가 신장이 커지면서 공격수로 바뀌었기에 우린 늘 키와 몸무게를 재 보곤 장난처럼 포지션 바꾸라고 농담을 했다. 우리 나이는 사춘기에 접어들어 성인 남자의 징후들이 빠르게 나타나는 동료가 있는 반면, 아직 성장이 더뎌 그렇지 않은 동료도 있었다. 훈련을 마치고 함께 샤워장에 들어가면 2차 성징이 나타난 동료들은 타월로 몸을 가릴 생각도 하지 않고 활보를 했고 그렇지 않은 동료들은 오히려 가리고 다녀야만 했다.

동료들 중엔 여자 친구 때문에 고민하는 친구도 있었다. 특히 시운이는 잘생긴 외모로 인해 여학생들이 많이 따랐고 그중에서 특별히 가깝게 지내는 친구가 새침데기라 고민을 많이 했다. 우리가 보기에도 학교에서 제일 예쁜 여학생이라 부러워했지만 고민하는 시운이를 보면서 놀리는 재미도 있었다. 운제는 특유의 유머로 인기가 대단했지만 진짜 친구는 없다며 푸념하기도 했다. 그렇지만 나는 여자 친구에 대해 별 생각이 없었다.

우리의 숙소 생활은 많이 불편했고 통제를 받았지만 동료와 선후배들과 함께 생활하는 재미도 있었다. 감독님과 정 선생님 그리고 조쌤도 우리와 함께 생활하셨는데 결혼한 지 얼마 되지 않은 조쌤은 주중에도 감독님께서 집으로 보내 주곤 하셨다. 숙소는 두 개의 방과 넓은 거실 구조였는데 3학년 선배들이 방을 썼고 우리와 1학년은 거실에서 생활했다. 취침 시에는 전체가 매트리스를 깔고 일렬로 누워 잠을 잤는데 유난히 코를 골거나 이빨을 가는 사람이 있어 애를 먹었다. 하지만 훈련이나 경기를 마치고 잠을 청할 때면 많이 지쳐 있는 상태이기에 잠깐 방해만 될 뿐 깊은 잠에 빠져들었다.

숙소에서는 식사 외에는 모두 자신이 처리를 해야 했다. 옷을 세탁할 때도 각자 자기의 빨래 망에 옷을 넣어 세탁기에 넣어야 하고 개인 사물함도 각자 정리해야 했다. 청소는 매일 정해진 시간에 함께 했고 식사 시간에는 거실에 상을 펴고 몇 명씩 둘러앉아 식사를 했다. 식사를 챙겨 주시는 이모님이 정성으로 만들어 주셨지만 어찌 어머니의 손맛을 따를 수 있겠는가. 하지만 가끔 삼겹살이나 오리고기 같은 특식이 나오면 우린 눈치를 보지 않고 덤벼들었다.

지금은 스페인으로 떠나 우리 곁에 없지만 선오 아버지와 가까운 분이 오리고기 사업을 하시는데 우리를 위해 매주 상당량의 오리고기를 후원해 주셔서 2학년 내내 오리고기는 질릴 만큼 먹었고, 남으면 집으로 싸 가기도 했다. 선오가 학교를 떠났는데도 그분의 지원은 2학년 말까지 이어져 우리에겐 더없는 영양식이 되어 주었다. 또한 오리고기나 삼겹살을 먹을 때는 부모님들 몇 분이 항상 오셔서 고기를 구워 주고 밥도 볶아 주셔서 우린 앉아서 배부르게 먹기만 했다.

공동 생활은 항상 질서를 요한다. 하지만 집에서 곱게 큰 친구들이나 선후배들은 청소할 때나 세탁할 때도 표가 났고, 식사 때나 치울 때도 티를 냈다. 이런 문제가 갈등이 되고 때론 싸움이 되기도 했다. 특히 동료 간의 갈등이 부모님들의 다툼으로 이어진 경우도 있었다. 하나가 청소를 잘 하지 않고 협조하지 않아 다른 동료가 손을 댄 게 문제의 발단이었다. 물론 손을 댄 건 잘못이지만 동료가 자기 역할을 하지 않은 것 또한 잘못이었다.

훈련 소집에 한두 명이 늦어 단체로 벌을 받는 경우도 종종 있었다. 때론 나도 화장실을 가거나 다른 일로 인해 조금 늦는 경우가 있었지만 게으르거나 일부러 늦는 경우는 없었다. 이런 경우 감독님은 엄하게 혼을 내셨다. 단체가 움직일 때 한 사람의 잘못으로 전체가 기다리는 건 시합 때 본인이 지켜야 할 지역을 지키지 않아 팀이 불리한 상황에 빠지는 것과 같다며 혼을 내셨다. 우린 늦은 사람, 잘못한 사람만 벌을 받으면 된다고 생각하는데 감독님은 꼭 단체로 벌을 주셨다. 동료가 잘못하려 하면 당연히 다른 동료가 이를 막아야 하고 전체가 함께 움직여야 한다는 거였다. 그러다 보니 이런 상황 때문에도 문제가 발생하곤 했다. 동료에게 빨리 가자고 말해도 움직임이 늦으면 거친 말이 오가게 되고 그로 인해 다툼이 생겼다. 당연히 우리는 감독님의 단체 벌에 대해 잘못이라 생각했지만 감독님은 변하지 않으셨다. 몇 번을 그렇게 벌을 받게 되면 우린 그 친구를 훈련이나 경기에서도 따돌리게 되었다. 그러면 감독님은 더 우리를 혼내셨다. 결국 우리는 그 친구에게 문제를 일으키지 말라고 충고하고 그러지 않으면 팀을 떠나라는 말까지 하게 되었다. 그 말을 들은 동료는 처음엔 심하게 반발하다가 결국 본인의 태도를 바꾸었다. 이후 그런 문제는 발생하지 않았다.

어쩌면 감독님은 우리 스스로 이런 문제를 해결하길 바라시고 그렇게 한 게 아닌가 하는 생각이 들었다.

문안중과의 경기 이후 우리는 수요일이면 연습 경기를 하고 다른 날에는 훈련을 하는 규칙적인 생활이 이어졌다. 선배들은 지방의 고등학교로 진학하는 경우 미리 전학을 갔고, 저녁 훈련에도 개인 레슨을 이유로 참여하지 않아서 우리와 1학년만 운동장에서 땀을 흘렸다. 운동장이 좁아 부분 전술만 훈련하다가 정규 경기장에 가서 연습 경기를 하게 되면 경기장이 부럽기만 했다.

우리들 중 몇 명은 매주 하루씩 서울시축구협회에서 주관하는 훈련에 참여를 해 왔다. 서울시에 있는 중학교 축구 선수 중 우수한 선수를 미리 발굴한다는 차원에서 진행되는 프로그램이었는데 나와 재범이, 경태, 그리고 재선이가 주로 가곤 했다. 훈련장이 효창구장이었는데 훈련에 참여하기 위해서는 수업이 끝나자마자 숙소의 이모님이 챙겨 주시는 밥을 먹고 바쁘게 움직여야만 시간을 맞출 수 있었고, 훈련에 참여해도 학교와 비슷한 훈련을 받게 돼 별도움이 안 된다고 생각했다. 하지만 몇 번 참여를 해 보니 나름 서울시에서 실력 있는 선수늘이 잠여하고 언늡 게임도 지주 있어서 도움이 되었다. 평소엔 서로 상대가 되어 경기를 하지만 같은 팀이 되어 경기를 해 보면 장단점을 파악할 수 있고, 내가 경기를 할 때 도움이 되는 경우도 있었다. 하지만 이것마저도 문제가 되었다.

아버지께 들은 이야기는 부모님들 중 자신의 아들이 운턴에 침여하지 못하자 이를 감독님께 부탁하면서 문제가 발생했다고 한다. 감독님은 본인이 선수를 보내는 게 아니라 협회에서 선수를 정해 공문이 내려온다고 말씀을 드렸지만 자신의 아들을 꼭 보내 달라고 부탁했다고 한다. 아버지와 재범이 아버지가 후원회 일로 말씀을 나누다가 알게 되어 감독님께 그런 부탁은 무시하라고 조언하셨다고 한다. 그러면서 아버지는 늘 자기 자식이 최고인 줄 아는 부모들의 생각이 자식을 망친다고 하셨다. 그리고 얼마 후 정말 어이없는 일이 발생했다.

경기장에 뛰는 선수는 11명이다. 하지만 프로 팀들의 경우 보통 30명이 넘는 선수단을 운영한다. 이렇게 많은 선수를 운영하는 이유는 주전 선수가 부상을 당했을 때 대체하기 위해서이기도 하고 감독의 전술상 플랜 B를 위해 충분한 선수층을 운영한다고 알고 있다. 전술상 빠른 패스로 상대를 압박하지만 상대가 수비 라인을 단단히 구축해 올라오지 않으면 공격 전술이 풀리지 않는다. 이럴 경우엔 장신 공격수를 투입해 중앙으로 크로스를 넣어 공격을 전개하는 것도 한 가지 타개책이기에 빠르지는 않더라도 장신인 선수가 필요하다. 또한 부상 선수가 발생하면 이를 대체할 예비 선수가 필요하다. 처음의 전술을 계속 유지하려면 교체 선수가 부상 선수를 대신해 경기를 뛰어야 하는데, 만일 교체 선수가 들어가 제대로 뛰지 못해 적용하던 전술이 흔들리면 그 선수의 자리가 구멍이 되고 결국 팀이 위기에 몰리게 된다.

우리 2학년은 15명인데 추계 대회 이후엔 주로 내가 원톱, 재선이가 공격형 미드필더, 민한이와 시운이가 윙어, 재범이와 경태가 수비형 미드필더, 주선이와 성오가 풀백, 제원이와 운제가 센터백으로 운영되었다. 그리고 인성이와 상만이, 성인이, 종인이가 예비로 있는데 최소 몇 명은 더 있어야만 교체 선수진이 구성될 수 있었다. 그래서 1학년인 지현이를 올렸지만 여전히 부족한 감이 있었다. 봄에 선배들의 경기에 제원이, 재범이, 경태, 재선이, 시운이, 나, 그리고 재건이까지 올려 뛰기를 한 거에 비하면 선수층이 많이 얇아진 게 사실이었다. 그런 와중에 감독님이 선수 영입을 추진하셨다.

아버지 말씀에 의하면 감독님은 센터백과 수비형 미드필더의 부족을 메우기 위해 선수를 찾았고, 마침내 좋은 선수를 발굴해 후원회 회장과 부회장인 재범이 아버지와 아버지에게 영입을 의논하셨다. 아버지는 이미 인성이의 경험이 있기에 찬성이셨지만 재범이 아버지는 재범이와 포지션이 겹치게 되어 잠깐 고민을 하다가 받아들이셨다고 한다. 중학교 수준의 축구에서 각 포지션별로 특출난 선수가 있다는 건 전술을 운용함에 있어 매우 유리하다고 한다. 아마도 감독님은 중앙 수비를 강화하기 위해 선택을 하신 거 같고, 그렇게 중앙 수비가 강화되면 재범이나 경태 둘 중 하나를 상황에 따라 공격으로 돌릴 수 있다는 판단을 하신 걸로 생각되었다.

그리고 얼마 후 연습 경기에 그 선수가 등장했다. 치호, 신치호였다. 일단 체격이 당당했다. 재범이나 경태 그리고 제원이는 다소 마른 형이고, 운제가 체격은 좋지만 키가 문제가 되는 상황에서 치호의 등장은 우리에게 상당한 호감을 갖게 했다. 치호는 실제 경기에 들어가자 우리의 기대 이상으로 강력한 수비를 보여 주었다. 지금까지 우리의 수비 형태는 지역 방어에 협력 수비를 원칙으로 했는데 치호는 대인 방어, 특히 상대의 주공격수를 무너뜨리는 역할을 수행해 제원이와 운제가 여유를 갖게 했다. 치호가 들어오자 감독님은 우리 포메이션을 4-1-4-1로 바꾸어 치호를 원 볼란치로 세우고 경태와 재범이를 공격형 미드필더로 세워 재선이를 일단 쉽게 했다. 평상시 투 볼란치에서 재범이나 경태 둘 중 하나가 앵커, 하나가 홀딩을 맡았는데 치호가 원 볼란치를 서면서 두 명의 공격형 미드필더가 있게 되어 공격이 훨씬 원활하게 진행되었다. 원톱을 맡고 있는 내게로 전달되는 공이 늘어나 경기를 완승으로 이끌 수 있었다. 치호는 우리와 손발을 맞춰 본 것도 아닌데 방향 전환이나 롱 킥도 꽤 좋았다.

부모님들께서 치호의 존재를 모른 상태로 경기를 지켜보셨기 때문인지 경기를 마치기 전에 이미 아버지와 재범이 아버지는 질문

공세에 시달려야 했다. 하지만 두 분도 치호를 실제로 본 건 그때가 처음이라 감독님께 들은 이야기만 하실 수밖에 없었고, 경기 내내 두 분도 다른 부모님들과 같이 감탄하셨다고 한다. 하지만 거기까지였다. 부모님들이 치호가 우리 학교로 오게 된다는 걸 아시곤 기존 우리의 포지션에 변화가 오는 걸 우려해 회장, 부회장에게 영입 보류를 요청하셨다. 회장님은 그 요청에 대해 다음과 같이 말씀하셨다.

"치호의 영입으로 어쩌면 가장 포지션에 위협을 받는 것은 재범이일 테지요. 그럼에도 감독님께서 영입을 한다고 했을 때 제가 받아들인 이유는 팀을 위해서입니다. 지난 추계 대회 때 우승을 했다고 해서 우리가 절대 강자라고는 생각하지 않습니다. 감독님 또한 그렇게 생각하고 계셔서 결정하신 걸로 알고 있습니다. 만일 우리 주전 선수 중에 누군가 부상을 입어 뛸 수 없는 상황이 되면 물론 다른 선수가 대신 뛸 수는 있겠지만 결과는 장담할 수 없겠지요. 더구나 한 명이 아니라 두 명 세 명이 부상을 당할 수도 있고, 그 기간이 길어질 수도 있습니다. 그럴 경우 우리 팀은 본선에 올라가지도 못하고 집으로 와야만 할 겁니다. 그러면 선수 전체의 경기력은 약해지고 팀은 약체로 전락할 겁니다. 하지만 치호가 들어올 경우 우린 전력을 두텁게 할 수 있고 그러면 대회마다 본선에 올라 우승을 바라볼 수 있을 겁니다. 당연히 모든 선수가 뛸 기회가 늘어나겠지요. 최근 감독님이 두 골 이상 차이가 나면 모든 선수들을 뛰게 하는 걸 잘 알고 있지 않습니까?"

그리고 아버지가 다음과 같이 말씀을 이으셨다.

"우리 아이들이 경기를 예쁘게 풀어 가고 그렇게 우승까지 했으니 참 잘하는 거지요. 하지만 우리가 경기 운이 좋았다는 생각도 듭니다. 만일 상대 공격수가 아주 강하고 터프했다면 어찌되었을까를 생각해 보았습니다. 물론 운제나 제원이가 있으니 막을 수 있겠지요. 하지만 둘 중 하나가 부상을 당했다면 어땠을까요? 거기에 더해 상대 공격수가 힘으로 운제를, 신장으로 제원이를 능가하면 우린 상당히 애를 먹을 겁니다. 그 공격수를 견제하기 위해 둘 이상이 붙는다면 수비에 그만큼 공백이 생기고 우리가 골을 먹는 상황도 올 겁니다. 만일 치호가 우리 팀에 오면 아마도 감독님은 플랜 B나 플랜 C도 만들 수 있을 겁니다. 그렇게만 되면 우린 좀 더 강한 팀이 될 수 있겠죠. 그래서 치호를 받으려고 하는 겁니다."

하지만 감독님과 회장님 그리고 아버지의 시도와 설득은 결실을 맺지 못했다. 처음엔 승낙을 하셨다는 교장 선생님이 갑작스레 반대로 돌아섰고 치호의 영입은 없던 일이 되었다. 감독님은 치호 영입을 전제로 다양한 전술을 생각하셨지만 불발되자 많이 아쉬워했다고 아버지께서 말씀하셨고, 아버지도 감독님의 의중을 알기에 안타까워하셨다. 그리고 이 상황은 우리 팀에게 훗날 가장 안타까운 결정이 되었다. 전국 소년 체전에서!

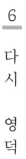

6

다시

영덕

거창 동계 훈련

문안중과의 경기 이후에도 우린 매주 수요일이면 군모중, 광영중, 안영중 등 여러 학교들과 연습 경기를 이어갔다. 감독님과 두분 코치님들도 우리에게 많은 걸 알려 주기 위해 노력하셨고 그런 결과로 우리의 팀워크는 더욱 단단해져 갔다. 연습 경기가 있는 날 저녁식사는 오리고기 회식이었고 그때마다 우린 맛있게 저녁을 먹고는 포만감을 이기지 못해 저녁 학습 시간에 졸기도 했다. 그렇게 천천히 겨울이 왔다.

12월 중순이 되자 감독님이 체력 훈련으로 방향을 전환하셨다. 선배들은 이미 다른 학교로 떠나거나 개인 훈련을 했기에 운동장은 우리와 1학년 차지가 되었고, 그 운동장에서 진행되는 체력 훈련은 또 나시 우리의 인내를 시험히기 시작했다.

늘 그렇듯이 훈련의 시작은 달리기였다. 가볍게 운동장을 몇 바퀴 돌고 시작되는 셔틀 런은 해도 해도 답이 없었다. 우리와 1학년이 번갈아 가며 운동장을 뛰면 감독님은 별 말씀 없이 우리를 지켜보기만 하셨고 조쌤은 우리가 고생하는 게 재밌는지 휘슬을 더 힘차게 부셨다. 그 휘슬에 맞추기 위해 한 시간을 뛰고 또 뛰고 나면 모두의 얼굴은 땀으로 범벅이 되고 머리에서 김이 올라왔다. 체력 훈련이 진행될 때는 근육이 불어나 몸이 무거워져서 연습 경기를 치를 때면 더 힘들었다. 그때마다 감독님은 우리에게 속도를 높이라고 주문하셨고 그 주문에 따르기 위해 죽어라 하고 뛰어야 했다. 고통은 즐겨야 했다. 고통을 고통이라 생각하면 견딜 수 없다. 그렇게 힘들게 뛰면서 아마도 동료들은 지난 춘계 대회를 기억하고 다가오는 춘계 대회 우승을 꿈꾸고 있었을 것이다. 나도 그랬으니까.

학기말 시험을 마치고 방학이 다가오자 아버지를 비롯한 후원회 임원들이 동계 훈련 때문에 학교에 자주 오셨다. 동계 훈련은 어디로 가느냐가 중요한 게 아니고 어느 학교들이 오는 곳으로 가느냐가 더 중요했다. 동계 훈련에서는 체력 훈련도 체력 훈련이지만 거의 매일 진행되는 연습 경기로 전술을 실험하고 다듬는 과정이 되풀이된다. 그리고 그 과정의 끝이 춘계 대회로 이어지는 것이다.

화이트보드에 동계 훈련 일정이 게시되었다. 장소는 거창. 처음 들어 보는 곳이었다. 하지만 1학년 종은이가 거긴 자기 집 근처라 잘 안다고 해서 우리 모두 종은이에게 거창에 대해 물었다. 거창은 지리산에 둘러싸인 곳이라고 했다. 우리 대부분은 지리산조차 잘 모르기에 휴대폰으로 검색을 하기도 하며 종은이에게 이것저것 물었지만 종은이도 잘 모르는 것 같았다. 종은이 아버지는 1학년 부회장님이신데 가끔 수박이나 딸기 등 지리산 근처에서 키운 과일들을 차에 가득 싣고 와 우리들이 맛있게 먹을 수 있었다. 아마도 종은이 아버지가 제안을 하지 않았나 하는 생각이 들었다.

크리스마스 휴가를 제외하고 계속 이어진 체력 훈련과 전술 훈련이 끝나고 1월 초 동계 훈련 출발을 앞두었을 즈음 나도 모르게 내 몸은 변해 있었고 동료들의 몸도 변해 있었다. 숙소에서 이모님이 해 주시는 밥도 잘 먹고 총무님인 재건이 어머니가 챙겨 주시는 저녁 간식까지 먹으면서 훈련한 결과로 근육도 올라왔고 키도 더 큰 것 같았다. 동료들도 키가 훌쩍 커졌고 몸도 단단해졌다. 우린 때론 팔씨름으로 때론 무릎싸움으로 힘자랑을 하기도 했다. 이젠 발산을 해야 했다.

저녁이면 누군 개인 훈련을 추가로 더 하기도 하고 누구는 책을 읽기도 했다. 책은 민한이가 역시 많이 읽었고 대부분은 운동장에서 개인 훈련을 했다. 개인 훈련에 가장 열심인 동료는 재건이였다. 재건이는 늦게 축구를 시작한 걸 만회하려는지 잠시의 틈도 주지 않고 운동에 열중했다. 특히 줄넘기는 매일 저녁 열심히 뛰었다.

감독님은 줄넘기를 엄청 강조하셨다. 나 역시 줄넘기는 시간이 되면 계속했는데, 그중 이단 뛰기는 순발력 향상에 도움이 된다며 때때로 주말에 집에 가기 위해서는 이단 뛰기 시험도 보아야 했다.

토요일 오전 훈련을 마치고 감독님과 코치님들이 보는 앞에서 이단 뛰기 300회를 해야 집에 갈 수 있었는데 첫 회에 통과하는 동료는 거의 없었다. 오전 훈련으로 축 늘어진 상태에서 점심을 먹으면 자고 싶은 마음뿐인데 다시 줄넘기 연습을 하고 곧이어 테스트를 받게 되면 통과하기 쉽지 않았다. 그래도 이 어려운 테스트를 먼저 통과하는 사람은 경태와 시운이 그리고 나 정도였다. 주로 스피드가 있는 공격진이었는데, 수비진이나 재건이는 마지막까지 남는 경우가 많았으며 1학년들도 대부분 마지막까지 남곤 했다. 통과한 멤버들은 샤워를 하고 즐겁게 가방을 싸서 집으로 갈 준비를 하고 나와 계속 테스트를 받고 있는 동료들에게 농담을 하며 장난을 치기도 했다. 한 번은 감독님이 끝까지 통과하지 못한 동료들과 후배들을 집에 보내지 않고 다음날까지 테스트를 강행한 적도 있었다. 이때 집에 가지 못한 동료들이 이를 갈면서 그 후에 밤마다 줄넘기를 했다. 그리고 그 줄넘기 훈련은 우리 모두의 속도를 높이고 빠른 공격과 수비 전환을 가능하게 해 주었다.

사고가 터졌다. 시운이가 동계 훈련 직전 쇄골이 부러져 훈련에서 이탈하게 되었다. 시운이는 1학년 때부터 좋은 신체 조건과 빠른 주력으로 우리들 중 제일 먼저 올려 뛰기를 했었다. 또, 서구형의 얼굴로 여학생들에게도 인기가 많은 친구였다.

사고는 1학년과의 연습 경기였다. 동계 훈련이 시작되기 전 우린 1학년과 연습 경기를 하게 되었다. 1학년이 나름 추계 대회에서 준

우승까지 하며 실력을 뽐냈지만 아직 우리에게는 미지지 못했나. 1학년 중에서는 나름 뛰어난 실력을 보여 주는 후배들이 있었다. 지현이, 호기, 유민이, 한얼이는 우리 학년에 편입되어 뛰어도 크게 차이가 나지 않을 만큼 공을 다루는 기술과 수비 실력을 보여 주었다. 특히 유민이는 수비를 맡고 있는데 난 유민이의 수비를 무척 좋아했다. 유민이는 대인 방어에 특히 강했는데, 나조차도 유민이가 덤벼들면 빠르게 피할 정도로 투쟁심이 강했고 터프한 수비로 유명했다. 물론 본인도 그렇게 수비를 하면 여기저기 많은 부상을 입게 되지만 유민이는 이를 개의치 않고 치열하게 수비를 해 상대 팀들에게 공포의 대상이었다.

그런 유민이가 연습 경기에서 시운이를 방어하다 넘어뜨리며 쇄골이 부러지게 했다. 당시 시운이는 아픈 걸 참으며 경기를 계속하려 했지만 고통을 참지 못하고 결국 재건이 어머니와 함께 병원으로 갔고, 경기를 마친 우리가 숙소로 돌아갔을 때 목에 반깁스를 하고 있었다. 동료들이 물어보니 부기가 가라앉으면 수술을 해서 철심을 박아야 한다고 했다. 시운이 부모님이 달려오셨고 유민이 어머니도 급하게 오셨다. 우린 큰 언쟁이 있을 것 같아 숨을 죽이고 지켜보았는데 결과는 정반대였다. 유민이가 뭐라 말도 못하고 울먹이며 시운이에게 미안하다는 말만 계속하고 있는데 시운이 아버지와 어머니는 오히려 유민이를 달래고 있었다. 우리 모두 멍하니 상황을 지켜볼 수밖에 없었다. 저 상황이면 큰 소리가 나는 게 정상일 텐데 오히려 부모님께서 유민이를 달래다니! 급하게 오신 유민이 어머니도 계속 시운이 부모님께 죄송함을 표했지만 시운이 부모님은 유민이 어머니께 경기 중 일어날 수 있는 일이니 괜찮다고 하셨다. 참 놀라운 상황이었다.

이번 동계 훈련과 이어지는 춘계 대회는 우리에게 있어 아주 중요한 시기이기에 시운이 부모님의 행동은 진한 감동을 주었다. 우린 동계 훈련에서 몸을 만들고 팀워크를 다진 후 춘계 대회에서 많은 고등학교의 스카우터 앞에 서야 한다. 그래서 우리를 평가 받고 대부분 그때 고등학교가 정해진다. 그런 중요한 시기에 부상을 당했는데 시운이 부모님이 보여 준 모습은 오랫동안 기억에 남았다. 시운이 부모님의 배려는 다른 부모님은 물론 우리에게도 상대를 배려하는 게 어떤 것인가를 분명하게 가르쳐 주었다. 그리고 시운이는 우리가 춘계 대회를 마치고 복귀한 후 팀에 합류했다.

동계 훈련이 시작되었다.

시운이의 진한 아쉬움을 뒤로하고 서울에서 버스를 타고 한참을 달려 도착한 거창은 썰렁했다. 버스에 탈 때 동료들과 후배들은 부모님들의 배웅을 받으며 웃고 떠들었지만 얼마 지나지 않아 하나씩 잠에 빠져들었다. 거창에 도착했으니 내리라는 조쌤의 지시를 듣고 버스에서 내렸을 때 거창이라는 도시는 마치 사람이 살지 않는 도시 같았다. 지리산에서 불어오는 바람은 코끝을 찡하게 했고 상의 지퍼를 끝까지 밀어 올리게 만들었다. 추웠다. 조쌤은 빨리 각자 방으로 가서 짐을 정리한 후 운동복으로 갈아입은 후 모이라고 우리를 몰아쳤다. 아직 군대에 가 보지는 않았지만 동계나 하계 훈련만 들어오면 조쌤은 우리의 군기를 잡았고 쉴 틈 없이 우릴 내몰았다. 내려오면서 휴게소에서 점심을 먹었기에 바로 훈련에 들어갈 수 있었다.

다시 버스로 이동해 도착한 경기장은 냇가를 끼고 있어서 바람이 더 세게 불었다. 그리고 거기에는 우리보다 먼저 도착한 다른 팀들이 이미 경기를 하고 있었다.

따뜻한 버스에서 내려 추위에 잔뜩 웅크리고 있는 우리에게 조쌤은 바로 몸을 풀도록 지시했고 우린 대열을 맞추어 운동장 주변을 천천히 뛰기 시작했다. 한참을 달리자 몸에서 서서히 열이 나며 버스 여행으로 굳었던 몸이 풀어졌고 조금 더 풀리면 바로 연습 경기를 할 수 있을 것 같았다. 그런데 그게 아니었다. 조쌤은 바로 셔틀 런을 준비하고 있었다. 주경기장 옆에 작은 경기장이 있었는데 거기에 조쌤이 셔틀 런을 위한 콘을 깔고 있는 걸 보고 우린 기겁을 했다. 서울에서 충분히 체력 훈련을 했다고 생각했는데, 그리고 여기 와서는 연습 경기에 충실할 거라 생각했는데 셔틀 런은 모두에게 공포로 다가왔다.

달리기를 마치고 가벼운 체조를 하고 있는데 조쌤이 작은 경기장으로 오라고 손짓을 하자 성격이 화끈한 윤제가 먼저 투덜거리기 시작했다.

"아니 그냥 뛰어도 힘들 판인데 여기서 체력 훈련을 하고 연습 경기까지 하는 거야? 이러다간 우리가 춘계 대회 가기 전에 모두 쓰러지겠다."

"진짜 너무한다. 학교에서도 그렇게 뛰었는데 여기 와서 또 뛰라고!"

이번엔 재선이가 받았다.

내 생각에도 너무 무리가 아닌가 하는 생각을 애써 누르며 작은 경기장으로 방향을 잡는데 동료들이나 후배들 모두 표정이 말이 아니었다. 평소엔 늘 밝던 운제까지 땅만 바라보며 혼자 중얼거리고, 주선이도 툴툴대고 있었다. 그리고 바로 셔틀 런이 시작되었다. 우린 휘슬에 맞추어 기계적으로 뛰고 또 뛰어야 했고 나중에는 배가 고프다는 생각이 들 정도였다. 그렇게 뛰고 있을 때 우리와 연습 경기를 할 상대가 경기장에서 몸을 풀기 시작했다. 그 즈음 조쌤은 셔틀 런을 중지하고 본경기장으로 이동해 패스 게임을 준비하라고 해서 우린 만세를 부르며 뛰어갔다.

본 경기에 들어가기 전 감독님이 전술과 작전 지시를 내리기 위해 전체를 모으고는 말씀하셨다.

"동계 훈련은 경기 전과 경기 후 체력 및 피지컬 트레이닝을 함께 진행할 것이다. 꽤 부담이 되겠지만 이제까지 내 경험으로 그런 과정을 제대로 이겨 내야만 좋은 결과를 만들 수 있다는 확신이 있다. 춘계 대회는 단기전이기에 강한 체력을 필요로 하고, 겨울이기에 충분히 몸을 풀어야 부상을 피할 수 있다. 우리 포메이션은 4-2-3-1 그대로 간다. 1학년은 2학년 경기 후 지시하도록 하겠다. 우선 성원이가 최전방 공격수, 재선이가 아래, 지현이 오른쪽 윙어, 민한이 왼쪽 윙어, 재범이와 경태 미드필더, 주선이 왼쪽 풀백, 운제 오른쪽 풀백, 제원이와 인성이가 센터백을 선다."

감독님이 잠깐 우릴 둘러보셨다. 순간 나는 내 귀를 의심했다. 운제가 아닌 인성이가 센터백! 물론 여기 내려오기 전 몇 번의 연습 경기에서 인성이가 센터백을 본 적은 있지만 운제와 교대로 보았고, 그때 오른쪽 풀백은 성오였는데 지금은 성오가 빠지고 운제가 이동하면서 인성이가 센터백을 맡은 것이다. 테스트일까? 확정일까? 몹시 궁금했지만 질문할 순 없었다. 성오의 얼굴이 좋지 않았다. 물론 성오가 부상으로 정상적인 플레이가 어려웠지만 지금 정해지는 포지션은 앞으로 경기에서 기본적인 포메이션이 될 것이기에 성오의 마음이 이해가 되었다. 거기다가 시운이 자리에 지현이가 정해졌다. 우리가 예상하기로 성인이가 맡지 않을까 생각했는데 감독님은 기술이 좋은 지현이를 선택하셨다.

"수비 라인은 하프 라인까지 올린다. 제원이가 수비 시에는 라인을 조정한다. 주선이와 운제는 오버래핑을 주저하지 마라. 물론 수비 시에는 빠르게 전환해야 한다. 수비 라인이 네 명이 아니라 두 명의 센터백이고, 두 명의 풀백은 하프라인을 넘어 언제든 얼리 크로스가 가능한 구역이 수비 지역의 시발점이다. 수비도 거기, 공격도 거기부터다. 그렇게 되면 양 윙어도 좀 더 전진해 안쪽으로 파고들 수 있어 최전방 공격수가 세 명이 될 수 있다. 미드필더는 풀백이 올라오니 네 명이 되고. 이런 포메이션을 유지하려면 우린 협력수비로 하프 라인 위에서 막아야 하고 공을 탈취해야 한다. 제원이와 인성이는 헤더도 좋고 주력도 좋으니 충분히 막을 수 있을 거라 생각하고 실험하는 것이다. 지금까지 우린 빠른 연결로 상대를 지치게 하고 중앙 공격으로 득점을 많이 노렸지만 이젠 공격 루트도 다양화한다. 미드필더나 센터백이 좌우로 공을 벌리면 전방을 보고 열려 있을 때는 즉시 얼리 크로스를 노리고, 상대 중앙 수비가 많으면 좌우 라인을 따라 올라가며 윙어와 함께 돌파 후 공격 기회를 노린다. 그럴 경우 반대편 윙어와 풀백은 중앙 공격에 가담한다. 미드필더가 중앙으로 공을 유지하면 좌우는 깊숙이 전진한다. 공격 숫자를 늘리기 위함이다. 또한 상대 수비가 좌우 윙어와 풀백을 견제하기 위해 공간을 벌리면 경태는 그대로 중앙을 연다. 수비는 앞서 말했지만 협력 수비로 전방에서 차단한다. 만일 뒷공간으로 공이 오면 골키퍼가 처리할 수 있으면 나오고 센터백이 빠르게 대응한다. 그럴 경우 미드필더가 함께 내려오고 좌우 풀백도 즉시 내려와 지역 수비를 실행한다. 다들 이해되나?"

"네."

얼결에 모두 힘차게 대답을 했다. 나 또한 그랬지만 저런 전술을 수행하려면 우리 전체가 많이 뛰어야 하고 특히 좌우 풀백은 위아래를 죽어라고 뛰어야 가능했다. 순간 지금의 과한 제덕 훈련과 피지컬 트레이닝이 이 전술을 위해 진행되는 것이구나 하는 생각이 스쳤다.

"처음엔 다소 힘들 거다. 훈련도 같이 진행되니 더 힘들게 느껴지겠지만 너희들이 충분히 감당할 수 있으리라 생각한다. 조 선생, 준비시켜!"

감독님의 지시가 끝나자 바로 조쌤이 몇 마디 부연 설명을 했고 우린 경기복으로 갈아입은 후 경기장으로 나섰다.

지난 추계 대회 이후 우리의 몸은 많이 변했고 운동 능력도 좋아졌다. 경기장으로 들어서면서 잠깐 감독님의 생각을 읽을 수 있었다. 치호가 우리 팀으로 오는 게 취소되면서 감독님은 아마도 수비 라인을 다시 생각하셨던 거 같다. 그래서 키가 크고 주력이 좋은 인성이를 센터백으로 내정하고 몇 번의 연습 경기에서 실험을 했고, 작지만 수비력과 공격력을 함께 갖고 있는 운제를 성오 자리인 오른쪽 풀백으로 이동시킨 거라 짐작이 되었다.

바로 경기가 시작되었다.

지금까지의 포메이션에서 인성이와 운제가 자리를 바꾸고 시운이 자리에 지현이가 들어온 것 외에는 큰 변화가 없지만 그 변화는 크게 다가왔다. 성오가 상대적으로 주력이 느려 오버래핑이 별로 없었는데 지금 운제는 예전의 공격 본능이 살아났는지 위아래를 부지런히 오갔고, 그러면서 얼리 크로스와 상대 오른쪽 깊은 지역에서 크로스를 자주 올렸다. 그렇게 템포가 빨라지면서 주선이 역시 크로스를 자주 올리고 개인 돌파도 자주 시도해 공격의 빈도가 높아졌다.

상대도 우리 뒷공간이 빈 걸 보고 돌파를 시도했지만 제원이와 인성이가 파울까지 하면서 1차로 차단하고 바로 수비 라인이 정비되어 재건이가 거의 공을 잡을 기회가 없을 정도였다. 다만 인성이와 제원이가 아직 홀딩과 앵커 역할에 대해 분담이 확실치 않은 것 같았다.

그런 상황을 지켜본 감독님은 공격에 대해서는 특별한 말씀이 없었지만 수비에 대해서는 위치 조정과 압박을 계속 주문하셨고 나와 재선이 그리고 재범이까지 원톱으로 돌리며 여러 작전을 진행해 보셨다.

특이한 것은 버스 여행과 경기 전 체력 훈련으로 모두 지칠 만도한데 경기 끝날 때까지 부지런히 뛰고 있다는 점이었다. 전반에 빠르게 두 골이 터지자 후반 중반에 교체를 통해 동료들이 모두 경기장을 밟으면서도 4:0 완승을 거둘 수 있었다. 연습 경기 첫날이라 부모님들 몇 분만 와 계셨지만 박수를 치며 격려를 아끼지 않으셨다. 아버지의 모습은 보이지 않았다.

숙소로 돌아와 샤워를 마쳤을 때 총무님인 재건이 어머니와 1학년 총무님이 세탁물을 걷어 가셨고 우린 식당으로 이동해 저녁을 먹었다. 이동하면서부터 우린 오늘의 변화에 대해 얘기를 시작했고 식사 자리까지 연결되었다.

성오가 말이 없었다. 오른쪽 풀백은 항상 자기 자리라고 생각했고 지금껏 그래 왔지만 오늘의 변화는 성오에게 충격이었으리라. 물론 부상이 있어서 그렇게 포지션이 정해졌을 거라 생각되었다. 동료들도 성오를 이해하는지라 말도 붙이지 않고 내버려 두었다. 나도 성오와 친하지만 지금 어떤 말로도 성오를 위로할 수 없다는 걸 알기에 그냥 지켜보기로 했다. 반면에 인성이는 얼굴에 웃음꽃이 피었다. 감독님도 특별하게 지적하는 게 없었고 동료들도 센터백이 잘 맞는다고 하자 어깨가 올라갔다. 물론 성오도 후반엔 운제와 교체해 잠시 뛰었지만 선발에서 제외된다는 걸 받아들이기는 어려울 거다. 그리고 운제가 스피드 있게 포지션을 소화하는 걸 보면서 경쟁이 만만치 않으리란 생각이 들어 답답할 터였다. 무언가 성오에게 한마디 해 주어야 할 것 같은 생각이 들었다.

저녁을 먹고 잠시 산책을 했지만 몸이 파김치가 되어 자고 싶은 생각뿐이었다. 이렇게 한 달여를 보내야 했다. 다행히 조쌤이 핸드폰을 나눠 줘 가족과 통화를 하고 게임도 하니 조금은 답답하던 마음이 풀리는 거 같았고 아버지가 내일 내려오신다고 하셔서 기다려지기도 했다.

깊은 잠을 자고 일어나니 몸이 살아나고 있었다. 아침식사를 마치고 성오와 같이 산책을 했다.

"어제는 기분 나빴지?"

"응."

"나도 그 기분 조금은 알아."

"하긴 너도 인성이 처음 와서 원톱 설 때 대기였지."

"그래서 그 기분 안다는 거야."

"아버지가 내가 주전에서 밀린 걸 보면 뭐라 하실지 걱정이다."

"그래? 우리 아버지는 쿨하게 경쟁하라고 하셨는데."

"아버지는 그렇지 않을 것 같아. 그래서 걱정이야."

성오가 걱정의 한숨을 쉬었다. 그 마음이 이해가 갔다. 어쩌면 우리 모두 그런 걱정을 하고 있는지도 모른다. 나름 공을 잘 찬다고는 하지만 팀 내에서 경쟁을 해야 하고 또 다른 팀과도 경쟁을 해야 한다. 그리고 이런 경쟁은 앞으로 우리가 축구를 하는 한 계속 이어질 테니 피할 수 없는 일이었다. 그리고 당장 부모님의 기대는 우릴 꽤 심하게 압박하고 있었다.

그런 면에서 상만이 부모님은 좀 특이했다. 상만이가 공을 잘 다루지만 키가 작아 주전으로 뛰지 못하지만 부모님은 항상 팀을 응원하러 오셨다. 상만이 말로는 상만이 형도 고등학교 때 쑥 키가 컸으니까 걱정하지 말라며 열심히 하라고 응원하신다고 했다. 나와 초등학교 때부터 축구를 같이 했기에 부모님들끼리 친한데 아버지도 상만이 부모님께 그런 이야기를 자주 듣는다고 하셨다. 그런 부모님들이라면 걱정을 덜 수 있을 텐데, 성오가 걱정되었다.

오전을 쉬고 점심을 먹은 후 다시 체력 훈련과 경기가 이어졌다.

경기 중에도 대기석에서는 앉아 있지 못하고 계속 몸을 풀어야 했다. 그러니 주전이나 대기 선수나 체력 훈련과 경기, 그리고 피지컬 트레이닝 양이 거의 동일한 수준이었다. 감독님이 경기를 지휘하면 조쌤은 경기장 밖에서 훈련을 주도했다. 매일 힘든 훈련과 연습 경기가 진행되었다.

힘든 훈련을 소화하면서 진행되는 처음 몇 연습 경기의 결과는 거의 3점 차 이상의 승리였고 거의 모든 경기를 2학년 전원이 뛰었다. 1학년 중에서는 지현이를 포함해 두세 명이 잠깐씩이라도 경기를 뛰었다. 우리 경기가 끝나면 바로 1학년 경기가 이어졌다. 1학년 경기의 전반전에 우린 피지컬 트레이닝을 했지만 후반전은 경기를 볼 수 있었다. 1학년 경기는 올려 뛰기를 하던 지현이나 다른 선수도 다시 경기를 뛰고 번갈아 가며 모두를 테스트하는 거 같았다. 몇 명이 눈에 들어왔다.

처음 몇 경기를 쉽게 풀어 가던 우리에게 고비가 왔다. 무진중이었다. 지난여름 추계 대회에서 1학년들이 무진중과 경기하는 걸 보았는데 1학년들의 몸이 거의 우리와 비슷했었고 같이 있던 2학년들, 우리와 동급생들은 우리보다 컸다. 특히 센터백은 크고 단단해 보였다. 그 무진중과 연습 경기를 하게 되었다.

하프라인에 도열했을 때 무진중 선수들을 마주한 느낌은 단단함이었다. 그리고 강했다. 경기가 시작되고 얼마 지나지 않아 그 느낌은 현실이 되었고 우리 전체가 점차 밀리는 느낌이 들었다. 단단한 수비를 바탕으로 무진중은 천천히 라인을 올리면서 밀고 들어왔다. 이제껏 쉽게 밀리지 않던 재범이와 경태가 무진중 미드필더에게 밀리면서 상대 공격수가 제원이와 인성이 사이에서 쉽게 움직였다. 위험하다는 느낌이 들었고 얼마 후 우리가 먼저 골을 먹었다. 무진중은 이제껏 우리가 상대한 팀과 많이 달랐다. 경기 전에 감독님의 특별한 주문이 없어서 가벼운 마음으로 상대했지만 막상 붙어보니 확실히 달랐다. 뭐랄까, 일단 수비 스타일이 거리를 두는 형태가 아니라 붙어서 수비하는 형태였다. 우린 보통 수비 시 약간 거리를 두면서 상대의 이동을 차단하는 형태였는데 무진중은 공을 가졌건 가지지 않았건 우리에게 붙었다. 상대가 바짝 붙으면 우리의 장기인 패스도 방향 전환도 자유롭지가 않았고, 조금씩 우릴 밀거나 건드리면 정신이 집중되지 않아 실수도 계속되었다. 그러면서도 빠른 주력과 힘으로 우릴 밀었다. 조쌤이 우리에게 밀리지 말라고 계속 주문을 하고 있지만 우리가 다시 밀기에는 역부족이었다. 운제가 밀리는 걸 참지 못하고 거친 태클을 하다 연습 경기에서는 여간해선 나오지 않는 옐로우 카드까지 받았다. 위기였다.

우린 그런 상황을 거의 접해 보지 않았기에 당황했고 우왕좌왕할 수밖에 없었다.

"성원이 미들로!"

감독님의 짧은 지시가 떨어졌다. 지시를 든자마자 나는 경대와 재범이 사이로 내려갔고 우린 원톱 없이 4-3-3 포메이션으로 전환을 했다. 전에 이미 4-3-3 포메이션을 해 보았기에 선혀 생소한 건 아니어서 바로 균형을 잡을 수 있었지만 재선이가 무진중 중앙 수비에 막혀 공격다운 공격이 진행되지 않았다. 내가 미드필더로 내려서자 상대 공격은 무뎌지고 차단되었으나 문제는 공격이었다. 감독님은 민한이와 성오를 교체했다. 그리고 재선이를 윙어로, 성오를 중앙 공격수로 이동시켜 힘으로 맞불을 놓았다. 성오가 중앙 공격수로 들어가 같이 힘으로 밀자 균형이 맞추어졌다. 우리 중에서 힘이라면 둘째가는 걸 서러워할 성오이기에 비록 신장에선 눌리지만 힘으로 무진을 밀었고 그 틈을 나와 경태가 2 : 1 패스로 무너뜨려 동점에 성공했다. 동점이 되자 무진중은 거칠어졌다. 몸으로 부딪쳐 오는 무진중에 전반 내내 고전을 했지만 우리 미드필더와 수비 라인도 몸으로 부딪치면서 막아 낼 수 있었다.

"수고들 했다. 이제까지 너희가 붙어 본 팀들과는 많이 다른 걸 느꼈지? 그랬을 거다. 너희가 이전까지 붙은 팀들은 내려선 지역 방어를 했지만 무진은 힘이 있고 공격도 강하다. 후반엔 성오가 운제 자리로 가고 운제가 인성이 자리로 간다. 그리고 인성이는 전방으로 간다. 성원이는 조금 올라간 자리에 서고 운제와 지현이의 크로스를 받아라. 지현이는 공간이 열리면 공을 갖고 중앙으로도 움직여라. 주선이와 성오도 길게 전방으로 공을 올려라. 무진의 뒷공간을 노린다."

감독님의 작전 지시를 듣고 쉬기 위해 자리를 찾자 성오가 옆에 자리를 잡았다.

"정말 강한데, 무진이."

"그렇지. 뭔 덩치들이 그렇게 좋아? 힘도 좋고. 그래도 넌 안 밀리던데?"

"이건 축구가 아니야. 씨름이지. 그렇지만 몸싸움만큼은 인정해야겠더라."

"프로 축구에선 그런 몸싸움이 많이 있잖아. 고등학교 선배들도 그렇고. 그리고 그건 허용된 범위에선 반칙도 아니고."

"맞긴 한데."

"어쩌면 우리가 처음 당하는 거라 그렇게 느낄 수도 있어. 하지만 무진이 저렇게 거칠게 나오는데 감독님 작전이 먹힐까?"

그때 재범이가 옆에 와 앉았다. 재범이는 기술은 우리들 중 앞에 서지만 힘은 별로였다.

"쟤들은 축구를 힘으로 하나 봐. 틈을 주지 않네."

"너도 고생했지?"

내가 재범이에게 말하자 재범이도 성오와 같은 걱정을 했다.

"너도 힘들었지? 그런데 후반엔 감독님 작전이 먹힐까?"

순간 서로 얼굴만 바라보았다.

후반전 시작 전 모두 모이자 조쌤이 나섰다.

"감독님의 작전을 이해하나?"

"……."

"그럴 줄 알았다. 다시 설명하겠다. 부신이 힘으로 밀고 나오는 것은 센터백이 안정적이기 때문이다. 센터백이 안정적이란 건 우리 공격수를 힘으로 밀어내 공간을 주지 않는다는 의미지. 전반에 성원이도 재선이도 너희 공간을 잡지 못했잖아. 성원이와 성오가 비집었을 때 그나마 조금 공간이 생겼지. 그래서 감독님은 골키퍼와 센터백 사이를 노리라는 말씀을 하신 거야. 인성이가 전방에 서면 일단 키는 되지만 힘에서 밀릴 수 있어. 하지만 인성이가 센터백을 끌고 옆으로 서면 그 공간으로 성원이가 들어가는 거야. 그리고 들어가기 전에 양쪽에서 크로스가 가야 하는데 공을 보고 들어가면 막힌다. 그러니 인성이는 양쪽 윙어나 풀백이 크로스 준비를 하면 수비를 달고 바로 움직이고 성원이는 스퍼트를 해야지. 오프사이드를 피하려면. 성원이가 조금 밑에 있으니 수비가 방심하는 사이 순간적으로 가속이 가능하니까 스퍼트를 하면 크로스가 네 앞으로 떨어진다. 그럼 골키퍼와 일대일이지. 나머지는 뻔한 거고. 이건 약속된 플레이다. 크로스가 이뤄진 다음에 스퍼트를 하면 수비에 잡히지만 크로스와 함께 스퍼트를 하면 잡히지도 않고 오프사이드도 피한다. 알겠냐?"

"……."

잠시 침묵이 이어졌다.

"그런데 그걸 계속하려면 힘들 텐데요?"

"힘들지. 당연히 힘들지. 그런데 일단 해 봐. 그 다음은 감독님이 다시 지시하실 거야."

경태의 질문에 조쌤이 대답하고는 바로 경기장으로 들어가라고 하셔서 걸으면서 조쌤의 말을 다시 생각해 봤다. 그리고 둘러서서 잠깐 이야기할 때 이렇게 부탁을 했다.

"크로스를 올릴 때 꼭 '간다'라고 소릴 질러."

후반전이 시작되었다.

무진중은 여전히 힘으로 우릴 압박해 왔고 그 압박을 처음 푼 건 주선이였다.

"성원아. 간다!"

그 말과 함께 중원에서 내가 스퍼트를 했다. 뒤도 보지 않고! 그리고 공은 올라온 센터백 뒤로, 그리고 골키퍼의 앞이자 뛰어드는 내 앞으로 날아왔다. 말 그대로 골키퍼와 일대일 상황이 만들어졌다. 거기다 공이 골키퍼 방향으로 튕겨지려고 해서 나는 발로 방향만 살짝 틀어 주었다. 그러자 공은 슬며시 골키퍼를 빗겨 골문 안으로 들어갔다. 완벽한 작전 성공! 주선이가 제일 먼저 뛰어왔다. 순간 감독님의 표정이 궁금해 슬쩍 보았더니 가벼운 웃음이 스치는 것 같았다. 최고였다.

처음 시도가 성공하자 우린 계속 크로스를 올렸고 그때마다 나는 스퍼트를 했지만 이를 눈치챈 수비수가 들어가는 나를 막아섰다. 하지만 그렇게 수비가 뒤로 물러나서 막으면 우리가 올라설 수 있고 무진중은 물러설 수밖에 없었다. 그것은 우리가 우리 패턴으로 공을 돌릴 수 있는 상황을 만들어 주었다. 내가 숨 너 올라가 공격형 미드필더로 양 윙어와 나란히 서고 인성이가 원톱으로 센터백과 힘겨운 몸싸움을 했다. 그렇게 일진일퇴를 거듭하다 후반이 종료되었다.

"후반 초에 작전이 잘 맞았지만 상대가 우리 작전을 파악하고 수비 라인을 뒤로 물렸을 때도 크로스에만 의지한 건 좋지 않았다. 우리가 쓰고자 했던 뒷공간이 없어지면 그땐 오히려 중앙 돌파를 시도하는 게 좋을 수도 있었다. 내가 지시한 작전을 상대가 알고 대응을 할 때, 그래서 공격의 효율이 떨어지면 너희 스스로 그런 상황에 따라 변화할 줄 알아야 한다. 생각해 봐라."

감독님이 경기를 정리하면서 칭찬도 아니고 질책도 아닌 숙제를 우리에게 던지셨다.

이어진 1학년들의 경기는 우리의 재판이었다. 무진중 감독님 스타일이 그렇구나 하고 보니 우리 감독님의 작전 지시가 이해가 되었고 지금 후배들이 우리가 한 그대로 대응하고 있었다. 한 가지 특이한 건 우리 미드필더 호기가 작은 키로 중앙 돌파를 하고 있다는 거였다. 키는 작지만 공을 잘 다루던 호기는 덩치 큰 무진중 미드필더와 수비 틈을 비집고 원톱이나 좌우 윙어에게 공을 내준 후 그대로 올라가 공격에 가담하는 플레이를 하고 있었다. 그리고 몇 번의 시도 후 골이 만들어졌다. 참 영리하게 경기를 풀고 있었다. 순간 감독님의 숙제가 생각났다. 좌우에서 크로스가 올라오면 그것을 막기 위해 수비가 넓어져 우리가 연결할 수 있는 공간이 생기는데, 우린 그저 작전에 따라 계속 크로스만 올렸지 중앙의 공간을 헤집을 생각을 하지 못했다. 결과적으로 크로스를 상대가 대비하면 중앙을 공략하고 중앙을 대비하면 크로스로 흔들면 되겠다는 나름의 답을 얻었다. 1학년 후배들에게 배웠다.

삼겹살 파티가 열렸다. 아버지와 1학년 종은이 아버지께서 우리 전체와 부모님들까지 저녁식사에 초대를 하셨다. 추운 날씨에 계속되는 훈련으로 눈만 초롱초롱한 우리에게 맘껏 삼겹살을 먹을 수 있다는 건 신나는 일이었다. 더구나 부모님들은 우리와 함께 드시지 않고 우리 옆에서 계속 고기를 구워 주셨고 우린 배가 가득 찰 때까지 꾸역꾸역 고기를 먹었다. 오랜만에 음료수를 마시는 것도 허용되어 그야말로 파티가 되었다. 중간에 감독님께서 아버지와 종은이 아버지를 소개하며 감사의 박수를 유도하셨고 두 분은 많이 먹으라는 말씀만 하셨다. 배불리 먹고 따뜻한 방에 있으려니 졸음이 쏟아져 잠깐 밖으로 나오다 아버지와 마주쳤다.

"많이 먹었어?"

"네, 괜찮아요. 걱정 안 하셔도 돼요."

"발목은 괜찮아?"

"네."

"시간 되면 집에 전화해라. 식구들이 전화 기다린다."

"네."

그러고는 아버지께서 자리를 피해 주셨다. 소금은 같이 있고 싶었지만 동료들이 옆에 있자 편하게 해 주시려고 자리를 피하신 듯했다. 어머니가 보고 싶었다. 동료들에게 잠깐 전화를 하겠다고 말하고는 바깥으로 나와 전화를 했다.

"성원아. 건강하지?"

"네. 엄마요?"

"훈련하느라 힘들지?"

"네. 누나하고 형은요?"

"다들 잘 있다. 너 걱정도 하고."

"저녁은 먹었니?"

"네. 삼겹살 파티했어요. 아버지랑 종은이 아버지가 쏘셨어요."

"그래. 많이 먹었니?"

"엄청 먹었어요. 동료들이랑 후배들도 잘 먹었어요. 힘이 나요."

"다행이다. 훈련 힘들어도 열심히 해라."

"네. 건강하세요."

그렇게 간단하게 통화를 했지만 어머니의 정이 느껴졌다. 아버지와는 분명 다른 정이다.

다시 훈련이 시작되었다. 처음 시작할 때는 엄청 힘들었던 훈련이 점점 익숙해지면서 전체 운동 시간이 그리 길게 느껴지지 않았다. 처음에는 체력 훈련만 해도 지치곤 했는데 이젠 체력 훈련을 마치고도 연습 경기를 부드럽게 뛸 수 있었다. 그리고 동계 훈련을 마처갈 즈음 우리에게 특별한 소식이 전해졌다. 거창에서 훈련을 마치고 대구로 이동해 고등학생, 특히 프로 산하의 유스팀인 고등학생들과 몇 번의 연습 경기를 하게 된다는 거였다. 우리 모두 프로 산하의 유스팀으로 가길 원했기에 무척 기대가 되었다.

대구로 가는 버스에서 나는 우리가 많이 컸다는 걸 알았다. 창밖의 풍경을 보는 것도 잠시, 지난 20여 일이 스크린처럼 되살아나며 동료들을 둘러보게 되었다.

센터백으로 완전히 변신한 인성이.

풀백으로 전환해 신난 운제.

둘의 변신은 내가 보기에도 충분히 성공한 변신이었다. 다른 동료들도 짧은 기간이지만 훌쩍 큰 것 같고 덩치도 커져 있었다. 견뎌낼 수 없을 것 같던 체력 훈련이 어느덧 몸에 익었고 체력 훈련 후에 진행되던 연습 경기를 정상적으로 치를 수 있었다. 아니 이젠 좀더 빠른 패스와 몸싸움에서도 밀리지 않는 힘도 길러졌다. 가장 좋은 건 동료들과의 호흡이었다. 감독님이 내준 숙제를 나름 풀었고 동료들도 어느 정도 이해를 했기에 우린 상황 변화에 호흡을 맞춰 대응할 수 있었다.

옆자리의 성인이가 한참을 생각에 빠진 나에게 말을 건넸다.

"성원아. 우리가 고등학교 유스팀과 싸울 수 있을까?"

"확실한 모양이야. 감독님과 후원회 임원들이 이미 경기 일정을 다 확인하셨대."

"우리가 얼마나 버틸 수 있을까?"

"아니, 우린 잘할 수 있을 거야. 지금 생각을 하고 있었는데 동계 훈련 처음과 어제를 비교해 보니 우리가 많이 바뀐 거 같아. 확실히 바뀌었어. 우린 매일 봐서 모르지만 다들 키랑 몸도 더 커졌어. 그리고 우리 실력도 늘었어."

"그건 그런 거 같아. 나도 경기할 때 체력이 확실히 좋아진 걸 느꼈고 우리끼리 연결도 훨씬 잘되는 거 같았어."

"맞아. 너도 패스 정확성도 좋아졌고 수비할 때 보니 웬만한 상대가 덤벼도 확실하게 차단하더라. 정말 좋아졌어."

성인이가 씩 웃었다. 감독님은 두 골 이상의 원칙을 계속 지키셨다. 전반에 두 골 이상 차이를 벌리면 후반엔 교체를 통해 2학년 전체가 경기를 뛸 수 있게 하셨다. 그렇게 뛸 수 있는 기회가 많아지자 주전이 아니었던 동료들도 실력이 늘었다. 이젠 누가 뛰어도 우리의 연결과 연결에 의한 득점이 가능해졌고 실점을 방어할 수 있었다. 고등학교 선배들과 겨뤄 보고 싶은 생각이 마음 깊은 곳에서 솟아올랐다.

작고 을씨년스럽던 거창을 떠나 대구에 오자 서울에 온 느낌을 받았다. 낮은 건물에 잠시 익숙했던 눈에 높은 빌딩이 들어오고 자동차도 사람도 많아 대구에 온 걸 느낄 수 있었다. 축구를 하면서 대회나 훈련을 위해 여러 곳을 다녀 봤지만 거창이나 대구는 처음이어서인지 마음의 적응이 쉽지가 않았다. 동료들은 모르겠지만 나는 상황 변화에 쉽게 적응하지 못하는 경향이 있었다. 주변 상황이 변하면 적응하는 데 시간이 필요했다. 숙소에 도착하자 조쌤이 또 서둘렀다. 점심 식사 후 오후에 고등학생들과 연습 경기가 있다는 거였다. 그것도 대구FC의 유스팀과!

상대는 강했다. 그것도 무척 강했다. 체격도 우리보다 월등했고 더한 건 속도였다. 우리보다 빠르게 달리고 패스의 속도 또한 빨랐다. 우리의 수비를 빠른 패스로 가볍게 뚫기도 하고 드리블로도 빠르게 우리 진영을 헤집었다. 1학년 신입생이라 많은 훈련도 하지 않았을 텐데도 연결이 잘되었다. 우리가 공격에 나서면 압박 수비로 차단했고 바로 역습으로 이어졌다. 전반전 내내 끌려가면서 우리는 두 골을 먹어 2:0으로 끝났다.

감독님이 웃으면서 말씀하셨다.

"수고들 했다. 빠르지? 그리고 연결도 좋지?"

"너무 빠릅니다."

"그렇지? 만일 너희가 춘계 대회에서 저런 팀을 만나면 어떻게 해야 할까?"

"……."

"그럼 그냥 속절없이 패해야 하나?"

"……."

"너희 상대는 고등학생이고, 다 그렇지는 않지만 저 선수들은 중학교에서 이미 발을 맞추던 멤버들이다. 중학교 유스팀에서 고등학교 유스팀으로 대부분 같이 올라가기 때문에 선반에 니희기 느꼈듯이 팀워크가 잘 맞는 것이다. 이해되나?"

"……."

"너희들, 멘탈이 무너졌구나. 후반에 더 골을 먹어도 되니 최선을 다해 봐라."

그렇게 말씀하시고는 자리를 비키셨다. 조쌤이 나섰다.

"조금의 차이는 전술이나 작전으로 극복할 수 있는데 지금은 꽤 큰 차이가 있으니 방법이 없다. 다만 경기를 포기하진 마라. 끝까지 너희가 훈련한 걸 그대로 해 봐. 그리고 라인을 내린 상태에서 수비 간격을 줄여. 그리고 몸싸움을 해. 겁내지 말고. 오늘은 이런 상황에서 어떻게 실점을 최소화할 것인가를 점검해 봐. 공격은 너희가 힘으로 밀기 어려우니 좀 더 빠른 연결로 해 보고. 좋은 경험이 될 거다."

조쌤마저 별다른 질책 없이 정리를 하니 오히려 우리가 어리둥절했다. 하지만 잠깐 생각을 해 보니 감독님 말씀이 이해가 되었다. 우리 선배들이야 다들 다른 학교로 진학을 해서 그곳에서 다시 팀워크를 맞추어야 하지만, 대구 유스팀은 아마도 중학교를 졸업하면 몇 명을 제외하고 그대로 고등학교로 올라가니 팀워크가 잘 유지되고 훈련도 중단되지 않으니 체력도 탄탄하다. 그럼 그냥 우리의 최선을 다해 보는 방법 외에는 답이 없는 걸까? 한창 성장하는 시기인 중학교 3학년과 고등학교 1학년의 차이는 우리와 1학년 후배들의 경기와 같다는 생각이 들었다.

잠시 쉬고 나서 바로 후반전이 시작되었다. 아니, 잠깐 감독님이 우릴 불러 세웠다.

"머리 들고 어깨 펴! 특히 성원이. 넌 공격수야. 공격수가 상대를 헤집지 못하면 그게 공격수냐. 죽더라도 싸워야 한다는 생각을 해야지. 싸우기도 전에 질 거란 생각으로 임하면 뭐 하러 싸워. 네가 부딪혀 파울이라도 얻으면 프리킥이라도 찰 수 있지. 상대가 견제해 기술적으로 공을 찰 수 없으면 죽기 살기로라도 해야지. 맨 앞의 공격수가 어깨 늘어뜨리면 미드필더와 수비는 뭘 믿고 하나!"

순간 머리가 띵했다. 감독님에게 처음으로 독한 말을 들었다. 가끔은 감독님이 농담 비슷하게 넌 너무 숫기가 없다고 하시며 자신감을 가지라고 충고하셨지만 동료들 앞에서 꾸짖듯이 말씀하시는 건 처음이었다. 울컥하는 마음에 하늘을 보았다. 감독님의 말씀이 틀린 건 아니지만 동료들이 있는데 저렇게 말씀하시면 난 뭐가 되나. 그렇게 멍하니 서 있자 조쌤이 덧붙였다.

"성원이. 네가 재선이와 앞에서 세게 붙어 줘야 뒤에서 힘을 받지. 앞에서 힘없이 물러나면 허물어지잖아. 독하게 해. 재선이 너도. 최선을 다하란 말은 너희가 가진 것 모두를 쏟아 내라는 의미야. 알았어?"

동료들이 재촉해 우리 진영으로 가 둘러섰다. 그리고 운제가 나섰다.

"죽기 아니면 까무러치기다. 늘이박아 버티지. 성인시, 재선아, 그냥 밀고 들어가. 우리도 같이 밀고 올라가자. 힘내자. 자, 자, 파이팅!"

"화이팅!"

운제가 악을 썼다. 눈물이 핑 돌았다. 농료늘의 얼굴을 보았다. 조금 전의 기죽은 모습은 사라지고 모두 이빨을 앙다물고 있었다. 경태가 윙크를 보냈다.

후반전은 치열했다. 전반에 밀리기만 하던 우리가 거칠게 몸싸움으로 달라붙자 상대도 조금 당황하는 모습이었다. 하지만 다시 힘과 속도로 밀고 나왔고 우린 밀릴 수 없다는 생각에 경기복을 잡기도 하고 거친 태클로 연결을 끊었다. 수비 라인은 거의 전투였다. 돌아서는 공격수를 막기 위해 완전히 밀착해 수비를 하다 보니 자연스레 거친 접촉이 이어지고 거친 말이 오가기도 했다.

재선이와 내가 어쩌다 공을 받아 돌파를 할 때는 상대의 반칙을 각오하고 정면으로 밀고 들어갔다. 한 번은 골키퍼와 일대일 상황을 만들기도 했지만 득점에는 실패했다. 감독님 말씀대로 몇 개의 반칙도 얻어 낼 수 있어서 경태가 슈팅을 시도했다. 그렇게 치열하게 부딪쳐 가자 조금은 상대의 수비가 열린다는 느낌을 받았다. 치열한 접전이 계속 이어졌고 우린 또 상대의 헤더를 막지 못해 한 골을 더 먹었다. 특이한 건 감독님은 특별한 지시 없이 지켜만 보시고 조쌤이 계속 큰 소리로 작전을 지시하는 거였다.

경기는 그렇게 끝났다. 동계 훈련이 시작된 후 첫 패배였고 그것도 0:3으로 완패를 했다. 나와 동료들 모두 머리를 푹 숙이고 감독님 앞에 둘러섰을 때 우린 또 놀랐다.

"모두 잘해 주었다. 이것이 축구다. 상대가 아무리 강해도 정신력에서 지지 않고 마지막까지 최선을 다하는 것! 이것이 축구다. 나도 너희들 덕에 좋은 축구를 보았다. 수고했다."

"······."

감독님의 말씀을 이해하는 데는 시간이 필요했다. 우리가 졌고 그것도 세 골 차로 패했는데 잘했다? 그리고 그것이 축구라니. 어쩌면 우릴 위로하기 위해 하신 말씀이 아닌가 하는 생각도 들었지만 그때 그 순간은 이해하기 어려웠다. 축구 경기는 이기기 위해서 하는 건데.

경기를 마치고 숙소로 갔을 때 부모님들이 기다리고 있었다. 거기엔 어머니의 얼굴도 보였다. 거의 한 달 만에 보는 어머니는 여전하셨다. 밝게 웃으며 나를 반겼다. 경기도 보셨다고 했다. 하지만 워낙 거칠게 부딪쳐 다치지 않을까 걱정만 하셨다고 했다. 그냥 웃어 보였다. 어머니는 경기 후 땀이 식어 꺼칠한 내 모습이 걱정이 되셨는지 이것저것 물으셨지만 아직 경기 중 감독님이 내게 하신 말씀과 경기 후의 말씀이 어른거려 쉽게 마음이 풀리질 않았다.

샤워를 마치고 나왔을 때 저녁식사를 하러 멀리 간다고 해서 뭔 일인가 궁금했는데 이번엔 회장님인 재범이 아버지가 저녁을 사 주신다고 했다. 그리고 소갈비구이를 믹는다고.

　우리 전체가 식당을 점령하다시피 해서 저녁식사가 시작되었다. 감독님은 부모님들과 어울리셨고 어머님들께서 우리 자리를 다니며 고기도 구워 주시고 부족한 것들을 채우셨다. 대부분 어머님들이 아들이 있는 자리에서 우리가 먹는 걸 챙겨 주셨나. 배부르게 먹고 동료들과도 웃고 떠들었다. 그중에서도 여전히 운제는 유쾌했다. 대구 유스팀과의 경기를 마치 생중계하듯이 이야기했다. 본인이 상대 윙어를 어떻게 했다고 자랑스레 얘기하면서 자연스레 우리의 이야기도 거기에 모아졌다. 동료들 대부분이 대구 유스팀의 강한 체력과 연결에 대해 이야기를 했고 자신과 많이 부딪힌 상대 선수에 대해 말했다. 나는 그 이야기를 들으며 감독님의 말씀을 다시 곱씹었지만 아직도 정확한 의미를 이해하지 못했다. 하지만 조금 후에 회장님의 소개로 일어선 감독님께서 말씀을 하시면서 내 머리는 깨끗하게 정리가 되었다.

　"예전에도 말한 적이 있다. 축구는 전쟁이라고. 만일 힘이 없는 나라에 힘이 센 나라가 공격해 오면 어떻게 해야 할까? 우린 힘이 없으니 대충 항복해야 하나? 나는 전에 이순신 장군의 준비성에 대해 잠깐 언급한 적이 있다. 내가 가장 존경하는 분이니 다시 생각해 보자. 장군이 명량에서 열두 척의 배로 왜선 백삼십여 척을 상대한 이야기는 너희가 영화로도 보고 책으로도 보았을 거다. 그럼 장군이 왜 그렇게 무모한 싸움을 했는지 생각해 볼 필요가 있다. 장군은 그 상황에서 적의 함대를 막지 않으면 적이 우리의 남해와 서해를 거슬러 올라가 다시 우리의 땅이 적에게 유린당한다는 걸 알고 있었기에 무조건 막아야 한다고 생각했다. 그래서 그 유명한 '신에게는 아직 열두 척의 배가 있습니다.'라는 말로 적과의 싸움을 시작했지. 그 전에 장군의 유명한 말 '필사즉생 필생즉사', 즉 죽고자 하면 살 것이요 살고자 하면 죽을 것이라는 말은 앞의 말과 함께 그분이 싸움에 임하는 자세를 보여 준다. 자신과 그를 따르는 부하들이 막지 않으면 조선의 백성들과 우리 땅이 왜적에게 넘어가게 되는 걸 알기에 거센 물살을 이용해 적과 맞붙었지. 사실 그 전에 선조 임금도 조정에서도 도대체 싸움이 될 것 같지 않으니 해전을 포기하고 권율 장군 밑으로 들어가 육전을 하라는 지시를 받았음에도 열두 척의 배가 있고 이순신이 있다는 장계를 올려 죽기를 각오하고 왜적과 싸웠지. 그렇게 버티니 물살이 바뀌고 장군에게 유리한 상황이 되어 왜적의 배를 거의 침몰시키는 대승을 거둘 수 있었던 거야. 오늘 오후의 경기에서 너희는 그런 정신을 보여 주었다. 비록 졌지만 끝까지 버텼고 투지를 보여 주었다. 너희가 지금은 비록 약해도 정신이 무너지지 않고 끝까지 싸운다면 언젠가 너희는 그 팀을 이길 수 있을 거다. 오늘 너희의 경기는 그래서 좋았다. 앞으로도 그렇게 축구를 해라. 고맙다."

부모님들께서 먼저 자리에서 일어나 박수를 쳤고 얼떨결에 우리도 일어나 박수를 치고 함성을 질렀다. 잠시 눈물이 핑 돌았다. 이것이 축구였구나! 감독님은 우리에게 끝까지 싸우는 투지를 요구하셨고 어떤 어려움 속에서도 이기기 위해 최선을 다하는 모습을 바라셨던 거다. 감독님은 쑥스러운 듯 모두 자리에 앉기를 권하고 다시 말씀을 이으셨다.

"내일은 상주 상무의 유스팀과 경기를 할 예정이다. 너희가 오늘 한 것처럼 내일도 그렇게 한다면 아마도 치열하게 싸워 볼 수 있을 거다. 상주 상무 유스팀은 전체가 새롭게 뽑은 선수들이니 내일 너희가 가진 모든 걸 쏟아부어라. 오늘은 즐겁게 쉬고."

부모님과 오랫동안 이야기를 나눌 수 있었다. 아버지는 감독님이 공부를 많이 하시는 분이라고 칭찬을 아끼지 않으셨다. 그리고 당신과 생각이 비슷하다고 하셨다. 어머니는 그저 내 손을 잡고 다친 곳은 없는지, 지금까지 밥은 잘 먹었는지 등 여러 가지를 물으셨고 내가 대답하면서 그렇게 저녁시간이 무르익어 갔다. 참 편안한 시간이었다. 부모님과 숙소는 다르지만 대구에서 함께 자고 내일 어머니께 나의 성장한 모습을 보여 주리라 다짐하며 깊은 잠에 빠져들었다.

아침을 먹기 위해 모여든 동료들의 어깨가 펴져 있었다. 얼굴에는 자신감이 엿보였다. 어제 저녁식사 자리에서 감독님의 말씀을 듣고 모두 자신감을 얻은 거 같았다. 김치찌개로 아침을 먹고 쉬고 있는데 동료들이 우리 방으로 몰려왔다.

"성원아, 너하고 재선이가 거북선이다."

민한이가 웃으니 날했나.

"감독님이 이순신 장군을 언급하셔서 하는 말인데 장군의 돌격선이 거북선이었잖아. 그러니까 너와 재선이가 맨 앞에서 돌격하는 거북선이지. 너희가 돌격해 상대를 헤집어야지 우리가 협공해서 승리를 하지." 민한이가 마저 설명을 했다.

그러자 운제가 장난스레 말했다.

"그래. 너, 앞으로 별명을 거북이로 하자. 거북아."

"장난 그만 해."

"아냐. 그냥 거북이 하라니까?"

"싫다. 그 별명."

"거북아."

내가 얼굴을 찡그리자 운제와 다른 동료들도 재밌다는 듯 더 별명을 불렀다. 재선이는 싫지 않은 듯 오히려 웃고 있었다.

경기장에서 만난 상무 유스팀도 강해 보였다. 일단 우리보다 한 학년 위라 우리보다 키가 훌쩍 큰 건 아니지만 몸이 단단하게 벌어져 있었다. 하지만 그런 상대를 보고도 마음의 동요가 없고 오히려 한 번 제대로 붙어 보고 싶다는 투지가 살아났다. 아마 나만 그런 건 아니었을 거였다. 어제 우린 이미 필사즉생을 경험해 보았다. 죽기로 달라붙으니 강한 상대도 주춤거렸고 우리도 슈팅을 할 수 있었으며 프리킥도 얻었다. 동료들 모두 어깨를 벌렸다.

경기는 시작부터 격렬했다. 상대는 고등학생이고 유스팀이라는 자부심을 샀고 팀 넸고 우린 이미 죽기를 가오하면 산다는 걸 경험했기에 치열할 수밖에 없었다. 감독님은 나를 원톱으로 한 4-2-3-1을 세웠고, 경기 전에 재범이와 경태에게 특별히 절대 밀리지 말고 연결을 자르라는 주문을 하셨다. 그리고 공격 라인도 압박 수비를 강하게 하라고 주문하셨고 수선이와 싱인이(순세기 부 싱이 회복되지 않아 성인이가 오른쪽 풀백을 섰다)에게 오버래핑을 주문하셨다. 오버래핑이 진행되면 남은 세 명의 풀백이 간격을 벌려 공간을 방어하라고 지시하셨다. 어제와는 다르게 감독님은 세밀하게 우리의 동선을 알려 주셨고 마지막으로 연결 속도를 높이라고 당부하셨다.

우린 감독님의 지시를 따르기 위해 치열하게 싸웠다. 나 역시 내게 온 공을 뺏기면 끝까지 추격했고 그러면 다른 동료들이 협력 수비로 상대를 몰았다. 압박 수비와 게겐프레싱을 경험했기에 사력을 다했다. 그리고 마침내 재선이가 첫 골을 터뜨렸다. 내가 받은 공을 돌진하는 재선이에게 밀어 주자 재선이가 수비 사이를 비집고 슈팅해 골네트를 갈랐다. 동료들이 일제히 재선이에게 달려가 축하를 했고 관중석의 부모님들도 일어나 박수를 쳐 주셨다.

상무 유스팀이 급하게 선수를 교체했다. 하지만 감독님은 전반에 두 골차가 나지 않으면 교체가 없다는 약속을 그대로 고수하려는지 별 지시가 없었고 조쌤만이 계속 압박을 지시했다.

그런데 갑자기 성인이가 날아다니기 시작했다. 선발로 나선 것도 오랜만이었지만 감독님이 오버래핑을 지시하자 오른쪽을 지배하기 시작됐다. 평소 틸이 별로 없어서 조금은 내성적이라 생각했는데 오늘은 성인이가 오른쪽을 완벽하게 방어하고 오버래핑으로 크로스를 올렸으며, 또 중앙으로 진입하기도 했다. 내가 성인이의 공을 직접 받아 슈팅 찬스를 얻기도 했다. 그렇게 전반전이 끝나고 후반이 되자 감독님은 나를 윙어로 빼고 성인이를 내 자리인 원톱으로 올리며 재선이를 풀백으로 내리는 파격적인 포지션 변화도 주셨다. 그런데 그런 변화를 성인이는 무리 없이 소화해 냈다. 다만 슈팅 찬스에선 머뭇거려 아쉬움이 있었지만.(우린 경기 중이라 몰랐지만 부모님들께선 성인이가 공만 잡으면 박수와 환호로 성인이를 응원하셨다고 했다.)

감독님과 조쌤이 하프 타임에 별다른 지시 없이 쉬라 하고 후반전 시작 전에는 전반전 그대로 밀라는 말씀을 하셨기에 변화를 생각하지 않았지만, 성인이의 원톱은 기대 이상의 효과를 거두었다. 하지만 골은 나와 재범이가 추가했고 우린 3:0 완승을 거둘 수 있었다. 마지막 힘까지 쏟아붓고 종료 휘슬이 불렸을 때 우린 겨우 정신을 차릴 수 있었다. 그리고 그제야 서로의 얼굴을 볼 수 있었다. 감독님과 부모님들 모두 웃고 계셨다. 감독님은 가벼운 미소로, 부모님들은 환한 웃음과 환호로! 우린 그제야 우리가 이겼다는 걸 실감했고 감독님 앞으로 걸어가 둘러섰다.

"수고했다. 그리고 잘했다. 쉬어라."

잔뜩 칭찬을 기대했지만 감독님은 여전히 간결한 말씀만 남기고 자리를 소쌤에게 물러주었다.

"수고했으니 그냥 쉬라고 했으면 좋겠는데, 나가서 스트레칭 좀 하고 숙소로 가자. 그리고 오늘은 참 잘했다. 후배들아!"

갑자기 동료들이 침묵 속으로 빠져드는 것 같더니 바로 조쌤에게 엉겨 붙었다. 조쌤은 엉겨 붙은 우리의 등을 토닥였다. 대구 유스팀과의 경기에서 우린 이미 마지막 힘을 쏟아붓는 방법을 배웠고, 죽기 살기로 덤비면 적어도 후회는 하지 않을 수 있다는 걸 배웠기에 마지막 남은 힘까지 짜내 뛰었고 끝내 이겼기에 조쌤도 우릴 그렇게 맞아 주었다.

춘계 대회 우승

　동계 훈련을 마치고 돌아온 우리는 자신감이 넘쳐 있었다. 그 자신감은 우리의 성장과 팀워크에 대한 자신감이었다. 하지만 자신감은 자신감이고 우리의 훈련은 계속 이어졌다. 그리고 얼마 후 우린 춘계 대회에 참가하기 위해 다시 영덕으로 향했다. 부모님들의 환송도 그대로였고 추위도 그대로였지만 우리는 바뀌어 있었고 또 새로운 상황에 대응해 스스로 변화할 줄 아는 힘도 키웠다. 이젠 우승이 목적이 아니라 우리가 변한 걸 시험하고 싶었다. 또, 어디까지 우리가 변할 수 있는가를 알고 싶었다.

　여전히 감독님은 간결한 몇 마디 말로 우릴 움직이게 했고 조쌤은 소소한 것까지 우릴 챙겨 주셨다. 정 선생님은 재건이와 1학년 골키퍼와 함께 끝없이 훈련을 진행하셨다.

　영덕의 바람이 차가왔지만 기분 좋은 차가움이었다. 동료들도 그

넣게 느끼는 서 같았다. 아니 **동료들뿐만** 아니라 후배들노 사신삼에 차 있었다. 개구리 올챙이 적 생각 못한다고 하지만 나도 후배들을 별로 생각하지 않았는데 후배들도 어느덧 한참 성장해 있었다. 가끔 우리와 연습 경기를 하면 겁 없이 밀고 들어와 우릴 당황하게 만든 적이 한두 번이 아니었다. 하지만 우린 양보하지 않았다. 우리가 선배임을 확실하게 알려 주었고 후배들은 우릴 꺾는 게 목표가 될 정도였다. 농담처럼 조쌤이 말했다. 너희가 동반 우승하면 짜장면은 사겠노라고. 후배들도 목표는 우승이라고 자신감에 차 있었다.

예선을 가볍게 통과하고 16강에서 만난 상대는 신풍중이었다. 신풍중과의 경기는 쉽게 풀 수 있었다. 나와 재선이, 경태와 재범이까지 골을 넣었고, 한 골을 먹었지만 4 : 1로 이겼다. 너무 강한 자신감으로 오히려 상대에게 골을 내준 게 흠이었다. 센터백으로 나선 인성이의 변신은 성공적이었다.

그간 감독님은 우리에게 복수의 포지션을 수행할 수 있도록 훈련을 시켰고 나는 원톱과 공격형 미드필더, 윙어, 센터백을 모두 섭렵할 수 있었다. 여러 포지션을 경험해 보는 건 축구의 전술을 이해하고 시야를 넓힐 수 있는 장점이 있다. 특정 포지션에만 계속 있게 되면 다른 포지션의 선수가 왜 그렇게 움직이고 연결을 왜 그렇게 하는지를 이해하기 어렵지만, 포지션을 바꾸어 뛰게 되면 이해할 수 있다. 특히 센터백을 보면 동료들의 움직임을 가장 잘 관찰할 수 있고 그래서 어떤 상황에서 어떻게 움직여야 효율적인지 쉽게 이해킬 수 있다.

8강 상대는 천안축구센터였다.

천안축구센터는 신흥 강호라는 이야기를 들었다. 최근의 여러 경기에서 강호들을 상대로 승리해 우리도 긴장할 수밖에 없었다. 경기 전날 감독님이 전술 회의를 소집하셨다.

"천안의 경기를 보니 꽤 강하다. 특히 좌우측 윙어의 속도가 빠르고 크로스가 정확했다. 내일 경기에서 좌우 풀백은 오버래핑을 자제하고 낮은 위치에서 수비에 임해라. 성원이는 조금 내려서고 재선이는 재범이와 경태 사이로 내려가 4-3-3의 형태로 대응한다. 간격을 단단하게 유지하고 특히 상대의 중앙 미드필더가 좌우로 길게 공을 뿌리는 경향이 있는데 재범이, 경태, 재선이가 그 루트를 차단해야 한다. 주선이와 운제는 공이 없는 상황에서도 상대 윙어가 뛰면 같이 움직이면서 공을 받는 걸 사전에 차단해라. 공이 우리 소유로 전환되면 라인을 유지한 상태로 밀고 올라간다. 상대 미드필더와 센터백도 단단하니 성원이와 민한이, 지현이도 몸싸움을 좀 해야 할 거다. 천안은 체계적으로 잘 훈련받은 팀이다. 쉽게 생각하지 말고 차분하게 임해라."

감독님이 수비에서 사전 차단을 말씀하신 건 그때가 처음이었던 것 같다. 조쌤은 가끔 그런 주문을 했지만 감독님이 그렇게 말씀하신 적이 없어 도대체 천안이 얼마나 크로스가 정확하기에 그럴까 하는 궁금함이 생겼다. 하긴 크로스가 정확하면 머리로든 발로든,

아니면 몸으로 밀어서라도 골을 만들 수 있으니 대비를 단단히 해야 할 필요가 있을 것이다. 이런저런 생각을 하고 있는데 주선이가 물었다.

"천안 크로스가 그렇게 위협적인가?"

"그러니까 감독님이 걱정하고 대비하라는 구도를 하시는 게 아닐까?"

"그렇기는 하지만 오버래핑까지 자제하라고 하시는 걸 보니 어느 정도인지 궁금하네."

"너라면 충분히 막을 수 있을 거야. 우린 유스팀도 막아 봤잖아."

"그래. 그래도 내일은 조심해야겠다."

경기 초반부터 천안은 좌우 크로스를 이용한 공격으로 나왔다. 특히 오른쪽 윙어는 스피드가 상당해서 주선이가 막기 위해 열심히 몸싸움도 하고 밀어내기를 시도하고 있었다.

천안의 중앙 공격수는 그리 키는 크지 않았지만 단단한 몸으로 인성이와 제원이 사이에서 몸싸움으로 공간을 확보하려 했고 중앙의 공격형 미드필더도 크로스가 올라오면 바로 뛰어들었다.

수비 시에는 경태가 상대 미드필더의 공 배급을 차단하기 위해 움직였고 재범이는 조금 내려선 원 볼란치 포지션을 잡았다.

우리가 공을 잡아 공격으로 나서면 우린 공격과 미드필더, 그리고 수비의 간격을 유지하면서 좌우로 공을 돌리다가 상대의 공간이 비면 공격 라인에 있는 나와 민한이, 지현이가 뛰어들었고 공은 그

곳으로도 언설되었다.

천안의 수비도 만만치 않았다. 철저하게 간격을 유지한 채 우리가 치고 들어가면 누군가 먼저 나와 막아서고 나머지 수비가 그 공간을 메우고 있었다.

몇 번의 천안 크로스가 실패로 끝나자 천안은 중앙 돌파도 시도했다. 중앙 미드필더의 패스가 정확하게 공격수에게 전달되었지만 우리 수비도 단단하게 방어하고 있었다.

전반 30분이 지날 무렵 우리에게 결정적인 찬스가 왔다. 재범이가 연결한 공을 내가 수비를 따돌리며 받아 돌아서자 그대로 골키퍼와 일대일 상황이 되었고 나는 칩슛으로 골키퍼를 넘겼다. 첫 골이 터졌다.

첫 골을 먹자 천안은 강하게 밀고 나왔다. 하지만 우린 1년 선배 유스팀과 붙어 본 경험이 있었다. 상대 공격진과 미드필더에게 밀착해 그들이 하고자 하는 동작을 방해하고 압박 수비로 공을 빼앗아 바로 공격으로 전환했다.

전반전이 끝나고 감독님 앞에 섰을 때 감독님은 다음과 같이 말씀하셨다.

"그렇게 하면 돼. 후반에도."

천안 감독님은 전반 경기 내내 선수들에게 작전 지시를 하고 다음 동작까지 외쳤지만 우리 감독님은 팔짱을 끼고 묵묵히 우리가 경기를 풀어 가는 걸 보고만 계셨는데 전반전이 끝나고 하신 말씀도 아주 짧았다. 조쌤도 우리에게 쉬라는 말과 함께 사라졌다.

잠시 산 위의 경기장에서 바다를 내려다보았다. 파도가 하얀 이빨을 내세우며 백사장으로 밀려들었다가는 부서지고를 반복하고 있었다. 다행히 바람이 거세지 않아 경기에 지장을 받진 않았지만 작년 춘계 대회에선 바람에 진 거나 마찬가지의 쓰라린 기억이 되살아났다. 혼자 빙긋이 웃었다. 그때의 우리와 지금의 우리가 얼마나 달라졌는가.

후반 시작과 함께 천안은 다시 밀고 올라왔다. 천안 감독님은 선수들에게 계속 지시를 내렸고 선수들은 거기에 맞추려 움직였지만 그런 지시와 그에 따른 움직임은 그대로 우리에게 노출되었다. 전에는 경기를 하면서 감독님의 지시조차 제대로 들리지 않았지만 이젠 조금 여유가 생겨서인지 경기 중에 소리를 들을 수 있었고 전체적인 움직임이 느껴졌다. 아마 동료들도 그랬던 것 같다. 계속 일진일퇴의 공방전이 이어졌다. 그러던 중 우리의 공격을 막기 위해 천안이 걷어 낸 공이 아웃되면서 코너킥을 얻었다. 경태의 코너킥이 중앙으로 날아들었고 헤더를 위해 나도 점프를 했지만 공은 상대 수비를 맞고 재범이에게 갔다. 재범이는 지체 없이 슈팅했고 공이 조금 벗어나는 듯했지만 리바운드를 노리고 들어가던 민한이의 엉덩이를 맞고 골문 안으로 들어갔다. 두 번째 골이 되었다. 민한이가 어설픈 웃음을 보였다. 슈팅도 아니고 엉겁결에 엉덩이에 맞고 골인되자 조금 민망했던 모양이다. 그러나 우린 민한이에게 몰려갔고 민헌이의 잉녕이를 누드리면서 축하를 해 주었다. 무엇보다 민한이가 리바운드를 예상해 상대 골문으로 뛰어들지 않았다면 골을 넣지 못했을 것이다.

천안이 서두르기 시작했다. 라인을 올리고 덤볐지만 우린 그렇게 덤비는 상대를 요리하는 법을 알고 있었다. 그래서 여유 있게 방어하면서 오히려 공격의 고삐를 당겼다. 천안의 체력이 떨어지는 게 느껴졌다. 항상 급하게 덤비면 체력 손실은 더 커지기 마련이다. 상대의 움직임이 둔화된 걸 확인한 우리는 다시 밀어붙이기 시작해 몇 번의 좋은 기회를 맞기도 했지만 무산되면서 경기는 그렇게 2:0으로 종료되었다.

8강을 통과해 4강, 준결승에 진출했다. 그리고 춘계 대회 우승을 위해선 두 경기를 더 이겨야 했다.

경기를 마치고 숙소로 돌아와 쉬고 있을 때 운제가 찾아왔다.

"우리 준결승 상대가 오성이래. 너 오성 알아?"

"아니. 그런데 오성이 어디 있는 학교야?"

재범이가 끼어들었다.

"오성은 대구 경북에선 꽤나 유명한 팀이야. 아마 대구 경북에서 거의 정상이지. 만만치 않겠어."

"그래? 그래도 우리가 이겨."

운제가 어깨를 으쓱하며 자신 있게 말했다.

"그렇지 않아. 내가 대구 출신이잖아. 오성엔 내가 아는 동기들도 있는데 그중에 윙어가 엄청 빨라. 오른쪽 윙어인데 주선이가 꽤 힘들 거야."

"얼마나 빠르기에 그래? 주선이도 빠른데!"

"정말 빨라. 주선이가 막지 못하면 우리가 골을 먹을 수도 있어."

"재범이 네가 걱정할 정도면 정말 빠르신 빠른 모양이네."

"아마 감독님도 오성 경기를 보셨을 테니 뭐라 작전 지시가 있을 거야."

둘의 대화를 들으면서 도대체 오성의 오른쪽 윙어가 얼마나 빠르기에 재범이가 저렇게 말할까 하는 생각이 들었다. 축구에서 스피드는 무척 중요하다. 나 역시 공격수이기에 스피드가 중요하지만 양쪽 윙어는 상대의 뒷공간으로 빠르게 파고들어 상대가 막기 전에 크로스를 올려야 하기에 빠른 윙어를 보유한 팀은 다양한 공격 전술을 운용할 수 있다. 걱정이 되었다.(손흥민 선수가 그 대표적인 경우다. 토트넘이 상대 공격에 밀리는 상황에서도 손흥민 선수가 하프 라인 근처에서 준비하다가 미드필더나 수비진에서 상대의 뒷공간으로 길게 공을 넣어주면 빠른 속도로 뛰어들어 골키퍼를 제치고 골을 넣는다. 이런 상황을 겪으면 상대는 수비를 뒤로 물릴 수밖에 없고 그렇게 상대가 수비를 물리면 토트넘은 압박에서 풀려 공격 전술을 구사할 수 있다.)

경기 전날 훈련을 위해 운동장에 모였을 때 감독님은 다음과 같은 지시를 내리셨다.

"오성은 강한 팀이다. 특히 윙어가 빠르고 크로스가 정확하다. 빠르기가 육상 선수 수준이나."

"감독님. 그 애 육상 선수 출신 맞아요."

재범이가 감독님 말씀에 끼어들었다.

"그런가? 어쩐지 빠르다 했다. 그럼 주선이가 어떻게 막아야 할까?"

"열심히 막겠습니다. 꼭 막을게요. 염려 마세요."

"그래. 자신 있어 하니 좋긴 한데, 그래도 뚫리면 어떻게 해야 하지?"

"중앙 수비가 막습니다."

제원이였다.

"그렇지만 크로스는?"

"……."

"경태. 내일 경기에선 위치를 좀 더 왼쪽으로 서라. 네가 일차 방어선이고 주선이가 이차 방어선이다. 저쪽 윙어가 드리블을 시작하면 경태가 일단 돌아서지 못하도록 방어하고 주선이는 정면에서 방어한다. 다른 포지션은 정상적으로 하고 재범이는 중앙에 선다. 나머지는 너희가 하던 대로 해라. 질문 있나?"

"……."

조쌤이 감독님이 빠진 자리에서 훈련을 지시했다. 천천히 운동장을 돌면서 감독님의 지시를 그려 보았다. 경기가 시작되기 전에 경기 상황을 미리 머릿속에 그려 보는 게 습관이었기에 오성중 윙어가 뛰는 모습을 그리면서 경대의 주선이가 방어하는 모습까지 상상을 해 보았다. 뭔가 부족하다는 느낌이 들었다.

오성중과의 경기는 오전에 시작되었다. 포지션의 변화 없이 감독님은 4-2-3-1을 주문하셨다.

경기가 시작되고 몇 번 공이 넘겨지며 탐색을 마치자 감독님과 재범이가 지적했던 오른쪽 윙어에 의한 공격이 두드러졌다. 수비나 미드필더가 공을 소유하면 대체로 오른쪽 윙어의 움직임을 파악한 다음 연결이 이루어지거나 킥이 진행되었다. 거의 대부분이 그에게 공을 보내고 중앙 공격수나 윙어, 그리고 미드필더가 우리 수비와 미드필더 사이로 진입하는 형태를 보였다. 어쩌면 단순한 패턴이었지만 윙어 한 명의 뛰어난 스피드가 그 단순함을 날카로운 창으로 바꾸어 놓았다. 경태와 주선이가 속도를 늦추고 크로스를 막기 위해 고군분투했지만 순간적으로 방어선을 뚫고 중앙으로 침투하기도 했다. 다행인 건 주선이가 크로스만큼은 차단하고 있다는 거였다.

반대로 우리의 공격은 차분하게 진행되었다. 오성중은 공격에 비해 수비는 그리 강하지 않았다. 경태가 수비를 위해 적극적으로 공격에 가담하진 못했지만 재범이와 재선이가 조금 내려서서 공을 몰고 올라와 뿌렸기 때문에 별 문제는 없었다. 첫 골은 재선이에게서 나왔다. 공을 돌리던 우리가 좌우로 수비를 흔들다 지현이가 연결한 공을 재선이가 슈팅해 골을 만들었다. 관중석의 부모님들이 박수와 환호를 보내는 걸 보았고 재선이 아버지가 펄쩍 뛰시는 것도

222

보았다. 하지만 감독님은 여진히 팔쌍을 끼고 묵묵히 우릴 주시하고 계셨다.

오성중이 공격의 강도를 높였다. 오른쪽 윙어에게 공이 전달되는 빈도가 높아졌고 그럴수록 우리 수비 라인은 왼쪽으로 치우쳤다. 그게 우리가 놓친 실수였다. 상대의 왼쪽 윙어에 대한 수비가 허술해지자 오성중 미드필더가 오른쪽으로 공을 보내는 모션을 취한 후 재선이가 올라가 막으려 하자 몸을 돌려 길게 왼쪽 윙어에게 킥을 했고, 그 공을 잡은 왼쪽 윙어가 막아서는 운제를 피하며 크로스를 올렸다. 중앙 공격수가 헤더한 공이 재건이 손끝을 스치며 골네트 안에 꽂혔다. 이번에는 오성중 관중석이 들썩였다.

감독님이 팔짱을 풀고 지시하셨다.

"정상적으로 수비해. 몰리지 말고!"

감독님은 그 순간에도 간단하게 작전을 지시했고 한 골을 먹고 당황한 우리는 긴장의 끈을 당겼다. 운제가 특유의 큰 소리로 우릴 재촉했다.

"자리 지켜. 자리! 빠르게 공 돌려!"

감독님의 지시와 운제의 독려는 잠시 당황했던 우리를 진정시켰다. 우리 모두 현재의 위치를 확인하고 다시 수비 위치를 조정하자 협력 수비를 위한 간격이 설정되었다. 그러자 오성중 공격이 차단되기 시작했다.

전반은 1 : 1로 마쳤다. 조금은 힘이 빠진 상태로 둘러선 우리에

게 감독님은 작전 시시를 내렸다

"후반엔 재범이가 올라간다. 성원이가 밑에 서고 재선이가 재범이 자리로 간다. 재범이가 공간을 열고 성원이가 때린다. 재선이 공격을 상대가 알았으니 바꾸고 재범이도 찬스가 열리면 바로 슈팅해라. 쉬어라."

조쌤이 펄펄 뛰었다. 우리가 방심한 결과라고 질타했고 후반에 또 그러면 혼내겠다고 으름장을 놓기도 했다. 모두 머리를 숙이고 침묵한 상태로 조쌤의 질책을 받아들였다. 방심한 게 사실이기 때문이었다. 흔히들 경기를 하다 보면 감독님과 코치님들도, 그리고 관중들도 집중을 요구한다. 흔하게 듣는 말이지만 지금 이 순간만큼은 절실하게 다가왔다. 경기를 하면서 자기 위치에서 수행해야 할 임무가 있는데 팀 경기에서 누군가 자기가 맡은 임무를 놓치게 되면 그곳이 구멍이 된다. 그리고 그 구멍을 우리는 잘 보지 못하지만 상대는 잘 보게 마련이다. 내가 나를 볼 순 없지만 상대는 나를 볼 수 있기 때문이다. 그러면 상대는 그 구멍을 집중적으로 공략하고 그렇게 되면 당황한 나머지 더 실수를 하게 된다. 아마도 운제가 그런 상황에 빠질 수 있다는 생각이 들었다. 화장실을 가는 운제를 따라붙었다.

"운제야. 힘들었지?"

"……."

"괜찮아. 누구나 실수를 할 수 있어. 같은 실수를 다시 하지 않으면 되는 거잖아."

"그래도 나 때문에 골을 먹었잖아."

"후반에 넣으면 되잖아. 내가 넣을 테니까, 꼭 넣을 테니까 걱정하지 마. 네가 힘 빠지면 우리 모두 힘 빠지게 돼."

"알았어. 후반에 꼭 골 넣어."

"알았어."

운제가 다시 어깨를 폈다. 운제가 우리 팀에서 차지하는 비중은 크다. 특유의 파이팅이 밀리는 우리를 공격적으로 전환하게도 만들고 강한 상대에게도 부딪치게 하는 마력이 있었다. 운제가 어깨를 펴는 걸 보니 괜찮은 거 같다는 생각이 들었다.

재범이의 장기는 공을 다루는 거다. 일반적으로 우린 공을 찬다고 하는데 재범이는 공을 굴렸다. 상대가 재범이의 공을 뺏으려 하면 재범이는 발바닥으로 공을 굴리며 묘하게 빠져나가는 기술이 있었다. 경기 중에도 미드필더에서 공을 좌우로 공급하는 역할을 아주 부드럽게 수행했다. 연결을 위해 패스를 할 때도 무심하게 툭툭 차는데 딱 적당하게 연결시키곤 했다. 그 재범이가 최전방 공격수로 나섰다. 감독님의 의중을 이해할 수 있었다. 감독님은 재범이의 2:1 패스에 의한 공격을 기대하시는 듯했다. 재범이가 키도 큰데다 공을 컨트롤하는 능력이 있으니 중앙에 서게 하고, 공을 좌우에서 재범이에게 투입해 재범이가 자로 잰 듯한 패스로 나나 다른 공격수에게 떨구어 주면 그건 바로 슈팅으로 연결되는 것이다.

재범이에게 부탁한다며 웃었다. 재범이가 씩 웃으니 임지손기락을 폈다. 후반이 시작되었고 오성중은 전반 마지막 동점골을 넣은 기세를 유지하려는지 윙어를 활용한 공격을 반복했다. 단순한 전술이었지만 힘이 있고 속도가 있어 초반에는 우릴 당황하게도 만들었지만 점차 그 공격 패턴에 익숙해지면서 밀고 밀리는 접전이 숭앙에서 이어졌다. 후반도 중반에 접어들 즈음 재선이가 공을 몰고 올라오다 상대 수비가 열린 걸 보고 재범이에게 연결했고 나는 그 공의 흐름을 보고 재범이에게 손을 들면서 중앙 수비 옆으로 뛰었다. 그리고 재범이가 밀어 준 공이 수비 사이를 벗어나는 내게 정확히 배달이 되었고 뛰어 나오는 골키퍼마저 제친 후 슬쩍 밀어 넣었다. 정확하게, 감독님이 지시한 그대로, 또 내가 재범이에게 부탁한 그대로 골이 만들어졌다.

나도 모르게 펄쩍 뛰어올랐다. 동료들이 우르르 몰려들었다. 먼저 재범이가 다가와 손바닥을 마주쳤고 수비 라인에서 득달같이 달려온 운제를 안았다. 운제가 내 등을 두드렸다. 다른 동료들도 머리를 두드리거나 손바닥을 마주치며 축하해 주었다. 감독님을 보았다. 역시나 살짝 미소를 머금고 계셨다. 관중석도 보니 아버지는 주먹을 쥐고 하늘에 어퍼컷을 하셨고 어머니는 내 이름을 불렀다. 다른 부모님들도 자리에서 일어나 박수로 격려하셨다.

경기가 끝날 무렵엔 오성중이 거칠어졌다. 오성중 역시 대구 경북의 강자인데 여기서 물러날 수 없다는 생각인지 라인을 올리고 수석해 봤다. 하지만 경태와 주선이의 왼쪽 협력 수비, 그리고 재선이와 운제의 오른쪽 협력 수비는 윙어의 공격 루트를 차단했고 그렇게 경기는 2 : 1로 끝났다. 준결승을 통과한 것이다. 이젠 결승전 한 경기가 남았다. 작년 이맘때 짐을 싸 먼저 돌아가는 동료들을 보며 쓸쓸했던 기억이 스쳤다. 그때 꼭 다시 이 자리에서 우승을 해 보겠다고 다짐했었고 마침내 그 목표를 이루기까지 한 경기가 남았다. 가슴이 벅차올랐다.

스트레칭을 마치고 버스에 오르는 우리를 부모님들께서 밝은 얼굴로 전송했다. 어머니가 다가와 손을 꼭 쥐어 주셨다.

숙소에 도착해 샤워를 마치고 복도를 어슬렁거리는데 운제가 방에서 나와 어깨를 쳤다.

"약속을 지켰네. 거북이!"

"그 별명 부르지 말랬잖아."

"거북아. 거북아. 골 넣은 거북아."

싫지 않았다. 결승골을 성공시켜 운제와의 약속을 지켰고 감독님이 의도한 그대로 재범이와의 약속된 플레이를 실현했다. 나름 뿌듯했다. 동료들도 나를 보면 한마디씩 잘했다는 말을 해 주었다.

다음 날 후배들도 승리를 이어 가며 함께 결승에 올랐다. 우린 오전 훈련을 마치고 후배들의 경기를 봤는데 지현이의 역할이 두드러졌다. 물론 다른 후배들도 제 역할을 하면서 가볍게 승리를 거두었다. 경기를 마치고 나오는 후배들에게 잘했다고 말해 주며 등을 두

드려 주었다. 후배들뿐 아니라 삼복님도 얼굴이 밝았다.

어쩌면 동반 우승의 가능성이 이젠 눈앞의 현실로 다가왔다. 조쌤이 우리에게 동반 우승을 하면 짜장면을 사겠노라고 했는데 그 짜장면을 먹을 수도 있을 거 같다는 생각이 들었다. 조쌤이야 그런 상황이 워낙 드물어서 그렇게 말했겠지만 지금은 우리도 후배들도 한 경기만 이기면 우승, 그것도 동반 우승이라는 엄청난 결과를 만들 수 있는 자리에 와 있었다.

우리의 결승 상대가 연추중이라는 이야기를 들었다. 처음 듣는 학교였다. 동료들도 모두 궁금해 했는데 그 궁금증을 엉뚱하게 1학년 좋은이가 풀어 주었다. 좋은이는 연추중 선수들이 모두 엄청나게 빠르다고 했고 특히 왼쪽 윙어가 육상 선수를 하다가 중학교 때부터 축구를 했기에 수비하기 어렵다고 말했다. 동료들이 얼마나 빠르냐고 물으면 엄청 빠르다는 말만 반복했다. 그리고 그 윙어를 잡지 못하면 경기가 어려울 수도 있다고 했다. 궁금했다. 어떤 선수인지.

오성중과의 경기에서도 빠른 윙 플레이를 경험했지만 우리가 상대하는 팀들 중에 윙 플레이를 주요 공격 전술로 활용하는 팀이 다수였다. 빠른 윙어 하나에 의지해 상대의 뒷공간을 노리는 전술은 어찌 보면 전술이라기보다는 작전에 가깝게 느껴진다. 단순하기 때문이다. 처음엔 스피드에 좀 당황하더라도 몇 번 그 윙어의 플레이를 경험해 보면 본인은 잘 모르겠지만 걸음 수까지도 파악이 된다.

그긴 곧 수비가 가능해신다는 의미다.

저녁식사 후 감독님이 전술 회의를 소집하셨다.

"연추는 나도 처음이고 우리와 같이 준결승을 치러 잘 모르겠다. 다만 종은이 아버지 말씀으로는 무척 빠른 팀이라고 한다. 특히 왼쪽 윙어가 육상 선수 출신이어서 쉽지 않을 거라고 알려 주셨다. 일단 우리는 4-2-3-1 그대로 간다. 이번엔 운제와 재선이가 고생 좀 해야겠다. 물론 상황에 따라 포지션 변경이 있을 거지만 최선을 다해 주기 바란다. 이번엔 재범이가 원톱으로 가고 성원이가 밑으로 내려와. 그리고 재선이가 재범이 자리로 간다. 스피드엔 스피드로 대응한다."

감독님은 내게 공격형 미드필더를 맡기셨다. 오성과의 경기에서 재범이와 내가 호흡을 맞추는 걸 확인한 감독님이 다시 우리 둘의 콤비 플레이에 기대를 거시는 듯했다. 재범이가 나를 보며 웃어 보였다. 자신 있다는 의미일 것이다. 이미 몇 번을 해 본 콤비 플레이기에 나 역시 기대가 되었다.

잠이 오질 않았다. 설렘인지 흥분인지는 잘 모르겠지만 내일 벌어질 경기를 생각하면 잠이 오질 않아 뒤척였다. 축구 선수로 뛰면서 중학교 3학년의 춘계 대회 우승은 오직 한 번 노려 볼 수 있는 일이다. 뒤척이는 건 나만이 아니었다. 이미 낮에 낮잠을 자둔 탓도 있지만 동료들도 쉽게 잠을 이루지 못하고 있었다.

"우리 내일 우승할 수 있을까?"

재범이가 조용히 내게 물렸다.

"글쎄. 붙어 봐야 알겠지."

"연추중이 만만치 않다고 하잖아."

"그렇다고는 하지만 길고 짧은 건 대 봐야 아는 거잖아."

"하긴. 그래도 꼭 우승은 하고 싶다."

"나도 그래. 어차피 결승까지 올라왔으니 끝을 봐야지."

"시운이를 위해서라도 우승해야 해."

"맞다. 그렇지. 그런데 내일 시운이가 올까?"

"오겠지. 저라고 궁금하지 않겠어?"

"그래. 시운이에게 우승컵을 선물해야지."

"꼭 이겨서 우승하자."

아침부터 부지런히 움직이기 시작했다. 감독님이나 조쌤 그리고 정 선생님이 뭐라 하지 않아도 다들 일찍 일어나 산책을 하고 바로 식당으로 가 아침식사를 했다. 동료들의 표정이 약간은 여유가 있어 보였다. 경기가 오전 10시라 밥을 많이 먹으면 부담이 되기 때문에 아침은 된장국에 밥을 2/3만 말아 가볍게 먹었다. 다들 식사시간에는 말을 아꼈다. 어쩌면 마음속으로 기도를 하고 있는지도 몰랐다.

경기는 오전 10시에 시작될 예정이었다. 특유의 강한 영덕 바닷바람이 불었고 우린 우승을 위한 마지막 관문인 결승 경기를 이기기 위해 부지런히 몸을 풀었다.

영하의 날씨에 충분히 몸을 풀지 않으면 몸이 경직되어 쉽게 플레이를 할 수 없고 부상 확률이 높아진다. 충분히 뛰어서 몸에 땀이 좀 나야만 정상적으로 경기를 치를 수 있다. 우리 모두 그걸 알기에 영하의 강한 바람을 맞으면서도 악을 쓰며 뛰었고 어느 정도 몸이 풀리자 바로 패스와 슈팅 연습을 마쳤다. 동료들을 보니 머리에서 하얗게 김이 올라오고 있었다. 함께 버스로 이동한 후배들은 내일이 결승이라 비어 있는 다른 경기장에서 훈련하는 걸 볼 수 있었다.

서울서 내려오신 교장 선생님과 기념사진을 찍었다. 교장 선생님도 축구를 좋아하셔서 우리에게 가끔 간식도 보내 주시곤 했는데 이번에도 사과를 비롯한 간식거리를 숙소로 보내 주셨다. 교장 선생님께서 우리들 앞에서 꼭 우승하라는 말씀을 하셨다.

조쌤이 교장 선생님의 말씀을 다 들은 우리를 불러 모았다.

"지금까지 너희가 열심히 한 건 안다. 하지만 결승전은 여러 변수가 작용한다. 그리고 너희가 관중석의 스카우터를 의식하는 것도 안다. 물론 중요하겠지. 하지만 내가 장담컨데 너희가 스카우터를 의식해 보여 주는 플레이를 하면 스카우터는 너를 버린다. 그들은 오랜 기간 동안 축구를 하셨던 분들이기에 너희가 얼마나 팀에 녹아드는지를 우선 보려 한다. 잘 생각해라. 그리고 전해 들은 이야기로 연추는 매우 강한 팀이다. 지금까지 너희가 상대한 팀과는 완전히 다른 팀이다. 저길 봐라."

조쌤이 가리키는 방향을 보니 연추중 선수들이 모여 있었고 우린 순간 놀라지 않을 수 없었다. 그들이 신체 조건이 마치 우리가 동계 훈련 때 만났던 대구 고등학교 유스팀과 비슷했다. 전체적으로 우리의 1.3배, 아니 1.5배쯤 돼 보이는 신체 조건이 우릴 압도했다. 몸을 풀 때는 잘 몰랐는데 지금 보니 선수 대부분이 어깨가 성인처럼 벌어져 있고 다리 근육도 임칭 밀딜되어 있었다.

"들은 말로는 연추는 산악 달리기를 하며 체력을 키웠고 결승까지 올라오면서 거의 3점 차 이상으로 이겼다고 한다. 그리고 수비도 타이트하다고 한다. 저 몸으로 달라붙으면 운신의 폭이 좁다. 그래서 다시 말한다. 빠르게 움직여라. 너희에게 상대가 붙기 전에 빠르게 연결하고 수비는 협력과 압박으로 간다. 이미 고등학교 유스팀과 경기를 해 봐서 알겠지만 너희가 물러서면 그걸로 끝이다. 끝까지 팀플레이다. 너희가 공을 드리블하게 되면 백이면 백 당한다. 그건 바로 역습으로 이어지고 감독님께서 지적한 그대로 저기 7번의 윙어에게 연결된다. 까불지들 마라. 여기서 이기면 우승이고 우리 학교의 이름이 기억될 테지만 준우승은 의미가 없다. 모든 건 너희에게 달려 있다."

조쌤은 말을 마치고 계속 연추중을 주시했다. 내가 보기에도 다들 컸다. 그리고 단단해 보였다. 감독님이 한쪽에 혼자 계시다가 조쌤이 말을 마치자 우리들 중앙에 서셨다.

"조 선생이 내 이야기를 다했지만 끝으로 한 가지만 덧붙이겠다. 절대로 심판의 판정에 이의를 제기하지 마라. 아무리 잘못되었다고 판단해도 절대로 승복해라. 최선을 다해라."

"네!"

스카우터를 의식하지 말아야 한다. 괜히 스카우터의 눈에 들기 위해 드리블을 한다거나 멋있는 플레이를 하려다 보면 자칫 팀플레이를 망칠 수 있다. 게다가 연추중의 저 큰 덩치들과 몸싸움도 해야 한다. 심판의 말에는 절대 승복해야 한다!

경기장에 들어가 연추중 선수들과 인사를 나누는데 바로 앞에서 보니 덩치가 더 크고 단단한 느낌이 들었다. 아마 동료들도 그런 생각이 들었을 거다. 그것은 경기 직전 우리가 머리를 맞대었을 때 인성이의 말에서 알 수 있었다.

"몸집이 대단하네. 우리 절대 밀리지 말자. 여기가 우리의 마지막 전투장이다. 거북이는 거북이, 방패는 방패의 역할을 다하자. 그리고 여기가 텃세가 심하다고 하니 주의하자."

우린 연추중이 파이팅을 외치기 전까지 서로의 얼굴을 보며 웃었다. 억지로라도 웃고 있었다. 아마 서로 긴장감을 얼굴에 내비치기 싫어서였을 거다.

그리고 주심의 긴 휘슬과 함께 경기가 시작되었다. 길고 험한 경기가 시작되었다. 바람과 햇볕은 우리 편이었다. 강한 바람을 등에 업었으니 우리에게 유리한 자연환경이 주어진 전반에 어떻게든 골을 넣어야 우승할 확률이 높아진다. 골을 넣어야 한다!

연추중의 공격은 어찌 보면 단순한 패턴이었다. 좌우 윙어가 빠른 속도로 파고들고 키 크고 탄탄한 중앙 공격수가 이를 받아 골을 노리는 패턴이었다. 그런데 이런 단순한 패턴이 힘을 갖고 파상적으로 밀려오면 수비가 붕괴된다. 처음에는 4-3-3의 포메이션처럼 보였지만 연추중은 자유롭게 움직이며 힘으로 우릴 몰았다. 우리의 패스가 자주 끊기고 심지어 밀리기 시작했다.

"밀리지 마. 성원이 좀 더 내려와. 빠르게 연결해. 패스가 느리잖아!"

감독님이 더 이상 지켜보지 못하고 우리에게 지시를 내렸다. 연추중 감독님은 경기 시작과 함께 계속 작전을 지시했지만, 감독님은 한동안 지시가 없다가 우리가 힘에 밀려 우왕좌왕하자 급히 지시를 내리신 거였다. 나는 상황을 보며 경태와 재선이 사이로 내려섰다. 그러자 연추중 미드필더가 내 앞에서 움직였고 나는 그를 막기 위해 바짝 붙었다. 공 배급을 차단해야 했다. 그 미드필더가 항상 공을 배급하는 역할을 하고 있기에 몸을 부딪치며 행동을 부자연스럽게 만들었다. 파울이 선언되지 않을 정도로 계속 밀착하면서 공을 받고 돌아서지 못하게 가랑이 사이로 발을 넣기도 하고, 돌아서려고 하면 어깨로 슬쩍 밀어 중심을 무너뜨렸다. 그러자 미드필더는 약간 성질이 나는지 거친 말을 했고 나는 못들은 척 계속 압박을 가했다. 그렇게 내가 미드필더의 공 배급을 차단하자 상대는 공을 뒤로 돌려 수비진에서 길게 우리 진영으로 공을 보내 우리 수비진과 다투게 했다. 아울러 연추중 윙어가 공을 소유하면 빠르게 중앙으로 침투하거나 아니면 중앙으로 공을 투입했다. 그렇게 하면 공의 움직임을 확인할 수 있어 미리 윙어의 앞을 동료들이 막아설 수 있었다. 몇 번의 공 투입이 실패로 돌아가자 천천히 우리에게 기회가 오기 시작했다.

"재범이 머리 봐!"

감독님의 크고 짧은 지시가 다시 나왔다. 그 의미를 나는 알고 있었다. 아니 우리 동료들 모두 그 말의 의미를 알고 있었다. 미드필더를 거치지 않고 전방의 재범이에게 공을 보내 재범이가 나나 다른 2선에 연결하면 바로 마무리 공격에 임하라는 의미였다. 어쩌면 킥 앤드 러시 전술과 유사할 수 있다. 하지만 이건 상대의 뒷공간을 침투해 슈팅을 노리고 상대가 파상 공격을 위해 전체 라인을 올린 걸 뒤로 물리는 작전이다.

주선이와 운제의 킥이 오프사이드를 피해 조금 내려와 있는 재범이에게 보내졌고 그때마다 나는 전력을 다해 전방으로 가속했다.

한 번은 재범이 바로 밑에서 틈을 보고 있는데 재선이가 올린 공이 재범이 방향으로 가기에 빠르게 수비수 사이를 비집고 들어갔다. 그리고 분명히 수비수보다 뒤에서 출발해 재범이가 내 앞에 헤더로 떨군 공을 잡고 슈팅을 하려 하는데 바로 휘슬이 울렸다. 부심의 기가 오프사이드를 알렸다. 분명 오프사이드가 아니었는데. 정확하게 재범이가 공을 떨구는 걸 보고 수비 라인을 깼는데 오프사이드라니, 순간 울컥 감정이 올라왔다. 심판에게 항의를 하려고 돌아서자 감독님이 급하게 손짓을 하셨다. 내려가라는 지시였다. 조 쌤이 부심에게 항의를 했지만 이미 휘슬이 울린 상태였다. 특이하 게 그날 주부심 세 분 모두 여성분이셨다. 돌아서 내려오는 내게 재 범이가 참으라며 손바닥을 위아래로 움직였다. 하지만 쉽게 화가 가라앉지 않았다.

재범이는 후방에서 올라온 공을 나와 지현이 그리고 공격에 참 여하는 후선에 계속 공급했고 천천히 힘의 균형을 맞출 수 있었다. 감독님의 작전이 주효했다. 하지만 연추중의 반격도 만만치 않았 다. 그 중간에 제원이가 상대 중앙 공격수를 방어하기 위해 나섰다 가 심하게 부딪혀 쓰러졌고 잠시 경기가 중단되기도 했다. 운제는 상대 윙어의 돌파를 저지하기 위해 태클을 시도하다가 옐로우 카드 를 받아야 했다. 우리 색깔로 경기를 주도하고 운영하기에는 상대 가 강했다.

하지만 첫 골은 우리가 터뜨렸다. 공방전이 치열한 상황에서 운 제가 중앙으로 크로스한 공을 혼전 중에 지현이가 슈팅한 게 그대 로 골문 안으로 들어갔다. 순간 연추중 선수들이 멈춰 섰고 연추중 응원단도 소리를 죽였다. 지현이가 천천히 뒷걸음질을 하며 세레모 니를 했고 우린 지현이에게 몰려가 골을 축하해 주었다.

첫 골은 연추중의 더 강한 반격을 불러왔다. 연추중 감독님과 코 치님들의 작전 지시 소리가 높아졌고 서로 몇 번의 기회를 놓치면 서 전반전을 끝냈다.

"예상보다 강하네. 그리고 연추가 준비를 했구나. 연추처럼 직선적인 공격, 그리고 힘이 실린 공격을 할 때는 피해 가야 한다. 제원이는 괜찮나?"

"네."

"강할 때는 부드럽게 다루어야 한다. 후반엔 패스 속도를 더 높여라. 연추가 스피드가 있으니 너희 패스가 계속 끊기고 있다. 상대가 덤비기 전에 패스할 곳을 파악하고 원터치로 빨리 공을 연결해라. 그리고 공 받을 사람은 제자리에서 기다리지 말고 계속 공간을 찾아 이동해야 해. 저렇게 끊임없이 뛰는 애들에게는 쉽게 좋은 공간이 나지 않는다. 움직여라. 더구나 후반엔 우리가 맞바람이고 해를 바라봐야 한다. 재건이도 조심하고. 성원이는 중앙 공격수를 네 선에서 꼭 차단한다고 생각해라. 쉽지 않은 선수다. 힘도 좋고 기술과 속도도 있다. 좌우 윙어에 의한 공격을 제원이와 인성이가 막는다면 중앙은 네가 방어한다고 생각해라. 전에 해 봤으니 뭔 말인지 알지?"

"네."

"후반엔 연추가 강하게 밀고 올 거다. 협력해서 수비하고 공격은 그대로 재범이가 중앙에서 후선 공격진에 공을 배급한다."

잠시 쉬는데 워낙 추운 날씨라 옷을 껴입었다. 경기 중엔 관중석을 볼 겨를조차 없었다. 천천히 관중석을 보다 부모님과 눈이 마주쳤다. 옆에는 대전에서 멀리까지 오신 이모와 이모부도 함께 계셨다. 그렇게 찜찐 시선을 돌리고 있는데 재선이가 말을 걸었다.

"성원아. 얘들은 왜 이리 힘이 좋아? 도대체 밀리질 않네."

"그래. 정말 힘이 좋네. 특히 중앙 공격수는 힘도 좋고 발도 좋아.(우린 기술이 좋은 걸 발이 좋다고 표현한다.) 내가 밀어도 움직이질 않아."

"그래도 너니까 버티지. 하여간 잘 막아."

"너도 돌파할 때 조심해라. 태클이 심하더라."

운제가 내게 걸어오면서 손가락으로 관중석 시상대를 가리켰다. 뭔가 싶어 바라보니 시운이가 거기서 우릴 보며 손을 흔들고 있었다. 시운이가 왔다! 반가움에 손을 흔들자 시운이도 같이 손을 흔들었다. 아마도 경기가 궁금해 부모님과 함께 내려왔을 거다. 시운이의 뛰고 싶은 마음이 느껴졌다. 그리고 시운이를 위해서라도 꼭 이겨야겠다는 다짐을 했다.

후반전 시작 휘슬이 울렸다. 동시에 연추중이 아주 강하게 밀고 왔다. 라인을 올리고 좌우에서 중앙으로 계속 공을 공급했다. 감독님의 지시로 나도 내려서서 중앙을 방어했지만 중앙 공격수의 힘은 만만치 않았다. 거기에 공을 잡고 돌아서는 것도 능숙했다. 전형적인 9번이었다. 나 역시 9번이기에 그가 돌아서는 걸 알고 앞을 차단하기 위해 몸으로 부딪히며 막아섰다. 9번과 9번이 중앙에서 자주 부딪치자 주심도 근처에서 우릴 계속 보고 있었지만 난 파울이 되지 않는 범위에서 계속 상대의 움직임을 방해해야 했다.

잠시 공방전이 이어졌고 우리 공격이 차단당한 상태에서 연주중이 우리 왼쪽을 파고들었다. 주선이가 상대를 놓치자 즉시 중앙의 9번에게 공이 연결되었다. 내가 돌아서서 들어가고 있을 때 9번은 공을 잡고 제원이를 끌고 움직이다가 반대로 돌아서며 슈팅을 시도했다. 조금 늦게 재건이가 몸을 날렸지만 공은 우리 골문에 강하게 꽂혔다. 내 머리를 내가 두드렸다. 내가 덮쳤어야 했다. 잠깐 멈칫거리는 순간 상대 중앙 공격수를 자유롭게 두었고 그가 우리 중앙 수비를 무너뜨린 것이다.

감독님이 무어라 큰 소리로 지시를 하는 것 같은데 잘 들리지 않았다. 바람이 점점 강해졌고 연주중 부모님들이 북과 꽹과리까지 두들기며 응원을 하셨기에 감독님의 지시는 바람과 응원 소리에 묻혔다. 다시 조쌤이 소릴 질렀다. 집중하라고. 내게 질책하는 것으로 들렸다. 전반의 오프사이드로 꿍했던 마음이 다시 무너졌다. 마음이 무너지면 몸도 무너진다. 발이 무거워졌다.

경기는 계속 진행되었고 밀고 밀리는 접전이 이어지던 중 사고가 터졌다. 연주중이 문전에서 공세를 강화하자 이를 막기 위해 제원이가 공격수와 부딪혔는데 그 공격수가 쓰러졌다. 제원이가 그 선수에게 할리우드 액션이라며 언짢은 말을 해 서로 엉겨 붙었는데, 그때 상대 선수를 손으로 밀어 넘어뜨리면서 바로 퇴장을 당했다. 우리가 모두 심판에게 달려가자 감독님은 큰 소리로 물러나라고 지시하셨고, 조쌤과 정 선생님도 큰 소리로 우리를 불렀다.

위험이 느껴졌다. 그러지 않아도 무너진 상태인데 어떻게 해야 할지 잠시 멍한 상태로 서 있었다.

"야, 성원이 오른쪽 백으로. 운제 중앙 수비로. 민한이 왼쪽 미드필더. 경태 중앙 미드필더. 재선이 위로. 재범이 오른쪽 미드필더. 성원이는 중앙 쪽 수비노 끝이 해."

감독님의 지시가 정신없이 떨어졌다. 운제가 힘이 있어서 중앙에 들어가 수비를 보지만 높이에 한계가 있으니 내게 중앙 수비를 보조하면서 윙 플레이를 막으라는 지시였다. 주공격 라인을 차단하라는 지시였지만 마음이 잡히질 않았고 발걸음도 무거웠다. 잠깐 하늘을 보고 자리를 잡기 위해 이동하면서 관중석을 보았다. 어머니가 손을 흔들었다. 그 잠깐 사이 어머니의 목소리가 들렸다.

"침착해!"

다시 경기는 이어졌다. 우리 포메이션은 4-3-2로 전환되었다. 원톱 공격수 없이 전체가 수비를 위한 포메이션으로 전환했다. 축구에서 선수 한 명이 부족한 건 치명적이다. 일대일로 방어를 하는데 상대의 한 선수가 남게 된다는 건 전혀 방어할 수 없는 전차 한 대가 우릴 향해 돌진하는 것과 같다. 이를 막기 위해 포메이션이 전환된 거였다. 내 오른쪽은 빠른 윙어인 7번, 왼쪽은 중앙 공격수인 9번. 어머니의 목소리가 다시 들렸다. '침착하자! 침착하자! 침착하자!' 몇 번을 반복하니 조금씩 마음이 가라앉기 시작했다. 그래 침착해야 한다. 감독님이 그래도 나를 믿고 수비를 맡겼는데 여

240

기서 내가 무너지면 안 된다. 어떻게든 막아야 한다. 그때부터 나는 나를 버렸다. 멋있게 공을 차려는 건 사치였다. 지금은 내가 죽더라도 막아야 했다. 거칠게 부딪치고 공을 노리고 태클도 깊이 들어갔다. 아슬아슬한 순간도 있었다. 태클을 할 때 공에 발이 먼저 닿지 않으면 파울이 선언되고 위험한 지역에서 프리킥을 내주게 된다. 아슬아슬하게 발끝에 공이 걸려 걷어 내기도 하고, 상대가 돌아서는 걸 막기 위해 팔을 벌려 상대를 가두기도 했다. 팔을 벌리면 핸드볼 파울에 쉽게 노출되지만 그 상황에선 그렇게 할 수밖에 없었다. 운제도 고군분투하는 게 보였다. 어쨌든 막아야 했다. 그렇게 미친 듯이 뛰고 있을 때 후반전 종료 휘슬이 울렸다. 경기가 어떻게 진행되었는지 기억이 나지 않았다.

"수비가 많이 힘들어졌다. 지금부터는 정신력의 싸움이다. 연장전에선 모두 1.5배를 뛰어야 공간을 메울 수 있다. 공격은 양보해도 수비는 내가 먼저 한다는 생각으로 막아야 돼. 성원이와 주선이는 공을 잡으면 앞으로 무조건 길게 전달한다. 재선이와 지현이의 개인 돌파로 공격을 가져간다. 일단 골을 먹지 말아야 한다. 너흰 고교 유스팀과의 경험이 있다. 그때를 기억해라."

바로 경기가 이어지기에 감독님의 지시는 짧았다. 물을 몇 모금 마시면서 다시 관중석을 보았다. 어머니를 보면 그나마 힘이 날 것 같았다. 어머니가 손을 흔드셨다. 그러고는 두 팔을 힘차게 달리기 하듯 앞뒤로 흔드셨다. 아버지가 말리시는 것 같았다. 어머니는 내게 힘을 내 뛰라는 뜻을 전달하시고 싶으신 듯했다. 연주중의 응원 소리와 북소리 꽹과리 소리가 너무 커 어머니는 몸짓으로 내게 힘을 주셨다. 잠깐 울컥하는 무엇이 올라왔다.

바로 연장 전반이 시작되었다. 여전히 연추중은 선수 한 명이 부족한 우릴 압박했고 우린 그걸 막기 위해 고군분투했다. 흘러나온 공을 내가 잡고 전방을 보았을 때 재선이가 전진하고 있어서 길게 킥을 하자 재선이가 가슴으로 받아 공을 떨구고 바로 슈팅을 시도했다. 골키퍼가 몸을 날려 막았다. 제대로 걸린 슈팅이었지만 골키퍼의 선방에 막히자 재선이가 머리를 긁었다. 우리 공격은 그렇게 할 수밖에 없었다. 수비 라인을 올리거나 오버래핑을 하면 그 공간으로 침투와 연결이 이어지기에 라인을 굳게 유지해야 했다. 주선이와 나는 공을 잡으면 길게 앞으로 킥을 하고 재선이와 지현이가 이를 받아 골문을 열어야 했다.

주선이가 공을 잡았다. 그리고 전방을 향해 길게 킥을 했고 공은 재범이의 백 헤더를 거쳐 뒤에 있던 지현이에게 연결되었다. 지현이가 오른쪽으로 뛰기 시작하는 재선이에게 패스했고 재선이는 좀 더 오른쪽으로 공을 끌다가 공간이 열리자 강하게 슈팅했다. 공은 탄력을 받아 골키퍼의 손끝을 벗어나 골문 안에 꽂혔다.

골인! 골이 터졌다.

순간 우리 모두 재선이에게 돌진했다. 심지어 골키퍼인 재건이까지 재선이에게 달려갔다. 절체절명의 순간에 재선이의 골은 모든 걸 덮었다. 부모님들의 환성과 박수가 들렸다. 반대로 그렇게 뜨겁던 연추중의 응원이 숨을 죽였다. 그제야 나도 정신이 들었다.

한 골을 먹은 연추중은 라인을 완전히 올리고 공격해 왔다. 우린 격렬한 연추중의 공격을 거의 육탄으로 막았다. 재범이는 헤더하다가 머리를 발에 차여 쓰러졌지만 벌떡 일어섰고 경태는 범위를 넓혀 좌충우돌하고 있었다. 조용하던 민한이가 악을 썼다. 운제와 인성이는 계속 수비 위치를 조정하고 마크해야 할 상대 선수를 지정했다. 대구 유스팀과의 경기 때 우리가 마지막 악을 썼던 그 시간이 재현되고 있었다.

연장 후반은 더 격렬했다. 만회하려는 자와 막는 자의 숨 가쁜 일진일퇴는 직접 뛰어 보지 않은 사람은 알 수 없다. 터지려는 가슴과 떨어지지 않는 발을 억지로라도 끌고 다시 뛰어야 하는 상황은, 그 상황은 몸에 남은 마지막 힘을 짜내는 순간이다. 연추중의 공격이 잠시 무뎌졌다는 생각이 들 즈음 연추중이 선수를 교체했고 다시 밀려들기 시작했다. 시간이 얼마 남지 않은 것 같았다. 내가 막아야 하는 윙어가 공을 끌고 빠르게 들어오자 몸이 먼저 반응을 해 태클을 시도했다. 공은 분명 내 발에 먼저 닿아 아웃되었고 그 후에 상대 선수가 넘어졌는데 휘슬이 울렸다. 그리고 주심이 카드를 꺼내는 동작을 하면서 내게 다가왔다. 이건 아니었다. 여기서 프리킥을 내주면 아주 위험했다. 주심에게 다가가 공을 먼저 걷어 냈다고 말하자 주심이 머리를 좌우로 흔들며 옐로우 카드를 꺼냈다. 조쌤이 아니라고 그새 소리쳤지만 심판의 판정은 번복되지 않았다.(후에 지현이 아버지께서 찍은 동영상에서 이를 확인했고 앞의 오프사이드 판정도 잘못되었음을 확인했지만 경기는 이미 끝났고 판정은 번복되지 않는다.)

연추중 골키퍼까지 우리 문전으로 올라왔고 얼핏 본 시계는 이미 종료되었다. 운세가 내게 다가와 석질 죽이라고 소릴 질렀고 나를 끌고 수비 위치로 함께 이동했다. 인성이가 소리쳤다.

"이것만 막으면 돼. 무조건 걸어 내. 잡지 마. 걸어 내!"

인성이의 목소리가 동료들 모두에게 마지막 악을 쓰게 했다.

잠시 유리한 자리를 차지하기 위해 몸싸움을 하는 동안 키커가 긴장한 듯 발을 굴렀다. 연추중 키커가 킥을 했고 그 킥은 잘못 찼는지 약하게 운제 앞으로 굴러왔다. 분명히 긴장한 연추중 키커가 공의 윗부분을 찬 거였다. 그러자 운제가 빠르게 발을 뻗어 걷어 냈다. 곧바로 긴 휘슬 소리가 두 번 이어졌다. 연장 후반전이 끝났다.

우리가 이겼고 우리가 우승했다! 동료들 모두가 수비를 하기 위해 골문 근처에 몰려 있었기에 우린 그 자리에서 얼싸안았다. 아무도 말을 하지 않았다. 잠시 후 다함께 어깨를 펴고 외쳤다.

"이겼다!"

그 다음부터는 정신이 없었다. 바로 감독님께 몰려갔다. 감독님의 눈시울이 붉었다. 감독님을 얼싸안았고 감독님도 우릴 안았다. 당신보다도 큰 우리가 당신을 둘러싸고 엉엉 울자 감독님은 우릴 다독이며 말씀하셨다.

"잘해 주었다. 모두 잘해 주었다. 이긴 너희들의 우승이다. 정말 잘했다!"

감독님을 높이 들어 올렸다. 둘러보니 후배들도 뛰어나와 우리와 엉겼다. 퇴장 카드를 받고 미안해 했던 제원이를 동료들이 끌고 함께 부모님들께 인사를 드리러 관중석 앞으로 이동했다. 부모님들께서 계속 박수와 환성을 보내셨다. 또 다시 가슴 속에서 울컥한 그 뭔가가 올라왔다. 눈물이 쏟아질 것 같아서 얼른 하늘을 보았다. 푸르다 못해 파란 하늘이 다가왔다.

곧이어 시상식이 진행되었고 재범이가 최우수 선수상을 받았다. 열심히 했기에 받을 만했다. 어쩌면 그건 우리 모두에게 주어진 상일지도 모르겠다.

전방에서 공 배급을 위해 몸싸움을 아끼지 않았던 재범이!

마지막 결승골을 성공시킨 재선이!

작은 체구로 전방을 휘젓던 민한이!

한 학년 아래지만 첫 골을 성공시킨 지현이!

공수에 걸쳐 뛰어다니며 연결을 주도한 경태!

마지막 결승골을 이끈 결정적인 롱 킥의 주인공이고 탄탄한 수비를 보여 준 주선이!

경고 카드까지 받았지만 투혼의 수비를 보여 준 운제!

제원이가 빠진 중앙 수비의 공중전을 홀로 막아선 인성이!

노련한 수비를 보였지만 퇴장 카드를 감수하며 중앙을 막았던 제원이!

결정적인 위험을 몸을 던져 막았던 재건이!

대기석에서 경기장의 동료들을 악을 쓰며 응원한 성오! 성인! 종인! 상만!

우리의 우승을 보기 위해 내려온 시우이!

모두 최우수 선수상을 받아 마땅했지만 대표로 재범이가 수상을 했고 우리 모두 박수와 환호로 축하를 했다. 재건이는 작년 추계 대회에 이어 최우수 골키퍼, 감독님은 최우수 감독상을 받으셨다.

그 다음은 부모님들과의 시간이었다. 시상식이 시작되기 전 부모님들께서 경기장으로 내려오셔서 수상자에게 박수도 보내고 사진도 찍어 주셨지만 그분들의 생각은 빨리 자랑스러운 아들을 안아 보고 싶으셨을 거다. 천천히 어머니와 아버지가 서 계신 곳으로 걸어갔다. 아버지는 웃고 계셨지만 어머니는 울음을 참으시려는 듯 입술을 꼭 깨물고 계셨다. 어머니가 팔을 벌렸고 나는 어머니의 품에 깊게 안겼다. 어머니께서 꼭 안아 주셨다. 따뜻했다. 어떤 말로도 그 느낌을 표현할 수 없었다.

사진을 찍었다. 우승컵을 가운데 두고 동료들이 서고 감독님과 정 선생님 그리고 조쌤이 옆에 섰다. 뒤에는 부모님들께서 둘러섰다. 기념사진 몇 장을 더 찍고 그때부터는 우리들 세상이었다. 얼마나 기다리고 기다렸던 우승인가! 더구나 우린 열 명으로 싸워 우승을 한 것이다. 여기저기서 동료들과 사진도 찍고 신나는 시간을 보냈다.

하지만 감독님과 두 분 코치님들은 급하게 서두르셨다. 정신을 차리고 보니 내일은 우리 후배들의 결승전이 기다리고 있었다. 감독님에겐 우리 우승도 중요하지만 당장 내일 후배들의 우승 또한 중요한 일이었다. 감독님이 우리에게 부모님들과 시간을 갖고 함께 식사해도 된다고 하셔서 부모님들 차로 시내로 향했다. 점심을 먹으며 꿈같던 우승이 현실이란 걸 확인했고, 부모님들이 저녁에는 감독님을 모시고 영덕 대게를 먹는다고 해서 우린 소리를 질렀다. 작년엔 꿈도 꿀 수 없던 일이었다.

숙소로 돌아온 우리는 여유가 생겼다. 동료들과 함께 여기저기 어슬렁거리며 다녔고 이젠 맛있는 걸 사 먹을 수도 있었다. 대회 내내 된장국에 질린 우리는 부모님들과 맛있는 점심을 먹었음에도 편의점에서 라면을 먹기도 하고 어묵이나 떡볶이를 사 먹기도 했다. 자유로웠다. 작년 이 즈음엔 탈락의 아픔을 곱씹었지만 지금은 승자의 여유를 만끽했다. 작년 추계 대회에 이어 올해 춘계 대회까지 우승을 한 상황이라 누가 뭐래도 우리가 최고이고 지금은 어디와 붙어도 이길 수 있다는 자신감이 가득했다.

후배는 선배 하기 나름

저녁시간에 1학년을 위한 전술 회의가 소집되었는데 우리도 참석하라는 연락을 받았다.

"오늘 2학년은 한마디로 잘했다. 사실 나도 제원이가 빠졌을 땐 어렵다는 생각을 했다. 서로 힘이 비슷할 때 하나의 균열이 생기면 바로 패배로 이어지는 것이 일반적인데, 성원이가 수비로 내려가 잘 버텼다. 덕분에 재선이가 골을 넣을 수 있었다. 내일은 1학년 결승이다. 너희를 이렇게 다 모은 건 오늘 경기에 대해 평가도 하고 1학년의 전술도 얘기해 보려고 생각했기 때문이다. 먼저 오늘 경기를 보자. 나도 파악을 잘 못했지만 알고 보니 연초가 숨은 복병이었다. 강한 체력과 우세한 피지컬로 공격 축구를 구사했는데 전반전에 잘하다가 후반에 우리가 동점 골을 내준 건 어쩌면 너희가 심판의 판정에 너무 민감하게 반응한 게 원인이 아닐까 한다. 일단 심판이 판정을 하면 번복되는 경우는 거의 없나. 그런데 그런 판정에 불만이 쌓이게 되면 자기도 모르게 플레이가 위축된다. 그리고 판정을 의식해 정상적인 팀플레이가 이뤄지지 않게 된다. 그 부분은 분명히 너희가 잘못한 거다. 경기를 하면서 지나간 건 빨리 잊어야 하고 다가오는 상황만 판단해야 한다. 잠시라도 이전의 상황을 생각하면 분명 실수가 나온다. 그리고 그 실수는 되풀이된다. 그리고 그건 잘못하면 버릇이 되기도 한다. 시험을 볼 때도 전 시험의 실수를 생각하다 보면 지금의 시험을 망치는 것과 같다. 앞으로는 그런 일이 없기 바란다."

감독님이 차분하게 우리 경기를 분석하셨다. 나에 대한 칭찬도 있었지만 내가 오프사이드 판정을 받고 잠시 머뭇거려 좋은 기회를 놓친 것도 간접적으로 지적하시는 듯했다.

"오늘 공격은 그런대로 진행이 되었지만 수비는 실수가 많았다. 특히 제원이는 상대에게 태클당한 것 때문에 수비에서 실수를 한 것 같다. 감정을 자제하지 못하면 그건 오히려 너희의 결정적인 실수를 불러오고 결과는 너희에게 돌아간다. 명심해라."

제원이가 머리를 푹 숙였다.

"자 그럼 1학년 전술을 이야기해 볼까? 그 전에 잠깐 수비 전술에 대해 말하겠다. 전에도 한 번 이야기한 적이 있지만 오늘은 좀 다른 각도에서 보자. 심리를 말하고 싶다. 앞서도 실수는 반복된다고 했는데, 왜 반복될까?"

감독님이 질문을 던졌는데 모두 답을 하지 못했다. 심리라는 말은 들어 보았지만 심리라는 게 그냥 생각이나 마음이라는 것만 알고 있을 뿐이다. 아마 다른 동료나 후배들도 그럴 거다.

"너희는 페인트 모션(feint motion)을 잘 알지? 그런데 왜 페인트 모션을 하지?"

"그건 상대방을 속이기 위해서입니다."

1학년 호기가 답을 했다. 호기는 키는 작아도 개인기만큼은 우릴 앞설 정도였다. 그러니 페인트 모션을 잘 쓰고 잘 아는 모양이었다.

"그래. 페인트 모션은 상대를 속이기 건데, 그러면 상대는 왜 속지?"

"……"

"왜일까?"

"……"

"너희가 페인트 모션으로 상대를 속이고 또 상대의 페인트 모션에 속으면서 왜 그렇게 되는지는 모른다?"

"……"

"그게 심리다. 사람들은 누구나 자기가 믿는 대로 행동한다. 상대가 오른쪽으로 몸을 움직이면 나도 모르게 오른쪽으로 움직이게 된다. 그건 내가 상대의 움직임에 속아 상대가 그쪽으로 움직일 거라고 믿기 때문인데, 정작 공은 그 자리에 있거나 반대로 움직이게 되지. 내가 상대방을 보고 상대방의 움직임을 막으려는 심리가 작동하다 보니 그렇게 되는 거야. 하지만 상대가 몸을 오른쪽으로 움직인 건 너희가 자신이 그쪽으로 움직일 거라고 믿게 해서 너희 중심을 오른쪽으로 이동시키기 위한 페인트 모션이야. 그래서 수비를 할 때 공을 가진 상대방을 막으려면 상대의 몸 움직임을 봐선 안 되고 공을 봐야 해. 하지만 공을 갖지 않은 상대는 다르지. 너희가 상대를 마크하려고 붙으면 상대는 너희를 떼어 내기 위해 좌우나 뒤로 가든지 아니면 너희를 밀고 앞으로 가겠지. 상대는 그렇게 하면서 공을 갖고 있는 자기편 선수의 움직임을 모르게 하려는 거야. 만일 상대가 가만히 서 있기만 한다면 너희는 모두 공을 가진 선수의 움직임을 주시할 거고 그러면 어디로 패스를 하건 쫓을 수가 있어. 너희도 그러잖아. 계속 움직이는 건 내가 공을 받기 위함이기도 하지만 상대가 우리의 작전이나 패스를 알지 못하도록 하려는 거잖아. 그래서 수비를 할 때 공을 가진 선수를 마크할 때는 공을 봐야 하고, 공 없이 움직이는 선수를 막을 때는 공 가진 선수를 같이 봐야 해. 그래야 공이 연결되는 걸 차단할 수 있어. 그게 심리전이야. 거꾸로 너희가 상대를 속이려면 너희들 중 누군가 공을 소유하고 있을 때 여러 명이 같이 공을 받는 척 움직여야 해. 상대는 너희를 방어하기 위해 따라가게 되고 그러면 공간이 벌어지는 거야. 그런데 아무도 움직이지 않고 공을 받을 준비를 하지 않으면 상대는 수비하기가 너무 편할 거야. 그렇지 않나?

개인 기술이 좋아서 상대방 한 명을 제칠 수는 있어. 하지만 두세 명이 함께 빙니를 히면 게치는 거 거의 불가능하다. 아무리 메시나 호날두라 하더라도 그런 수비망은 피할 수 없는 거야. 그런데 메시를 막기 위해 몇 명이 막아서는데 다른 선수가 공을 받기 위해 움직이는 걸 놓친다면 메시는 그에게 연결하겠지. 그럼 바로 슈팅이다. 그래서 수비에서 사님을 놓치면 안 된다는 말을 하는 건데, 그건 공을 가진 선수만이 아니라 공을 받을 수 있는 위치에 있는 선수를 놓치지 말라는 말이야. 페인트는 개별 선수를 속이는 걸 의미하지만 전체 수비를 집단으로 속이는 것도 의미한다. 그래서 내가 담당하는 선수뿐 아니라 공을 가진 선수도 봐야 한다. 이해되나?"

"네."

"한자에 역지사지라는 말이 있다. 상대방의 입장에서 생각하라는 말이다. 그러면 상대가 왜 그런 행동을 하는지 이해할 수 있다. 수비는 상대의 심리를 읽어야만 맡은 역할을 잘해 낼 수 있다. 공격하려는 자의 마음을 읽어야 막을 대책이 서는 거지."

감독님께서 잠시 숨을 고르고 다시 말씀을 이으셨다.

"임진왜란 때 이순신 장군은 많은 정탐꾼을 왜군 진영으로 보냈다. 또, 탐망선 여러 척을 보내 적의 움직임을 감시하기도 했다. 왜냐하면 적의 움직임을 알아야 대비를 할 수 있으니까. 그리고 장군은 밀물과 썰물의 시간, 물의 흐름과 속도, 바람의 방향 같은 것도 수시로 체크하고 기록하게 해 자연 현상을 유리하게 이용하려고 했지. 그런데 왜 그렇게 많은 걸 알려고 했을까? 그건 앞에서 설명한 수비의 원리와도 같다. 장군은 왜군의 배가 첨저선이란 걸 알았다. 첨저선이란 요즘의 배처럼 밑바닥이 뾰족한 배야. 바닥이 뾰족한 배는 물살을 가르면서 나아가기 때문에 속도가 빠르다. 반면에 물의 흐름이 있을 때 배의 방향을 바꾸려면 크게 방향을 틀어야지 급하게 틀다간 옆으로 쓰러지게 된다. 그 반대로 평저선이란 배가 있는데 이 배는 바닥이 평평하다. 조선의 배 판옥선이 그것이다. 판옥선은 속도를 높이기 위한 배는 아니다. 판옥선은 밑이 평평하니 제자리에서도 방향을 바꿀 수 있었다. 판옥선은 빠른 물살에서도 바로 방향을 전환하고 조수 간만의 차이로 인한 밀물과 썰물 때도 상대적으로 전환이 자유롭다. 장군은 이 판옥선으로 왜군을 빠른 해류 속에 가두고 방향을 쉽게 전환하지 못하는 약점을 이용하는 전술을 구사했다. 그게 그 유명한 한산 대첩이고 명량 해전이다. 거기에 새로운 돌격선인 거북선을 만들었는데, 거북선은 반은 평저선이고 반은 첨저선이었으며 상부에는 장갑을 둘러 왜군이 배 위로 올라오지 못하게 만들었다. 배의 하부를 비스듬하게 하고 맨 밑바닥은 평저로 하면 적당히 속도도 낼 수 있고 방향전환도 왜군의 배보다 훨씬 빠르다. 조선의 배 중에선 가장 빠르게 움직이고 왜군 배보다는 훨씬 방향 전환이 잘되는 배, 그게 거북선이다. 장군이 적의 약점을 잘 알기에 이런 배를 만들고 싸울 장소도 찾고 적을 유인해 승리를 얻은 것이다.

빠르다는 건 장점이다. 하지만 오로지 장점만 있는 건 아니다. 직선으로 빠를 수 있어도 방향을 바꾸는 데는 분명 불리하나. 오히려 적당한 스피드로 뛰다가 빠르게 방향을 전환하는 게 축구에선 훨씬 유리하다. 빠르게 상대 진영으로 들어가 패스를 받으면 좋겠지만 오프사이드라는 파울이 있어서 쉽지 않다. 물론 공을 갖고 상대보다 빠르게 뛸 수 있다면 그건 최상이겠지. 하지만 그런 선수는 극히 드물다. 그렇다면 우린 빠르게 방향 전환을 하면서 상대를 가두고 공격하는 게 가장 이상적이다. 빠르게 연결해서 어디로 침투할지 상대가 몰라 멈칫거리면 그때 우리의 돌격선인 공격수가 파고드는 거다. 반면에 상대의 빠른 선수는 꼭 협력 수비가 필요하다. 빠르게 밀고 오면 사이드라인으로 협력해서 밀어내면 된다. 중앙으로 파고들 때 둘이 함께 파고드는 선수의 앞과 옆에서 막으면 열린 곳으로 방향을 틀게 되니까 그렇게 몰면 된다. 그러면 열린 곳으로 또 다른 수비가 막아서면 결국 뒤로 돌 수밖에 없게 된다. 이해되지?"

"네."

"작년에도 그랬지만 올해도 여전히 영덕은 바람이 거세게 불고 있다. 바람을 등지고 싸울 때는 중거리 슛을 자주 시도할 필요가 있다. 이순신 장군이 왜군을 박살낸 전술엔 대포에 의한 공격도 있었다. 왜군은 단병접전, 그러니까 배와 배를 맞대고 상대의 배에 올라타 칼로 싸움을 하거나 가까운 거리에서 조총을 쏘는 전술을 구사했다. 이를 피하면서 상대에게 타격을 주기 위해 먼 거리에서 왜군에게 치명타를 가하는 대포를 이용한 거지. 장군은 총통이라는 다

앙칸 내쏘를 개발해 먼 거리에서 상대를 포격하고 배를 침몰시켰다. 그렇게 해서 우리 아군은 피해를 거의 입지 않고 상대를 섬멸한 거지. 정탐꾼을 보내 상대를 파악하고 상대의 약점을 이용할 무기를 개발했으며, 우리가 싸우기 편한 곳으로 상대를 유인하거나 포위해 23전 23승의 승전을 한 거야.

그런데 2학년은 꼭 페널티 안까지 끌고 들어가려 했다. 그곳은 상대 수비가 꽉 막고 있는데. 작년에는 너희가 바람에 실려 오는 공에 골을 먹지 않았나? 경험을 했으면 그 상황을 이용했어야지. 내일 1학년은 그 바람을 이용한다. 전반이든 후반이든 바람을 등지면 중거리 슛을 주저하지 마라. 괜히 내 눈치 보지 말고. 내일은 오히려 중거리 슛을 하지 않으면 뭐라 할 것이다. 반대로 수비는 바람을 맞을 때 상대의 중거리 슛을 대비해야 한다. 알았나?"

"네."

"어떤 상황에서도 상대가 중거리 슛을 날릴 수 있는 상황이면 센터백 중 하나는 골키퍼와 비슷한 위치에서 공간을 잡고 있어야 한다. 그렇게 되면 상대도 중거리 슛을 함부로 쏘진 못한다."

"네."

"선배들이 오늘 우승을 했으니 내일 그 기를 받아 1학년도 꼭 우승해야 한다. 나도 동반 우승을 꼭 해 보고 싶다. 이상."

"감독님. 질문 있습니다."

질문자는 호기였다.

"그래."

"내일 공격은 어떻게 합니까?"

"공격? 말해 주지 않았나? 중거리 슛 많이 하라고."

"그렇지만 포지션 같은 건요?"

"그건 내일 말해 주겠다. 됐지?"

"네."

우린 빨리 이 자리를 벗어나 자유롭고 싶었다. 얼른 자리를 털고 일어나 끼리끼리 뭉쳤다. 그런데 이야기의 주제가 묘하게 거북선 이야기로 흘렀다. 전에 민한이가 나와 인성이에게 거북선이라고 말했었는데 오늘 감독님이 이순신 장군의 전술을 설명하면서 거북선이 또 나오니 이야기의 주제가 되었다.

"그런데 오늘 경기에서 거북이 두 마리는 공격은 하지 않고 수비만 했어."

운제가 장난스럽게 나를 놀리며 말했다. 인성이야 센터백이니 그렇지만 원래 공격수였던 나를 풀백으로 뺀 걸 보면 감독님도 제원이의 퇴장으로 선택의 여지가 없으셨던 모양이다. 운제가 제원이를 대체한다 해도 문제는 빠른 주력으로 밀고 들어오는 윙어를 막을 동료가 없는 상황에서 그나마 수비 경험이 많은 내가 대안이 되었고, 그렇게 더 이상 점수를 주지 않고 막으면서 재선이의 골이 만들어졌다. 아마도 감독님은 말씀은 안 하셨지만 우리가 비기기만 해도 승부차기에서 해볼 수 있다는 판단을 하셨을 거란 생각이 들었다, 한 명이 빠진 상황에서 우리가 골을 넣을 거라 예상하긴 어려웠을 테니.

"그래. 오늘은 거북선이 쉬었다. 아니 상대의 주력 공격선을 막기 위해 거북선이 뒤로 물러나 우리 후방으로 오는 걸 막기 위해 나섰다. 어쩔래?"

"아니 농담이야. 오늘 네가 그 윙어를 막으며 중앙 공격수까지 차단하지 않았으면 우리가 많이 힘들었을 거야. 네 수비 실력은 녹슬지 않았어."

"그나저나 아까부터 성오가 계속 시무룩하네."

경태가 주위를 두리번거리며 말했다.

"성오가 부상으로 뛰질 못하니까 많이 실망한 거 같아."

"그럴 거야. 저번에도 나한테 경기를 뛰지 못하면 아버지를 보기 두렵다면서 힘들어 했어."

경태와 내가 말을 잇자 운제가 덧붙였다.

"맞아. 춘계 대회가 우리에겐 제일 중요하잖아. 경기 끝나고 아버지가 말씀하시던데 우리 경기 때 스카우터가 꽤 많이 왔다고 하더라. 그런데 경기를 뛰지 못하면 평가를 받지 못하잖아. 그러니 걱정이 되겠지. 더구나 성오 아버지는 성오를 믿고 있는데."

"정말 이번에 경기를 뛰지 못하면 스카우터가 확인을 하지 못하니 좋은 학교로 가는 건 포기해야 하는 건가? 그럼 시운이는?"

경태가 나와 운제를 번갈아 보며 물었다. 하지만 그 질문은 쉽게 딥힐 수 있는 게 아니었다 우리가 우승을 했지만 결국 우리 목적은 우승까지 가는 매 경기에서 우리를 스카우터에게 보여 주는 거라 생각했기에 성오나 다른 동료들이 걱정이 되었다.

서로 터놓고 말은 하지 못했지만 우린 나름 자신의 실력을 알기에 가고 싶은 픽프를 미음에 품고 있었다 나 역시 두세 개 학교를 마음에 두고 있었다. 물론 유스팀으로. 아버지도 기왕에 축구를 계속하려면 전문적으로 축구를 하는 유스팀으로 가길 원하셨다. 대학을 가기 위해 축구를 하는 건 잘못된 거라 하셨다. 대학은 공부하는 곳이지 축구를 전문적으로 하는 곳은 아니라고 하시며 유럽이나 남미 등 축구 선진국을 예로 드셨다. 그런 나라에선 가능하면 일찍 프로에 입문하는 게 선수들의 꿈이라고 하셨다. 그래서 15세만 넘어가면 프로 입단 테스트를 받기 위해 줄을 서고, 그렇게 해서 일찌감치 프로 선수가 되면 오랫동안 선수 생활을 할 수 있어서 충분히 돈을 벌 수 있다고 말씀하셨다. 직업으로 프로 선수를 하려면 가능한 힘이 있을 때 프로 선수를 해야지 대학을 마치고 프로에 입문하면 고등학교 동기들과 연봉에서도 많은 차이가 나고 활동 기간도 그만큼 짧아진다. 더구나 우리나라에서는 군 복무가 있어서 실질적인 프로 선수 생활은 더 짧다. 그러기에 아버지는 대학을 생각하지 않고 바로 프로로 가길 원하셨고, 오히려 선수 생활을 마친 뒤 대학에 가서 축구를 전공해 보는 걸 권하셨다. 그래서 나는 일반 학교로의 진학은 생각도 하질 않았다.

아버지는 다른 집 아버지들과 생각이 나르신 것 같았다. 나름 좋은 대학에서 법학을 전공했고 금융 회사에서도 빠르게 승진하셨기에 공부를 강요하실 줄 알았는데, 초등학교 때 축구를 하겠다고 말씀드렸을 때는 반대하셨지만 내가 경기하는 걸 보시고는 방향을 바꾸셨다. 자기가 좋아하는 일을 해야 성공할 수 있다고 하시면서.

그 뒤부터 아버지는 내 매니저 역할을 자처하셨다. 그리고 다른 부모님들이 대학을 말씀하시면 우리들이 대학에 갈 즈음이면 대학 정원이 수험생 수보다 훨씬 많으니 걱정 말라고 하시기도 했다. 참 특이하셨다. 시간만 있으면 도서관으로 가 책을 보셨고 그래서인지 가끔 미래 세계에 대해서도 말씀을 하셨다. 잘 알아듣진 못했지만 미래에는 지금 각광받는 직업들이 대부분 인공 지능이나 로봇으로 대체되고 지금 별로라고 생각되는 직업이 떠오를 거라고도 하셨다. 특히 프로 운동선수는 미래에 뜨는 직업이 될 거라는 말씀을 자주 하셨다.

처음에는 그저 축구가 재미있어서 시작을 했다. 초등학교 4학년 때 방과 후 수업 중 축구를 선택했는데, 코치님이 축구를 계속해 보라고 하시며 광명유소년축구단을 소개해 주었고 그곳에서 축구를 배웠다. 동급생 중에서는 체격이 커서 5학년 때 6학년 선배들이 뛰는 경기에 올려 뛰기를 하며 실력을 키웠다. 감독님이나 코치님들이 많이 챙겨 주셔서 실력도 늘었다. 특히 카카 코치님은 나를 무척 좋아하셨다. 카카 코치님은 먼 아프리카의 콩고라는 나라에서 태어나 프랑스에서 축구를 했고 우리나라 프로 팀에서도 선수 생활을 하셨다. 한국에서 결혼을 하고 광명유소년축구단의 코치로 계셨는데, 피지컬 트레이닝을 잘 지도하셔서 우리 학교의 동계 훈련 때는 신입 1학년 훈련을 맡으시기도 했다. 나는 그분께 공을 다루는 방법을 배웠고 개인 기술을 지도받았다. 우리말도 잘하셔서 설명을 잘해 주셨고 나에게 직접 시범을 보이기도 하고 내가 행동을 보이면 자세히 교정을 해 주셨다. 나와 지금의 동료 중 몇 명은 카카 선생님께 레슨을 받기도 했다. 물론 우리 학년도 신입생 때 카카 선생님께 피지컬 트레이닝을 받았다. 다른 레슨 선생님들과 카카 선생님의 레슨은 많이 달랐고 그래서인지 레슨을 받은 후 내 실력은 많이 발전할 수 있었다. 아버지도 카카 선생님을 무척 좋아하셨다. 카카 선생님은 단순히 축구 기술만이 아니라 선수가 어떤 음식을 주로 먹어야 하는지, 생활 습관은 어떻게 가져가야 하는지도 잘 알려 주셨기 때문에 실력이 있는 분이라고 하셨다. 두 분은 가끔 우리가 알아듣지 못하게 영어로 대화를 나누시곤 했는데 그때는 우린 모른 체하고 운동만 열심히 했다.

우승을 하고 감독님의 말씀을 들은 후 자유시간이 주어졌을 때부터 우리는 스스럼없이 어느 학교로 가서 어떤 포지션으로 뛰었으면 좋겠다는 말을 하고 있었다. 그게 얼마나 어려운 일인 줄도 모르고. 다들 마치 우리가 모든 학교 중 최고라 생각하고 있지만 사실 중학교 유스팀끼리는 따로 우승팀을 가렸고, 전체 출전 팀이 4개

그룹으로 나뉘어 있어서 결국 우리의 우승도 부분 우승일 뿐이었다. 그런데도 우리는 우리가 최고라 생각했고 그런 생각이 꿈을 점점 크게 만들고 있었다. 하지만 동급생들 중엔 우리와 비슷한 실력을 가진 선수가 많았고 우리보다 더 뛰어난 선수가 있음을 곧 알게 되었다.

다음 날 1학년 결승전은 강릉중과 치르게 되었다. 우리가 뛴 경기장의 바로 옆 경기장이었는데, 2학년 부모님들도 대부분 집으로 가시지 않고 우리와 함께 경기를 관람하게 되었다. 1학년 부모님들은 추계 대회에서 준우승을 한 게 아쉬웠는지 경기 전부터 열띤 응원을 하셨고 우리도 박수로 후배들의 우승을 기원했다.

경기가 시작되고 후배들이 먼저 바람을 등지고 공격을 하게 되었는데 호기의 어시스트와 지현이의 활약으로 바로 골을 넣어 앞서기 시작했다. 거기다 후배들은 감독님의 지시로 바람을 이용한 중거리 슛을 시도해 두 골을 더 넣었다. 정말 공이 바람을 타고 전에 우리가 골을 먹은 것처럼 골문 안으로 들어가 상대는 어이가 없는 듯 우왕좌왕했고, 그럴수록 후배들은 더 몰아쳤다. 1학년 후원회 부회장이신 종은이 아버지는 전반에 종은이가 투입되지 않았는데도 열심히 응원하시며 다른 부모님들의 응원도 유도해 보기가 좋았다. 전반을 3:0으로 마친 후배들은 의기양양했다. 하지만 감독님은 늘 그렇듯 후배들을 둘러 세워 놓고 마지막까지 최선을 다하라는 주문을 하셨고, 하프 타임을 쉰 후배들이 다시 후반전에 임했다. 세 골의 여유가 있자 감독님은 대기하고 있던 선수들을 계속 교체하면서 경기에 임했고 결국 두 골을 더 넣고 한 골을 허용해 5:1로 승리했다. 마지막 골은 종은이가 작은 키로 자리를 잘 잡아 헤더로 장식했다. 종은이 아버지가 관람을 하러 온 지역 분들께 체면이 선다고 좋아하셨다.

우승이었다. 그것도 동반 우승이었다. 2학년과 1학년이 추계 대회에서 동반 우승을 한 것이다. 모두들 드문 경우라고 최초의 기록이 아니냐며 궁금해 하셨다. 그리고 정 선생님이 최우수 감독상을 수상하셨다.

수상식이 끝나고 우린 또 사진 찍기에 바빴다. 어쩌면 다시는 올 수 없는 영덕이고, 우리가 중학교를 다시 다니지 않는 한 여기에 올 이유가 없다고 생각해서인지 서로 상대를 바꿔 가며 사진을 찍었다. 나도 부모님과 사진을 찍고 감독님, 코치님들, 동료들, 후배들과도 사진을 찍었다.(하지만 오판이었다. 우리에겐 다시 여름의 국제 대회가 기다리고 있었다. 결국 우린 1학년 말, 2학년 여름, 2학년 말, 그리고 3학년 여름 네 번이나 영덕을 다녀갔다.)

그렇게 축제의 시간은 끝나고 있었다. 어느 정도 정리가 되자 감독님은 부모님들과 우리들에게 개별로 이동할 수 있도록 배려를 해 주셨다.

"성원아. 이번엔 참 잘했다."

"네. 감사합니다."

"네가 잘한 것도 있지만 이번에 턱이 잔했다. 이번에 8강부터 만난 팀들은 다 8강에 올라올 만한 이유가 있는 팀들이었다. 나는 너희가 동계 훈련에서 열심히 하는 것만 보았는데 다른 팀들도 준비를 잘했더구나."

"네. 그런 거 같아요."

"이제부터는 수성이 문제겠다."

"수성이요?"

부모님과 함께 차로 집으로 돌아가는 길에 아버지와 대화를 시작했다. 아버지는 경기가 끝나고 나면 항상 경기를 복기하셨다. 잘했으면 잘한 걸, 못했으면 못한 걸 지적하시고 앞으로 어떻게 하는 게 좋겠다는 말씀을 하시곤 했다.

"그래. 수성!"

"수성이 뭐예요?"

"수성은 현재를 지키는 걸 말하지. 한자로는 성을 지킨다는 의미야. 반대로 성을 공격한다는 의미의 공성이란 말도 있다."

"그런데 왜 수성이 문제죠?"

"수성이 왜 문제냐고? 그건 공격보다 지키는 게 더 힘들기 때문이다. 너희가 작년 추계 대회를 우승하고 후원회에 문제도 있어서 한동안 많이 힘들지 않았니?"

"네."

"어느 집단이든 이기고 나면 항상 문제가 생긴단다."

"왜 그러죠?"

"너도 지금 그런 거 같아서 이야기하는 거다. 너희 팀도. 너나 니희 팀은 지금까지 우승이라는 목표를 갖고 힘든 훈련을 이겨 냈고, 그래서 목표인 우승을 달성했다. 그러면 갑자기 뭘 해야 할지 모르고 허둥서티게 되는 게 일반적이다. 목표가 사라지면 어떤 걸 목표로 다시 세워야 하고 거기에 맞춰 빠르게 전열을 정비해야 하는데 그게 늦어지면 자칫 슬럼프에 빠지게 된다. 너도 잘 알지만 선배들 중에 프로에 가서 첫해엔 열심히 해서 신인상도 받고 하던 선수가 다음해엔 여지없이 추락하는 게 그런 현상이다. 팀도 그렇다. 우승한 다음해에 거의 밑에서 노는 팀들이 많은데 역시 그런 현상이다. 그 이유가 바로 목표를 잃었기 때문이다."

"네."

"물론 감독님이 노련하셔서 잘 대응하시겠지만, 우승 이후에 어떻게 대응하는가가 그 팀이 명문 팀이 되느냐 그러지 못하느냐를 결정짓는 요소로 작용한다. 너희가 명문 팀이 되려면 앞으로도 계속 우승을 해야 하고, 때론 준우승도 할 수 있지만 바로 다시 우승할 수 있어야 명문 팀이라 할 수 있다. 꽤 많은 학교들이 한 번씩 우승을 하곤 하지만 계속 우승하는 팀은 그리 많지 않다. 그 이유는 역시 우승 이후에 어떻게 대응하느냐가 다르기 때문이다."

"……."

"이순신 장군이 23전 23연승을 한 이야기는 알고 있지?"

"예. 얼마 전에 감독님이 만씀헤 주셨어요."

"오, 그래? 역시 감독님이 생각을 하고 계시는군."

"감독님은 경기를 하려면 이순신 장군처럼 준비를 잘해야 한다고 말씀하셨어요."

"아마 비슷한 이야기일 거야. 내가 하고자 하는 이야기도."

아버지는 잠깐 숨을 돌리셨다. 나는 어머니와 뒷자리에 앉아 있어서 편하게 대화를 했지만 아버지는 운전을 하며 말씀하시기에 조금 불편해 보였다.

"장군이 처음 옥포 해전에서 승리를 거두고 이후 연전연승을 이어 가면서 제일 두려워했던 게 방심이었다. 장군 본인도 그랬지만 다른 장수나 병졸들이 승리에 취해 다음 전투에 대한 준비를 게을리할까 봐 군율을 어기는 장병들은 매우 엄하게 다스렸다. 당시 전염병이 돌아 전투에서는 목숨을 잃지 않은 병사들이 병으로 많이 죽기도 했는데, 그런 가운데서도 장군은 더 많은 전선을 만들고 병사들 훈련에 박차를 가해 항상 군기를 엄하게 유지했지. 당시에는 식량도 부족하고 모든 게 부족한 상황이라 병사들이 자칫 백성들의 식량을 탈취할 수도 있고, 훈련을 게을리하거나 도망을 갈 수도 있었으니까. 내가 읽어 본 장군과 관련한 책들에서 하나같이 장군을 칭송한 건 장군이 병사들과 같은 밥을 먹고 늘 훈련에 앞장서고도 저녁 늦은 시간까지 전술과 작전에 매달렸다는 사실이야. 장군은 승리 후에도 다시 싸워야 할 준비를 잘한 거지. 아마 감독님도 이런 얘기를 잘 알고 계실 거야."

"네, 그러신 것 같아요. 전에는 삼국지 얘기를 많이 하시더니 최근에는 이순신 장군 이야기를 자주 하세요."

"아마 나와 비슷한 생각을 하시는 것 같구나."

"네."

"그리고 너 집에 가서 좀 쉬고 카카 선생에게 레슨 받지 않을래?"

"……."

"왜? 힘들어?"

"네. 조금."

"좀 쉬고 해 보거라. 내가 보기엔 네 중심이 좀 높아진 것 같다."

아버지는 나보다 나를 더 잘 아신다. 그렇지 않아도 이번 대회에서 무언가 내 플레이가 맘에 들지 않은 부분이 있었는데, 아버지의 지적을 듣고 보니 그 문제인 듯했다.

"네. 그렇게 할게요."

운동을 하면서 레슨을 별도로 받는 건 무척 힘든 일이다. 수업을 받고 학교 운동을 마친 후 저녁을 먹고 또 레슨을 받으러 다녀오면 몸이 파김치가 된다. 운동량이 두 배로 늘기 때문이다. 하지만 레슨을 받으면 분명 실전에서 좋은 플레이가 나오기 때문에 아버지는 틈만 생기면 나에게 레슨을 받도록 권했고, 또 내가 아버지께 레슨을 요청하기도 했다. 아버지는 늘 경기장에서 나를 유심히 관찰하시기에 때론 불편하기도 했지만 그렇게 나를 관찰하고 그에 대한 처방을 주서서 도움이 되었다.

영덕에서 집까지는 꽤 먼 거리라 어머니와 뒷자리에서 편하게 잠도 자고 두런두런 이야기도 할 수 있어서 편안함을 느꼈다.

집으로 돌아온 다음 날부터 바로 쉬지 않고 레슨이 시작되었다. 이미 아버지가 다른 부모님들과 말씀이 되셨는지 상만이, 성인이와 함께 카카 코치님께 저녁시간에 레슨을 받기 시작했다.

카카 코치님은 우리가 운동장을 좀 뛰고 나면 스트레칭을 한 후에 바로 레슨을 시작했다. 코치님은 늘 공과 함께 콘을 들고 오셨는데, 우린 셔틀 런을 하면서 늘 콘을 상대했기에 보기만 해도 아찔했다. 오늘은 얼마나 저 콘 사이를 누벼야 끝이 날까를 생각하면 시작부터 숨이 가쁘고 온 몸이 뻐근해졌다.

콘은 사람이다. 때론 수비수가 되기도 하고 때론 공격수가 되기도 한다. 우린 그 수비수나 공격수를 피하거나 막기 위해 수도 없이 몸을 비틀며 콘 사이를 빠져 나가길 반복했고, 또 페인트 모션을 써야 했다. 그렇게 한 시간을 보내면 그 다음부터는 헤더와 킥, 그리고 패스 훈련과 슈팅 훈련이 진행되었다. 카카 코치님은 항상 본인이 시범을 보이고 우리가 따라하게 한 후 우리의 동작을 교정해 주고, 또 다시 같은 동작을 되풀이하게 했다. 습관이 될 때까지 반복해야 한다면서. 그런 동작은 실제 경기에서 어쩌다 한 번 사용되지만 그것이 골로 이어지기도 하고 결정적인 어시스트가 되기도 한다. 때론 드리블을 하면서 배운 기술을 응용하기도 하는데, 그것으로 상대를 멋지게 제치면 힘들어도 레슨을 받길 잘했다는 생각이 들었다. 그렇게 한동안 레슨을 받으며 집에서 이것저것 먹고 쉬니 그동안 지쳤던 몸이 살아나고 있었다. 그리고 개학이 코앞에 다가왔다.

스포츠 마케팅을 전공하던 형은 군 생활을 하고 있었다. 형과는 아홉 살, 누나와는 열 살 차이가 났지만 누나와 형이 막내라고 많이 챙겨 줬고, 직장 생활을 하는 누나는 가끔 용돈을 주고 옷이나 먹을 걸 사 주기도 했다. 형은 휴가를 나올 때마다 나에게 많은 충고를 해 주었다. 특히 달리기나 근육 강화 훈련에 대해서는 구체적으로 시범을 보이면서 나에게 알려 주었다. 형도 축구를 좋아했지만 아버지의 반대로 선수가 될 수 없었기 때문에 내게 그만큼 더 기대를 했고 잘하라는 격려도 아끼지 않았다.

형은 나에게 운동하는 방법에 대해서 구체적으로 알려 주었다. 예를 들어 공격수나 미드필더, 그리고 수비수가 갖추어야 할 피지컬에 대해서도 알려 주었다. 공격수는 상대 수비수와 많은 몸싸움을 해야 하기에 상하체가 고루 발달해야 하고, 특히 좁은 공간에서 빠르게 회전해야 하므로 순간 동작을 위해 아킬레스건이 발달해야 한다고 했다. 또, 항상 낮은 자세를 유지하며 순간 동작을 해야 하므로 대퇴부 근육을 발달시켜야 한다고 알려 주었다. 그래서 형과 함께 스쿼트나 다양한 근육 강화 훈련을 하기도 했고, 또 킥과 패스 훈련을 하기도 했다. 그러면서 형은 우리나라 축구는 수비수 훈련이 많이 부족하다며 전문 수비수 코치가 있어야 한다고도 했다. 형은 수비 코치와 수비수 코치를 구분해야 한다며 수비수 코치는 수비수의 피지컬을 키우는 코치라고 했다. 현대 축구에서는 공격수와 미드필더의 기량이 엄청나게 발전했다. 지역 방어를 할 경우나 대인 방어를 할 경우나 수비수는 결국 그들을 상대해야 하는데, 그들을 막으려면 단지 신장이 크거나 힘이 좋은 것만으론 부족하고 공격수와 유사한 능력을 가져야 한다고 했다. 그러면서 김신욱 선수가 원래는 수비수였는데 그만한 능력을 가지고 있어서 공격수로 전환이 가능했다고 했다. 그리고 김신욱 선수는 언제든 수비수도 볼 수 있을 거라고 했다.

그러면서 형은 유연성도 강조했다. 우리나라 선수들은 근육은 단단한데 유연성이 없는 게 문제라고. 개인기는 유연성에서 나오는데, 근육이 딱딱하면 다치거나 부상이 잦게 된다고. 그러니 팔 벌려 뛰기 같은 몸을 푸는 체조를 많이 하라고 했다. 형에게 많은 걸 배웠다.

개학하고 학교로 갔을 때 입구에 이미 우리의 우승을 알리는 현수막이 걸려 있었고, 만나는 친구들마다 우승을 축하해 주었다. 일부는 우리가 치른 결승전에 대해 이미 이야기를 들었는지 그때의 상황에 대해 설명해 주기를 원했고, 이런 설명은 운제가 재미나게 해 주었다. 운제는 마치 그 순간을 중계하는 것처럼 설명을 해 친구들의 긴장과 웃음을 자아내기도 했다.

"그때 말이야, 세원이기 9번 선수를 확 미는데 마침 심판이 바로 보고 있는 거야. 제원이는 화가 났으니 보질 못했어. 그래서 내가 그걸 가리려고 앞을 막는데 글쎄 내 키가 개들보다 작지 뭐냐. 그러니 심판이 딱 보고 말았지. 어떡해. 먼저 내가 머릴 숙이고 봐 달라고 말하려 하니 나는 보이지도 않는지 바로 레드카드를 확 뽑더라니까. 아, 그땐 끝난 줄 알았어. 생각해 봐. 골키퍼 빼고 열 명씩 맞장 뜨는데 우리가 한 명이 부족해. 너희라면 어떻겠니? 그런데 그때부터 우리가 다 미쳤어. 우리 감독님이 성원이를 수비로 내려 골을 안 먹으려고 수비를 강화하는데, 원래 공격이 돼야 수비도 되는 법이거든. 헌데 우리가 공격을 못하고 수비로 내려앉으니 저쪽이 더 방방 나는 거 아니겠어? 근데 그때부터 우리가 다 1.5명 몫을 하게 된 거야. 거의 전투였어. 저쪽 공격수가 나보다 두 배는 되는데, 내가 말이야 그 친구를 슬쩍슬쩍 옆구리도 건드리고 성질을 건드렸지. 그랬더니 개가 성질이 나서 제대로 플레이를 못하잖아. 거기다 공 배급하던 윙어는 성원이와 주선이가 차단하니 수비가 되는 거지. 그러고는 재선이가 한 방 갈긴 거야. 와, 그땐 대단했어. 영화야, 영화. 너희들 유튜브 봐. 지현이 아버지가 올려놨으니까."

운제의 재미있는 설명에 남학생들도 혹했지만 여학생들은 더 관심을 기울였다. 학교의 대표적인 운동이고 두 번이나 연이어 정상에 오른 팀이니 그럴 수도 있겠다고 생각되지만 과하게 관심을 보이는 경우도 있었다. 대회에 참가를 하지 못했지만 시운이는 여전

히 여학생들의 우상이었다. 얼굴이 꼭 서양인서럼 생긴데다가 축구
도 잘하고 키도 크니 뭐 모자란 데가 없었다. 책상 위에 선물이 놓
여 있는 걸 자주 볼 수 있었다. 부러웠다. 마침 시운이 동생도 신입
생으로 들어왔다. 동생 재원이는 시운이보다 더 잘생겼고 덩치도
신입생치고는 당당해 우리는 형제를 서양인이라고 세트로 놀리기
도 했다.